감각의 순례자 카사노바

감각의 순례자 카사노바

2003년 1월 10일 | 초판 1쇄 발행
2006년 2월 13일 | 초판 3쇄 발행

지은이 | 김준목
발행인 | 전재국

본부장 | 이광자
편집 팀장 | 이동은
책임 편집 | 이선화
마케팅 팀장 | 정유한

발행처 | (주)시공사
출판등록 | 1989년 5월 10일 (제3-248호)

주소 | 서울특별시 서초구 서초동 1665-8 (우편번호 137-881)
전화 | 편집 (02) 585-1751 · 영업 (02) 588-0833
팩스 | 편집 (02) 585-1247 · 영업 (02) 588-0835
홈페이지 | www.sigongsa.com

값 12,000원

ISBN 89-527-3112-3 03810

감각의 순례자
카사노바

Giacomo Girolamo **Casanova**

김준목 지음

시공사

...temperam...

...lupté, toujours joyeux, et empressé de passer d'une jouissance à l'autr...
ingenieux à en inventer. De là vint mon inclination à faire des nouvell...
...noissances, autant que ma facilité à les rompre, quoique toujours avec...
...noissance de cause, et jamais... ...té. Ces defauts du temperament so...
...indépendant de nos forces;
corrigibles, parceque le... ...le coeur, et l'esprit; e...
...le caractere est... ...il dépend de l...
...temperament... ...mais tel qu'il est...
ducation, et qu... ...isseur. Le...
...laisse à d'... ...car c'est son...
se laisse fa... ...et dont le...
...là que le... ...caractere...
...iege. Observ... ...iversité des...
...ombre et... ...
...r consequen... ...e du sentiment,
caracteres.

Ayant reconnu q... ...lus dépendu de...
que des mes reflex... ...une guerre entr'eux,
mon caractere que... ...mais trouvé ni assez d...
dans laquelle alternativ... ...
...prit pour mon caractere, ni assez de caractere pour mon esprit. Bri...
...ons là dessus, car c'est le cas que si brevis esse volo obscurus fio. Je cro...
...e sans blesser la modestie je peux m'approprier ces paroles de mon
cher Virgile: Nec sum adeo informis: nuper me in littore vidi
Cum placidum ventis staret mare.

글을 시작하며

카사노바(Giacomo Girolamo Casanova. 1725~1798). 그의 이름은 코카콜라, 나이키, 혹은 《플레이보이》지 등 세계 유명 상표만큼이나 온 세상 사람들에게 잘 알려져 있다. 그의 이름은 상표 가치로 따지면 과연 얼마나 될지 상상해본다.

자유로이 성과 쾌락에 탐닉했던 남자, 남성 신화를 대표하는 카사노바는 18세기의 인물임에도 동방의 한국에서까지 호색한의 이름 앞에 수식어로 등장한다. 카사노바는 언제, 어떻게 우리에게 알려지기 시작했을까. 우리는 대부분 그를 호색한이라는 한 가지 이미지로 기억한다. 그가 일생 동안 많은 여인과 자유롭고 열정적인 사랑을 나누었고, 섹스의 상징이 될 만하다는 걸 어디에서 읽어보았으며 누가 말해주었는지 기억할 수 있는가.

우리에겐 그에 대한 변변한 기록물조차 소개된 적이 없기에 그의 유명세는 참으로 놀라운 일이 아닐 수 없다. 그가 어느 나라 사람인지조차 모르면서 그를 대단히 잘 알고 있는 듯이 불러왔기 때문이다.

나는 어느 날 카사노바의 회고록에 관한 고서를 찾아냈다. 마치 보물을 찾은 듯이 기뻤다. 고서적상의 크나큰 기쁨 중에 하나는 역사 속에 묻혀 있는 진실을 책의 내용을 통해 확인할 수 있을 때이다. 인류 역사의 많은 수수께끼들이 그렇게 풀렸고, 이것이 바로 기록물의 위대함이다.

내가 찾아낸 《베네치아의 카사노바(Casanova A Venezia)》(1957)라는 책과 《나의 인생 이야기(Histoire de ma Vie)》(1790~1792)*라는 열 권의 책은 남성 신화 카사노바의 비밀을 담고 있었다. 무엇보다도 나는 전설 속의 남자, 카사노바의 실물 초상을 보고 묘한 기분이 들었다. 그리고 카사노바가 어떤 인생을 살았기에 호색가라는 불멸의 이름으로 남았는지 알고 싶었다. 그는 어떤 여인을 어떻게 사랑했을까. 혹시 18세기라는 시대적 상황 속에서 사랑의 모습이라는 게 오늘날에는 아무런 감응도 주지 못하는 건 아닐까. 또 그것이 과장되게 전해지면서 오늘날 카사노바의 이미지로 정착된 건 아닌지 궁금했다.

그의 책을 흥미진진하게 읽어가는 과정에서 나는 걷잡을 수 없는 혼돈 속으로 빠져들었다. 놀랍게도 단지 호색가가 아닌, 위대한 기록가로서의 카사노바를 만났기 때문이다. 수려한 문장 속에서 박식하고 창의적이고 예술적이며, 분명한 삶의 철학을 지닌 남자가 숨 쉬고 있었다. 그리고 마침내 대부분의 사람들이 호색가로 치부해버린 그에 대한 평가를 새로이 조명해야 한다고 생각하게 되었다.

* 회고록 《나의 인생 이야기》 카사노바의 육필본에 충실하게 바탕을 두어 출간된 정확하고 신뢰할 수 있는 최초의 카사노바 자서전. 자세하고 방대한 주석이 포함되어 있다. 브로크하우스는 1821년에 카사노바의 증손으로부터 이 판권을 사들였다. 영역본 《History of My Life》 12 Vols, in 6, (TR, Willard R, Trask, New York; Harcourt, Brace, 1966~1972)도 브로크하우스판으로 불리는 이 판본을 바탕으로 출간되었다. 1977년에는 같은 제목으로 존스홉킨스 대학 출판부에서 재출간되었는데, 6권으로 이루어져 있고 도서 장정이 매우 미려하다.

그가 말년에 둑스 성에서 저술한 회고록 《나의 인생 이야기》는 여자들과의 정사를 노골적으로 묘사해 당시에는 도덕상의 이유로 출판되지 못했다. 그러다 1822년에서 1828년 사이 독일의 빌헬름 폰 슐츠에 의해 개작되어 처음으로 출판된 후 1960년에 와서야 마침내 무삭제본이 출판될 수 있었다. 그의 회고록에는 유럽 전역을 떠돈 파란만장한 삶의 이야기와 수많은 여인들과의 사랑 등이 파노라마처럼 펼쳐져 있다. 그는 각국의 왕들도 만났고, 문인, 화가, 음악가, 귀부인, 그리고 창녀도 만났다. 이러한 기록은 18세기의 풍속, 귀족과 서민의 생활 모습, 결혼, 패션, 음식 등 사회 문화 전반을 너무도 생생히 알려주고 있어 오늘날 매우 귀한 연구 자료로 인정받고 있다.

카사노바는 《나의 인생 이야기》 첫머리에 자신의 삶을 한마디로 요약했다.

나는 내가 인생을 살아오면서 행한 모든 일들이 설령 선한 일이든 악한 일이든 자유인으로서 나의 자유 의지에 의해 살아왔음을 고백한다.

그의 고백은 솔직했다. 그는 도덕적 논리를 앞세우는 허위를 거부했다. 카사노바는 감각을 숭배한다고 거침없이 말했다.

나는 느낀다. 그러므로 존재한다.

감각의 즐거움을 평생토록 추구한 카사노바는 종교나 신분, 사회적 통제를 받는 인간이 아니라, 자연인으로서 가져야 할 성의 권리와 자유를 독자들에게 일깨워준다.

카사노바는 이 땅에 태어난 사명에 대해 이렇게 말했다.

나는 여성을 위하여 태어났다는 사명을 느꼈으므로 늘 사랑하
였고 사랑을 쟁취하기 위하여 내 전부를 걸었다.

어떤 원칙에도 매달리지 않았던 카사노바의 삶은, 성공과 실패의
파도를 타고 선과 악을 마주하며 정신적인 고결함과 속물적인 근성
으로 쉽게 옷을 갈아입었다. 이탈리아인 특유의 활달함과 긍정적인
사고를 지닌 그는 "우리가 지닌 최고의 보물은, 그것이 어떤 모습이
든 우리에게 주어진 삶이다."라고 했다.

카사노바의 회고록을 어렵사리 읽어내며 난 그를 어느 정도 알게
되었고, 부러움과 연민이 교차되는 불면의 밤을 수없이 보내면서
우리의 선입견 속에 갇힌 카사노바를 구해주고 싶다고 생각했다.
그가 태어난 베네치아와 그의 삶의 흔적이 남은 유럽의 다른 나라
에서도 카사노바는 단지 호색가로만 기억될까. 그곳에서 그의 흔적
은 어떤 가치로 남아 있는지 알고 싶었다.

고서적상의 본능적인 호기심은 급기야 고서 한 권을 들고 길을 떠
나기로 마음먹는 데까지 이르렀다. 카사노바의 삶의 행로를 좇아가
보자. 그의 영원한 고향 베네치아를 시작으로 젊음과 사랑을 불태
우던 로마와 파리, 그의 말년을 조용히 감싸주었던 체크 보헤미아
의 둑스 성까지.

카사노바의 매력에 사로잡혀, 나는 그의 삶의 무대로 여행을 떠
났다.

그것은 온 유럽을 누볐던 카사노바의 길고도 화려한 여정에 비하면 초라한 것이었다.

하지만 그의 삶과 사랑의 행로를 적어간 이 짧은 기록이 뛰어난 예술 감각을 타고난 18세기 유럽의 지성이면서도 시대의 탕아로만 치부되었던 한 불운한 사내의 영혼에 작은 위안이 되기를 바란다.

삶의 유혹과 충동은 숨쉬는 공기처럼 우리를 감싸고 있다. 카사노바를 만나서 각박한 현실 속에 갇혀 있는 우리의 영혼에도 자유의 날개를 달아보면 어떨까.

2002년 겨울
김준목

차례

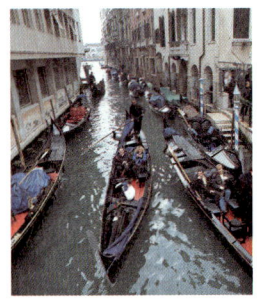
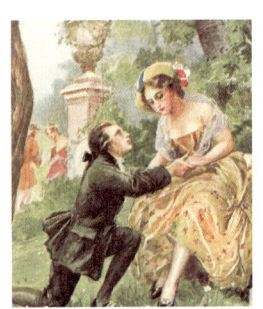

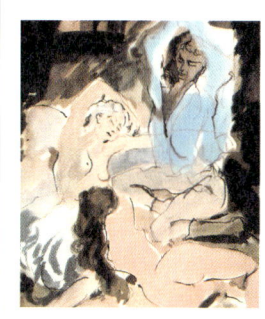
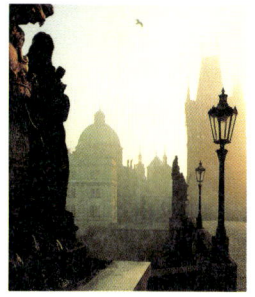

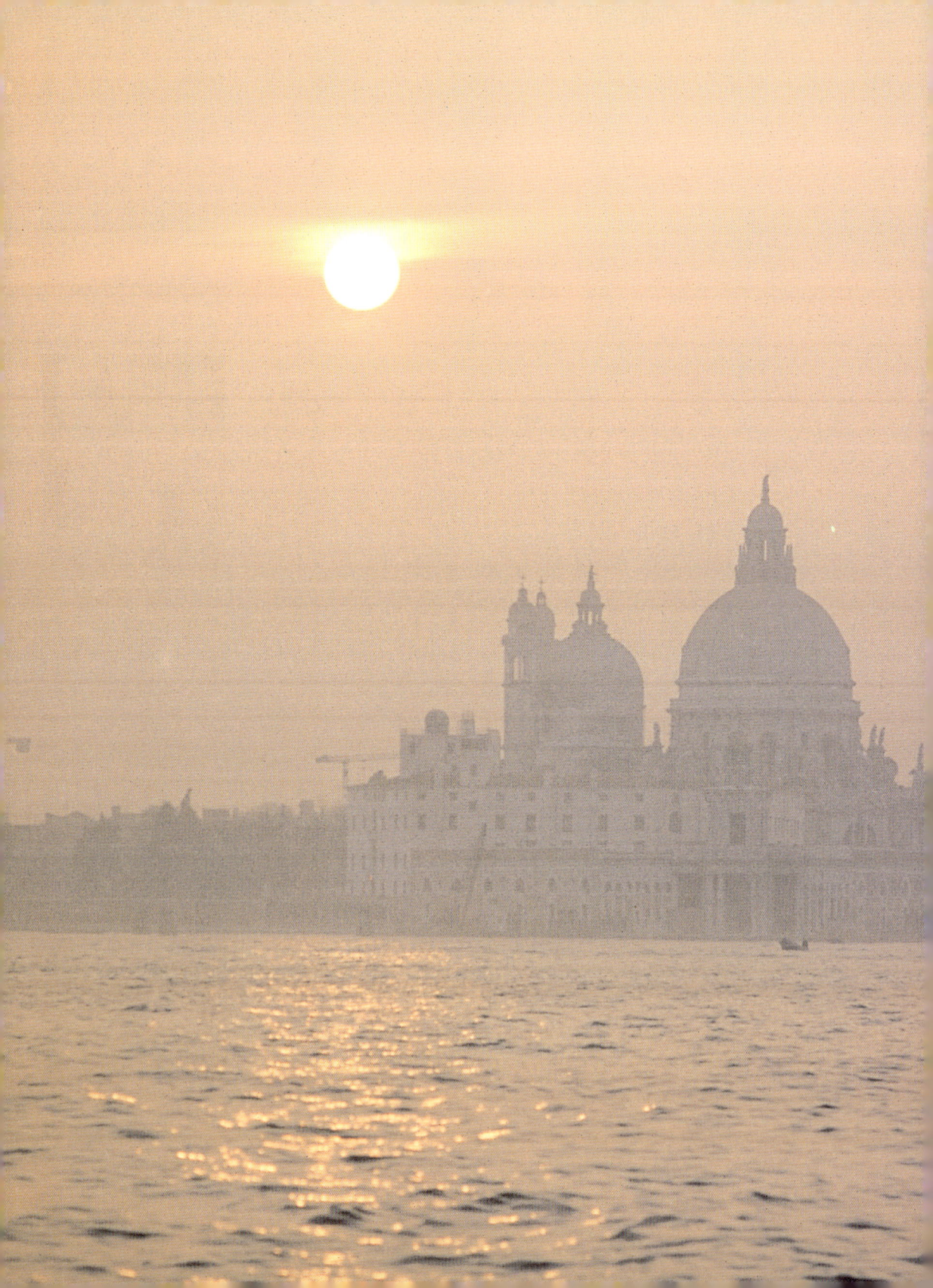

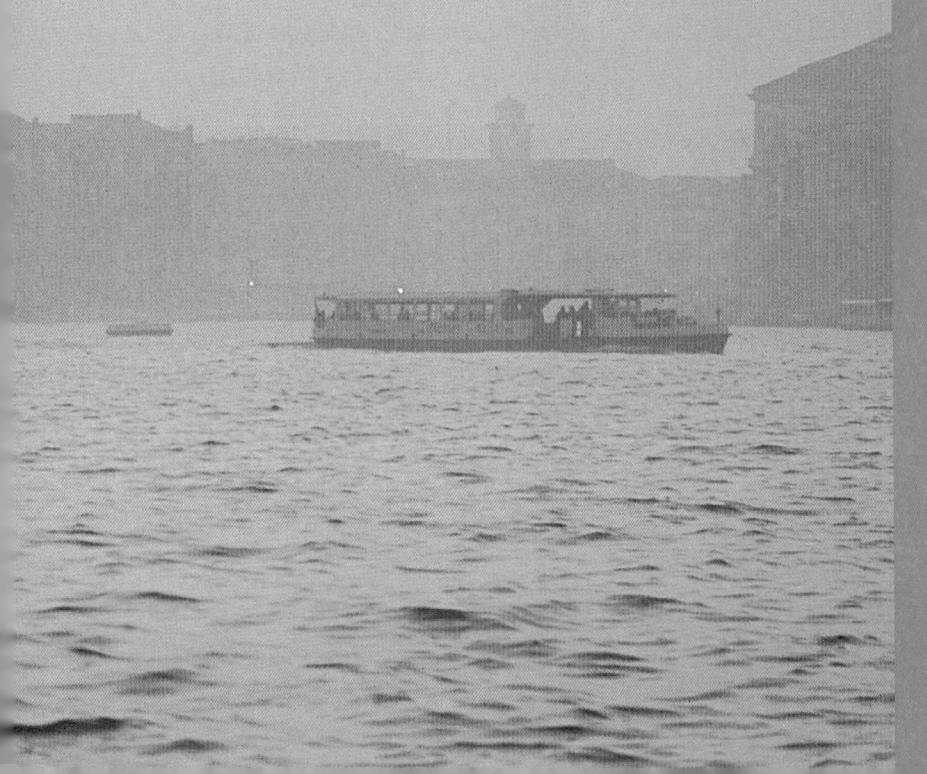

베네치아

······

카사노바를 찾아서

베네치아 산타 루치아 역에 도착했다. 서울에서 비행기로 로마에 도착한 후 바로 베네치아 행 기차를 탔다. 기차를 타고 오는 동안 난 아무것도 할 수 없었다. 차라리 더 피곤했으면 좋으련만, 정감 어린 편지를 주고받던 생면불식의 연인을 만나러 가는 길처럼 왜 이리 설레는지 알 수 없었다. 역에 내리면 내 눈빛을 보고 그가 달려와 껴안을 것만 같았다. 참으로 이런 느낌은 그 어떤 여행에서도 없었다. 호기심을 가득 품고 늘 상상했던 그 사람이 이미 내 마음에 들어와 내 감정을 휘젓고 있었다.

기차역에서 빠져나오자 진눈깨비가 내리고 있었다. 겨울과 봄 사이에 내리는 쓸쓸한 비는 은은한 파스텔 빛깔의 건물들을 촉촉이 적시고 행인들의 중절모를 타고 옷깃으로 방울방울 떨어졌다.

손님을 기다리던 버스—바포레토(Vaporetto)라고 하는 작은

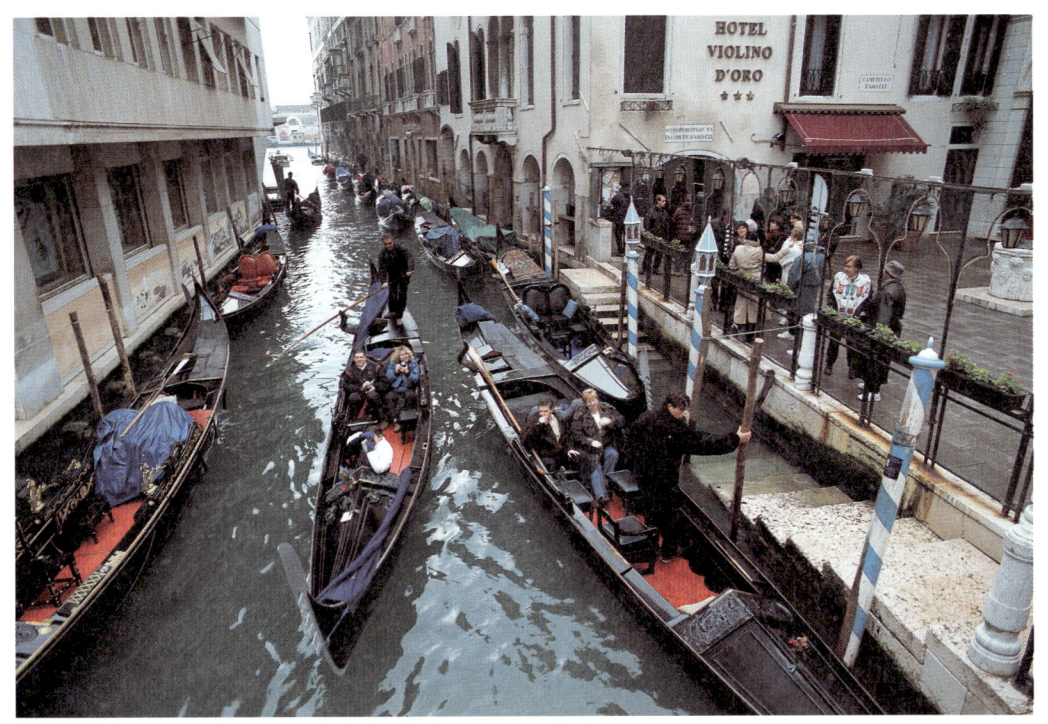

베네치아의 곤돌라.

배―가 바쁘게 손님들을 실어가더니 내가 탈 택시가 왔다. 택시는 곤돌라. 반쯤 가려진 비닐 천장 덕에 진눈깨비를 조금은 피할 수 있었지만 좌석은 이미 축축해져 있었다. 곤돌라 택시는 출렁이는 물길을 취한 듯 따라갔다.

아름다운 베네치아. 내가 이곳으로 와서 누굴 만나려 했던가. 오래 전 낡은 책 속에서 만난 남자 카사노바가 어디서 나를 기다리고 있단 말인가. 짐을 풀고 매무시를 가다듬고서 나는 그를 만나러 나가야 하는데, 어디로 가야 할지 난감했다. 2백 년의 시공을 넘어 우리는 과연 만날 수 있을까.

난 어디든 갈 것이다. 찾아간 그곳에 그가 없으면 지나간 흔적 속에서 상상의 동거를 할 것이다. 카사노바, 그가 어디서 나를 놀라게 해줄지는 알 수 없다. 만일 지구 반대편에서 온 한국인이 자신의 생

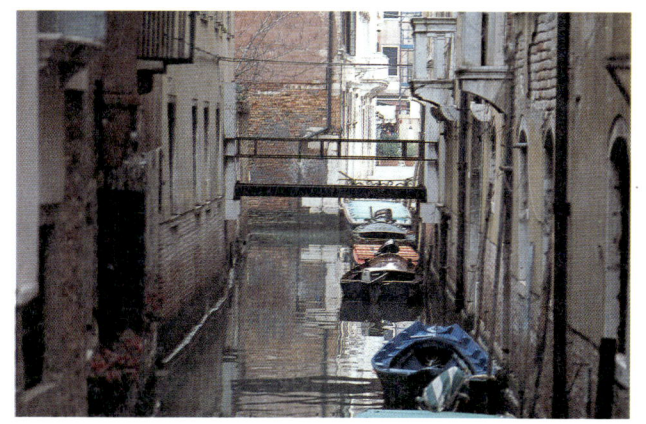
베네치아의 혈관과도 같은 운하.

애와 흔적을 열심히 좇아간다면 그는 결국 더 이상 숨을 곳이 없어, 혹은 스스로 감동하여 존재를 드러내며 목멘 소리로 이렇게 말할지도 모른다. '난 억울하오. 후세 사람들이 나를 뭐라 하는지 다 들었소. 당신은 내 하소연을 들어준 유일한 사람이구려.'

목적지에 도착하자 곤돌라 사공은 아슬아슬하게 뭍으로 뱃머리를 댔고 나는 물과 땅을 구분 짓는 두 칸짜리 계단을 밟고 길로 들어섰다. 건물들 사이로 난 길은 한 사람의 왕래만을 허락하듯 비좁았다.

베네치아의 건물들은 이미 외벽의 칠이 바랬고, 돌은 부서진 채 세월을 잘 견디고 있었다. 그런 건물마다 사람들은 둥지를 틀고 하얀 레이스로 앙증맞게 창문을 가렸다.

미리 연락해둔 산 마르코 광장 근처에 있는 집을 찾아갔다. 사람이 살 것 같지 않은 건물에 문이 굳게 닫혀 있었지만, 방금 전에도 누군가가 눌렀을 듯 반들반들한 초인종이 여덟 개인 것으로 보아 이 건물에 여덟 집이 살고 있는 듯했다. 화려한 호텔이 아닌 허름하기 짝이 없는 민박집인데도 아담한 3층 집은 왠지 운치 있었다. 여장을 풀고 창밖을 내다보니 바로 코앞의 건물 창이 보일 뿐 물도 새도 하늘도 보이지 않았다. 그래도 이런 창가에 놓인 작은 화분에는 하늘도 바람도 햇살도 충분한 듯 꽃이 싱싱하게 자라고 있었다.

꽃을 보다가 마치 나를 기다리는 사람이라도 있는 것처럼 곧바로 산 마르코 광장으로 걸어 나갔다. 광장까지 5분 정도 걸어가는 동안

다닥다닥 붙어 있는 상점들을 기웃거렸다.

길이 꺾이는 모퉁이에 있는 고서점이 눈에 띄었다. 가슴이 설레기 시작했다. 문을 열고 들어가 카사노바를 찾았다. 그러나 서점 주인인 노부인은 고개를 가로저으며 미소를 지었다. 제법 좋은 자료가 있어 보이는 고서점이었는데……. 실망한 얼굴로 서점을 나서는데 노부인이 직원과 한바탕 웃는 소리가 들렸다. 사람들은 웃는구나. 적어도 거기서 카사노바는 그런 이름이었다.

이후 나는 일부러 어딜 가든 누구에게나 카사노바에 대해 물어보았다. 사람들은 대답 대신 간지러운 미소로 먼저 답하거나, "사랑의 화신을 모를 리가 없죠, 그런데 왜요?"라고 했다.

산 마르코 광장을 걸었다. 관광객이 가장 많이 모여드는 곳이다. 18세기에 산 마르코 광장은 베네치아 사람들의 생활 중심지였다. 자기 의견을 말하고 싶으면 사람들은 이곳 돌계단에 올라가 말을 했단다. 언론의 자유가 있었던 것이다.

나는 광장을 지나 이리저리 길을 걷다가 서점이 눈에 띌 때마다 들어가서는 카사노바에 대한 책들을 먼저 찾았다. 베네치아에 오면 분명히 그가 활개

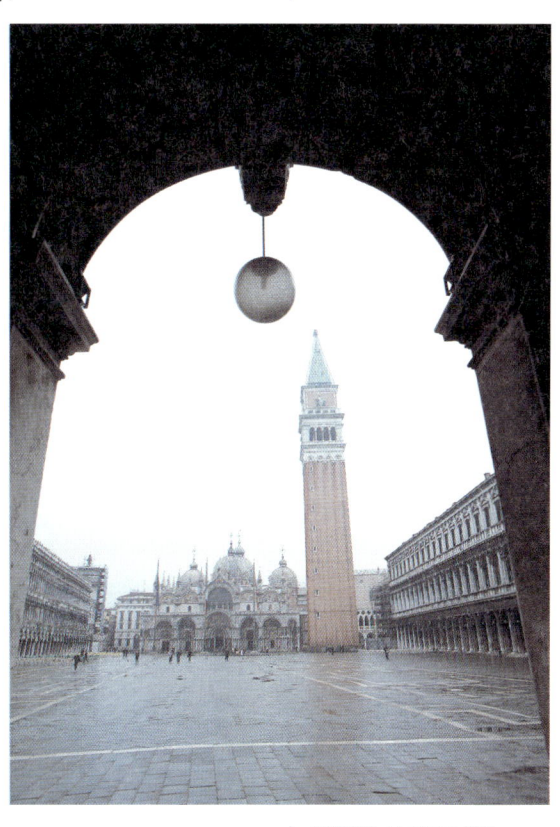

베네치아 산 마르코 광장. 가운데 높이 솟은 종탑은 100미터 높이의 망루(望樓).

치고 있으리라는 나의 상상은 맞았다. 후세 사람들은 왜인지 모르나 그에 대한 책을 많이 만들어 놓았다. 관광 센터에서 운 좋게 《베

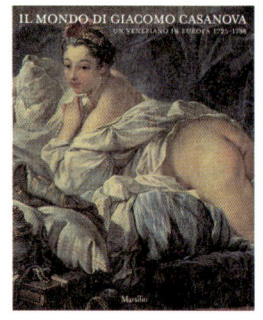

네치아의 카사노바》를 발견하고, 손에 넣었는데, 그와 관련된 장소가 잘 설명되어 있어서 더욱 신이 났다. 사전을 찾아서라도 차근히 읽어보리라 마음먹고 서점 두서너 곳을 더 가보았다.

발품을 팔면 반드시 얻는 게 있다. 한 서점에서 마침 표지에 포동포동한 소녀가 과감히 엉덩이를 드러낸 채 엎드려 있는 그림이 있는 카사노바에 관한 멋진 책을 싸게 팔고 있었다. 보고 있으면 만지고 싶어질 만큼 관능적인 그림이지 않은가. 〈뫼르피〉라는 제목의 매력 넘치는 이 그림은 베네치아의 온 서점을 헤맨 나의 피로를 사르르 풀어주는 듯했다.

베네치아, 촉촉한 우수에 젖은 고향

아드리아 해의 진주 베네치아. 수많은 섬과 섬 사이로, 건물과 건물 사이로 바다인 듯 길인 듯 물이 흐르고 배들이 비껴 가는 곳. 물 위에 떠 있는 듯한 집들과 창문 사이로 갈매기가 오가며 석양이 드리워진 그 풍경 속에 있어보라. 이렇게 아름다운 곳에서 불멸의 이름이 된 카사노바가 태어났다는 것이 새삼스러울 게 무엇이랴.

그의 고향 베네치아에는 그의 감성을 건드려줄 만한 촉촉한 우수가 깔려 있다. 한때 알렉산드리아, 콘스탄티노플과 함께 막강한 위상을 자랑하던 베네치아가 천 년의 부귀 영화의 끝자락에 있었던 18세기, 카사노바는 이곳에서 자유를 온몸으로 표현하는 삶을 살았던 것이다.

어제와는 달리 화창한 아침 햇살에 감격해 일찌감치 산 마르코 광장으로 나가보았다. 광장을 빙 둘러 마치 간이 무대 같은 평상들이

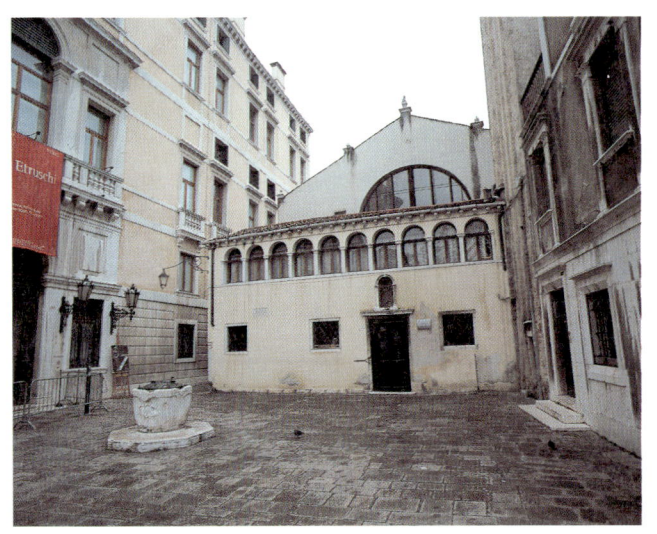

산 사무엘 성당의 뒷뜰.
에투르스키 유물 전시회의
붉은 현수막이 보인다.

죽 늘어서 있는데, 무얼 위해 그렇게 해놓았는지 궁금해서 평상에 걸터앉은 여행객에게 물어보았다. 베네치아는 2월에 밤이 되면 해일이 일어 물이 범람하기 때문에 사람들이 평상을 밟고 다닐 수 있게 밤마다 늘어놓는단다. 책방을 돌아다니느라 피곤했는지 지난 밤엔 깊은 잠에 빠져 이런 광경을 못 본 게 아쉬웠다.

그랑 카날을 따라 서쪽으로 가다가 산 사무엘 성당의 뒤뜰로 돌아서서 가는데 모퉁이에 이 건물에서 카사노바가 살았음을 알리는 명판이 눈에 띄었다. 오래된 회색 건물의 1층과 2층 사이에 그의 이름이 적혀 있었다. 마침 산 사무엘 극장 근처에 있는 전시장 팔라조 그라시에서 로마보다 더 우수한 문명 국가였다는 에투르스키 왕조의 유물 전시회가 열리고 있었는데, 관람하고 나오는 많은 사람들이 이곳을 지나다 발걸음을 멈추었다. 카사노바라는 전설적인 남자의 체취가 느껴지는 듯 우스갯소리를 섞어 수다를 떨고 있었는데, 그 속에서도 카사노바라는 이름이 흥밋거리로 떠올랐다.

만일 이탈리아어를 잘 알아들을 수 있었더라면 나도 그들의 대화에 동참해 역사적인 유물 전시를 관람하고 나오는 수준 있는 여성들이 카사노바라는 사람을 어떻게 생각하는지 알아보았으리라.

자코모 지롤라모 카사노바. 그는 1725년 4월 2일 산 사무엘 극장 근처 이곳 칼레 델라 코메디아에서 희극 배우였던 아버지 자에타노 주세페 카사노바와 어머니 자네타 사이의 6남매 중 장남으로 태어났다.

　카사노바를 재능 많은 남자라고 표현한다면 그 재능은 부모로부터 물려받은 예술적 감성을 두고 하는 말이 아닐까. 그의 피 속에 흐르는 재능과 감성은 일생 동안 수많은 여성과 감각적인 사랑을 나누는 데 발휘되었다. 사람은 선천적으로, 혹은 후천적으로 자신을 지배하고 있는 어떤 성향을 나타내며 살게 마련이다. 카사노바가 그토록 변화무쌍한 삶을 살았던 것도 그의 출생 환경 때문이었을까. 그의 부모는 공연 때문에 아들을 돌볼 수 없었다. 아버지는 여섯 남매를 남기고 서른여섯 나이에 병으로 죽었고 그를 돌보던 할머니마저 세상을 뜨자 카사노바는 귀족 미켈레 그리마니에게 맡겨졌다.

　카사노바는 이러한 출생 신분 때문에 평생 열등감을 안고 살아야만 했다. 이 때문이었는지 카사노바는 훗날 그의 작품《사랑도 싫고 여자도 싫다(Ne Amori ne Donne)》(1783)에서 자신의 아버지는 당시의 극장 소유주였던 베네치아의 귀족 미켈레 그리마니라고 거짓 주장을 했다. 이 일로 정부의 미움을 사 급기야 고향 베네치아를 떠나는 수난을 겪는다. 그러나 귀족의 신분으로 태어나지 못했다고 그냥 아웃사이더로 움츠리고 있기에는 그는 너무 잘난 사람이었다.

　머지 않은 저쪽 수로의 불빛 아래서 사람들이 배를 타고 사랑하는 사람들 곁으로 돌아오는 베네치아의 밤은 낮보다 더 아름답다. 좁은 골목들 사이로 이방에서 온 관광객들이 문 닫힌 상점들 앞을 서성일 때 한쪽에서 들려오는 집시의 바이올린 연주는 모든 이의 마

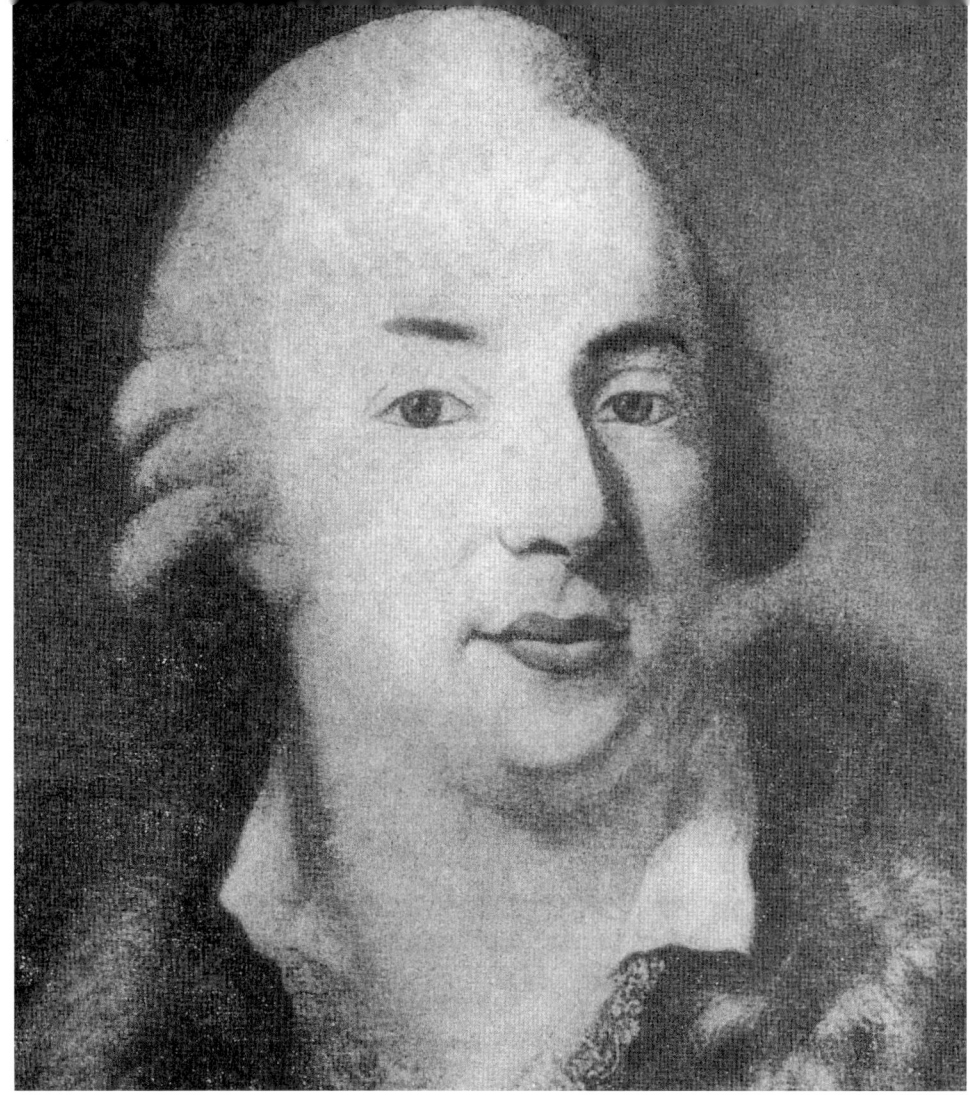

청년시절의 카사노바.

음을 사로잡는다. 어둠이 내린 운하에 반사되는 불빛은 낡은 가로
등이든 최신식 장식등이든 모두 촛불처럼 아련히 떨고 있다. 손님
을 기다리는 사공도 이내 애잔한 바이올린 선율에 젖어든다. 서늘
한 밤 공기에 서글픔을 더하는 집시의 손이 곱을까봐 사람들은 동
전과 지폐를 조용히 꺼내놓는다.

청년 카사노바도 훌륭한 바이올린 연주자였다. 카사노바는 어머니의 주선으로 바이올린을 배웠는데, 그의 탁월한 음악적 감각 때문에 스물한 살 때 이곳 산 사무엘 극장 오케스트라 단원이 된다. 그러나 성직자로서 살기로 마음먹고 로마로 떠나 가톨릭 추기경 밑에서 일하다가, 모든 일이 뜻대로 안 되자 다시 베네치아로 돌아온 후 할 수 없이 시작한 일이었기에 정작 그는 자신의 처지에 불만이 많았다. 카사노바는 상류층과의 교분을 다 끊고 이 일을 했다.

> 난 생계를 위해 할 수 없이 연주자로 일했고, 내 직업을 수치스럽게 생각했다.

로마에서 그는 젊은 성직자로서 탄탄대로의 길을 걸었지만 주변 상황은 그의 생각과 달랐다. 카사노바는 절제와 위선이 요구되는 성직을 포기하고 즉흥적으로 군인이 된다. 그리고 배를 타고 콘스탄티노플로 가서 복무하고 와서는 바로 군복도 벗었다. 카사노바는 이때의 헛헛함을 도박장에서 만회하려 했으나 빈털터리가 되고 만다. 그의 나이 스무 살 무렵이었다.

카사노바가 바이올린으로 생계를 이어갔던 '수치스런' 날들이 얼마쯤 흘렀을까. 어느 날 그에게 큰 행운이 찾아왔다.

1746년 4월 21일, 카사노바는 베네치아 귀족 마테오 조반니 브라가딘과 만나게 된다. 그날은 어느 귀족 집안의 혼례 파티가 있는 날이었다. 그곳에서 연주를 마치고 우연히 상원의원 브라가딘과 같은 곤돌라를 타게 되었는데 곤돌라 안에서 브라가딘이 갑자기 쓰러졌다. 카사노바는 그의 증상을 뇌일혈이라고 판단하고 급히 의사 집으로 뱃머리를 돌린 후 응급조치를 했다. 간신히 위험한 순간을 넘

겼지만 브라가딘이 회복하지 못하자, 의사는 브라가딘의 가슴에 수은을 붙여두는 시술을 했다. 그러나 브라가딘은 계속 고통을 호소했고 카사노바는 수은을 떼어내고 자기 나름의 치료를 해 그를 회복시켰다. 이를 보고 브라가딘과 그의 친구들은 카사노바의 비범한 의학 지식을 신비술이라고 믿게 된다. 카사노바는 유대교 신비주의 카발라에 대한 지식을 이용하여 그들의 마음을 더욱 강하게 사로잡았다. 이 사건은 카사노바의 삶을 일순간에 바꿔놓았다.

생명을 구해준 은인 카사노바에게 브라가딘이 이렇게 말했다.

"당신이 누구든 내 삶을 당신에게 빚졌소. 당신을 성직자, 의사, 변호사, 장군, 마지막으로 바이올린 연주자로 만들고자 한 당신의 후원자는 당신을 알지도 못하는 바보임에 틀림없소. 신은 천사를 보내 당신을 내게로 인도하게 만들었소. 내가 당신을 이해하는 지금 당신이 내 아들이 되길 바라니, 당신은 나를 아버지로 받아들여야 하고 나는 죽을 때까지 당신을 내 아들로 대할 것이오. 당신의 집이 준비되었다면 당신의 옷을 보낼 것이고, 당신은 하인과 곤돌라를 가질 것이오. 또한 매달 10제키니를 받을 것이오."

브라가딘은 생명의 은인인 카사노바를 양자로 삼고 막대한 용돈까지 준다.

문학, 철학, 식물학, 과학, 점성술, 마술에 도통하고 박식하며 날카로운 경구를 섞은 말솜씨도 예사롭지 않은 이 젊은이는 로마와 파리에도 가보았고, 이스탄불에도 가보았다고 했다. 날카로운 눈초리, 관능적인 입술이 매력적인 카사노바는 바이올린은 프로급이었으며 펜싱도 상당한 수준이었다. 브라가딘은 이를 알아보았다.

이후 3년 동안 카사노바는 쾌락에 몰두하는 젊은 귀족으로 유쾌하게 지낸다. 신분상의 열등감을 삭이고 있던 그에게 저절로 굴러

온 이 행운으로 다재다능하고 정력적
인 카사노바는 자유와 쾌락을 즐기며
방향 감각을 잃기 시작했다. 그는 자신
에게 주어진 풍족한 환경을 만끽하면
서 좋은 시절은 즐겨야 하고, 또 그런
좋은 날은 얼마 가지 못한다는 것을 본
능적으로 알고 있었던 듯하다. 브라가
딘은 마음껏 향락에 빠져든 이 양아들
을 향후 20년간 계속 지원했다.

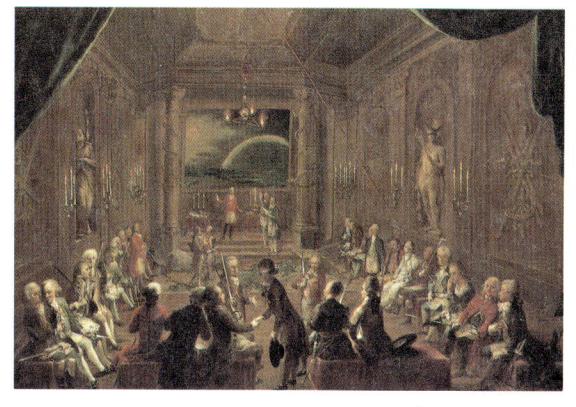

〈프리메이슨* 신입회원 입단을
위해 빈에 모인 단원들〉
아노니모, 1786년작.

카사노바는 후원자를 얻은 후 더 이상 연주자로서 살지 않았다.
카사노바가 바이올린을 켜는 걸 상상해본다. 18세기 이탈리아에서
바이올린과 함께 활처럼 휘어지며 춤추듯 움직이는 동작과 사치스
런 의상은 얼마나 황홀했을까. 더 이상 그의 연주를 들을 수 없다는
게 못내 아쉽기만 하다.

이제 젊은 귀족 행세를 하며 거침없이 정욕을 불태웠던 청년을
좇아가야겠다. 한순간도 놓치지 않고 인생을 즐겼던 카사노바를 말
이다.

밤이 깊어가자 곤돌라의 휘장을 덮는 손길이 바빠졌다. 언제 뜻하
지 않은 좋은 인연을 만날지 모르니, 베네치아에선 될 수 있으면 곤
돌라를 타야겠다. 촛불처럼 흔들리던 물 속의 불빛들도 하나 둘 꺼
져가고 먹물처럼 검어진 물길 곁으로 골목길이 한산해졌다. 출렁이
는 물결 소리가 더욱 크게 들려오는 스산한 길을 따라 나는 숙소로
돌아왔다.

* 프리메이슨(freemason)
18세기 초 영국에서 시작된 세계
시민주의적·인도주의적 우애 단
체로 당시 유럽에서 자유로이 여
행할 수 있던 석공 조합(메이슨
길드)을 모체로 결성되었다. 18
세기 중반에는 유럽의 각국과 미
국까지 퍼져 나갔으며 대상도 중
산층과 지식인으로 확대되었다.
계몽주의 사상과 호응하여 자유
주의와 합리주의 입장을 취하였
으며 종교적으론 관용을 중시하
였다. 카사노바도 1750년 프리메
이슨의 단원이 됨으로써 귀중한
인적 네트워크를 갖게 되었다.
말년에 그를 돌봐준 발트슈타인
백작도 프리메이슨 단원이었다.

파도바의 젊은 지성

.

아침 일찍 역으로 갔다. 역에서 야채와 치즈를 넣어 누른 따뜻한 파네를 먹었다. 이 따뜻함은 뭔가 우리네 정서와 맞는다. 베네치아 산타 루치아 역에서 파도바까지는 기차로 20여 분 걸린다. 초라한 완행 열차에는 사람도 없다.

카사노바는 자신의 삶을 여덟 살 때부터 정확히 기억할 수 있었으며, 그때부터가 인간으로서 생각을 가진 진정한 존재가 된 때라고 말했다. 유년 시절 그는 매우 허약했다. 여덟 살 때 코피가 멈추지 않는 이상한 병으로 고생하고 있는 카사노바를 외할머니 마르지아가 곤돌라에 태우고 무라노 섬으로 갔다. 그 섬에서 주술사에게 넘겨진 카사노바는 하룻밤을 꼬박 상자에 갇혀 보내야만 했다. 새벽이 되자 아름답고 신비스런 여인으로부터 주술 치료를 받게 된다. 여덟 살 소년인 카사노바에게도 병을 치료하기 위해서 아름다운 여인에게 자기 알몸을 맡긴다는 것이 야릇한 감응을 불러일으켰다. 출혈 증세를 주술로 치료한 후 카사노바의 몸은 점차 건강을 되찾았고, 그 여인의 신비감에 사로잡히게 되었다. 이 신비스런 경험을 한 후 카사노바는 신장이 2미터인 건장한 청년으로 자랐다.

어린 시절 병약했던 카사노바는 이곳 파도바에서 청년 시절을 보내며 고지 박사 밑에서 공부했다. 그의 학습 능력은 대단히 우수했다고 한다. 그는 히브리어와 라틴어에 능통했고 고전 문학을 줄줄이 꿰고 있었으며 신학, 법학, 자연과학, 예능 등 다방면에서 뛰어난 성적을 유지했다. 카사노바는 파도바 대학으로부터 시험만 보러 와도 좋다고 인정받았기 때문에 학생들에게 자기 지식을 팔고 필요한 걸 얻는 거래를 하기도 했다. 가난하면서도 똑똑하고 융통성이 뛰어났던 청년 카사노바가 훗날 인문학에 뛰어난 지식을 겸비한 저술가로서 평가받을 수 있었던 것은 이곳 파도바에서의 수학 기간이 있었기 때문이었다.

소박한 파도바 역에 내리자 제일 먼저 가판대에서 세일중인 책들이 눈에 띄었다. 각 분야의 책들이 역내 한가운데에 펼쳐져 있고 사람들은 바쁜 기색도 없이 책을 보고 있었다. 이런 풍경 속에서 이곳이 역사 깊은 대학 도시라는 걸 느끼게 된다.

버스를 타고 파도바 대학으로 갔다. 1222년에 세워진 파도바 대학은 780년의 역사를 자랑하는 유럽의 명문 대학이다. 대학 캠퍼스 건물 중 하나는 16세기 그대로의 건물로 졸업생들의 귀족

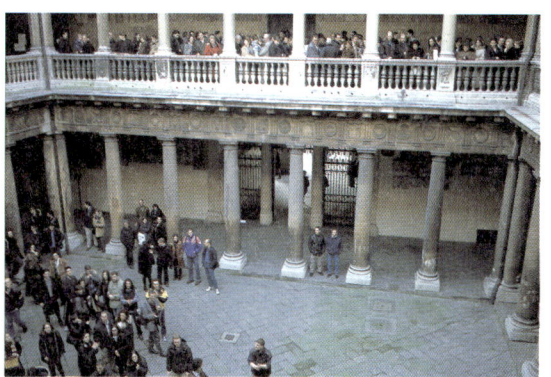

파도바 대학 출신 귀족들은 자신의 가문을 상징하는 문양과 문장을 벽면 가득 새겨놓았다.

가문 문장들이 벽면 가득 장식되어 있었고, 기념할 만한 졸업생, 혹은 교수들의 동상도 고풍스럽게 늘어서 있었다.

놀랍게도 파도바 대학은 이곳을 찾아온 방문객, 혹은 관광객들에게 학교를 소개하는 프로그램을 만들어놓고 돈을 받았다. 유럽의 어디서든 만날 수 있는 황혼의 여행객들과 함께 학교 투어를 했다. 난 이곳에서 본 갈릴레오 홀을 잊을 수가 없다. 1592년부터 1610년까지 이곳에서 강의한 갈릴레오를 기념하는 홀은 관광객에게 큰 행사 때만 문을 여는 곳으로, 커다란 골동품 지구본과 천체 관측 기구를 볼 수 있고 홀 벽에는 총장과 교수들, 왕족들의 초상이 걸려 있다.

우리 일행은 다음으로 해부학 교실을 구경했다. 당시 종교적인 이유로 인체 해부가 금지되었던 사회 분위기로 인해 강의실 바닥에 수로를 만들어 시체를 몰래 배로 들여와 해부 실험을 했던 곳이다. 강의실은 모든 학생들이 해부 실험을 다 볼 수 있게 타원형 극장처럼 되어 있고 한가운데 수로가 나 있었다. 놀랍도록 과학적으로 설계된 강의실을 보며 관광객들은 자리에서 떠날 줄 몰랐다.

이곳을 둘러본 후 난 갑갑증을 견디지 못하고 안내인에게 물었다.

"카사노바가 이곳 졸업생이라는데, 그에 대한 이야기 좀 들려주세요."

안내인은 예상 밖으로 무덤덤하게, "음, 그런가요?"라며 입술을 찡긋했다. 순간 얼마나 무안했는지. 세계적인 석학들을 배출한 전통 있는 명문 대학에 와서 '웬 카사노바?' 라고 하는 듯한 표정이었다. 나는 섭섭하고 불안했다.

투어가 끝나자마자 학적부가 보관된 문서실로 찾아갔다. 그리고 나는 한국에서 카사노바가 이곳에서 학위를 받았다는 걸 확인하고 싶어 왔다고 졸라댔다. 40여 분을 기다린 후에야 고문서 더미에서 카사노바가 이 대학을 수료하고 1742년 법학박사 학위를 받았다는 기록을 볼 수 있었다.

기록을 보여준 아가씨는 카사노바가 파도바 대학 법학박사라는 것만으로도 여인들의 환심을 살 만했을 것이라며 자부심을 실어 웃었다. 그녀가 웃자 용기를 내어 이 기록을 사진에 담아가고 싶다고 했지만, 사진기의 플래시는 고문서 종이에 해가 된다며 단호하게 촬영을 거절했다. 그들이 고문서를 얼마나 철저하게 관리하는지를 보고 한편으론 부러웠다.

파도바 대학에서 습득한 탄탄한 지식은 훗날 카사노바가 경제, 정치, 문화 등 다양한 분야의 엘리트들과 교류를 하는 밑거름이 되었고, 귀족 사회와 부유한 상류층의 언저리에서 견딜 수 있는 힘이 되었다. 그가 평생 40여 편의 저서를 남길 수 있는 저력이 여기에서 나오지 않았을까.

멀리서 찾아온 이방인에게 만지면 부서질 것 같은 문서 더미를 보여준 관계자와 인사를 나누고 있는데 밖에서 이상한 소리가 들렸다. 의아해하는 나를 보고 그녀는 "빨리 나가 보세요. 오늘은 학위 수여식이 있는 날이라 재미있는 구경을 하게 될 겁니다."라며 문을 열어주었다.

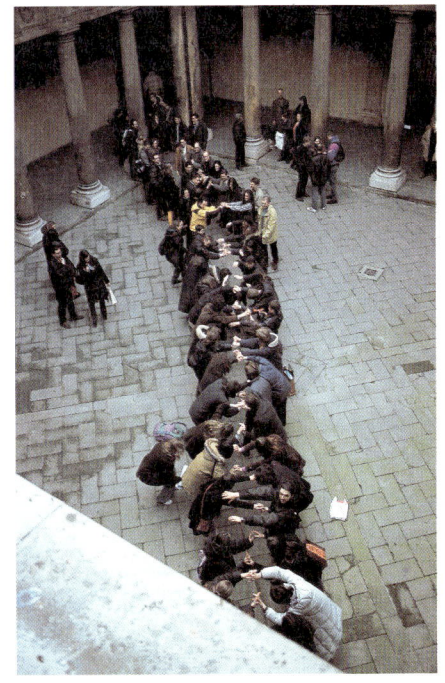

파도바 대학 졸업식 광경. 졸업생들은 가족, 친지, 친구들 사이를 격려가 담긴 뭇매를 맞으며 통과해야 한다.

"도토레! 도토레사!"

각각 남자 학위 취득자, 여자 학위 취득자라는 뜻으로, 사람들은 일렬로 줄을 서서 역사 깊은 건

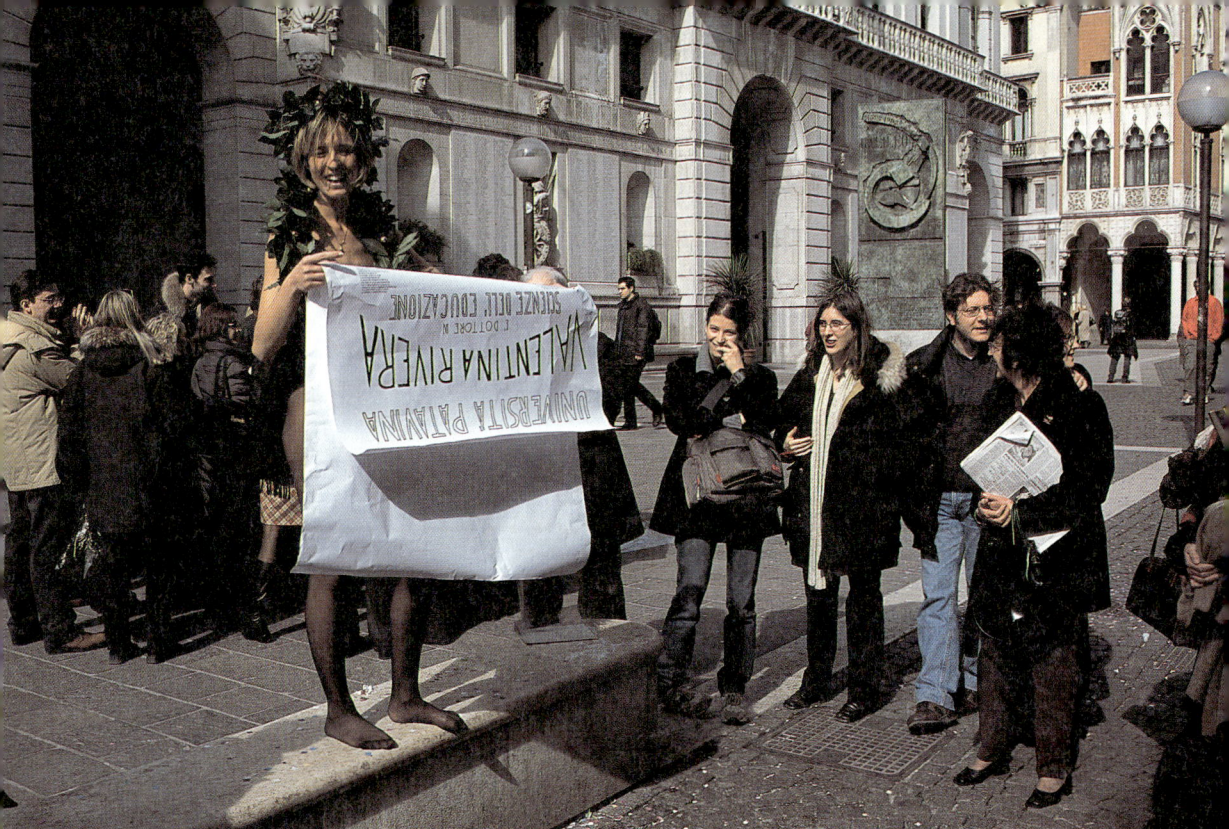

파도바 대학의
졸업식 진풍경. 한 여학생이
옷을 벗은 채 학창시절
자신의 성 경험담을 적은
대자보를 읽고 있다.

물 뜰을 지나며 외치고 있었다. 수여증을 받아든 주인공을 건물 밖
으로 몰고 간 일행은 그 동안의 노고에 진심 어린 애정을 표현하는
듯 포옹을 하더니 곧바로 주인공의 옷을 벗겼다. 졸업생들은 스스
럼없이 옷을 벗었다. 그리고 미리 준비된 독특한 장식 의상을 입거
나 아예 벗은 채로 대중 앞에 섰다. 그러고는 자신이 쓴 대자보를
들고 읽어 내려갔다. 여학생이 자신의 첫경험 상대는 누구였고, 누
구누구와 즐겼으며 어땠었다는 성적 경험을 속옷만 입고 외치는 광
경을 상상해보라. 관중들은 그녀의 학창 시절 비밀 일기를 폭소로
덮어주고 쌀쌀한 날씨에 더욱 용기를 내라는 의미로 계속 포도주를
부어 주는 도우미가 붙어 있다. 광장 여기저기에서는 이렇게 남녀
학생이 중요한 부분만 가리고 그들만의 전통 의식을 치르고 있었

다. 그들이 있는 광장 옆 학교 건물 벽에는 졸업생들이 붙여놓은 기가 막힌 대자보가 즐비했다. 대자보마다 여성, 남성의 성기를 패러디한 노골적인 그림은 물론이고 그들이 밝히는 학창 시절 에피소드는 우리나라의 정서로는 영원히 숨기고 싶은 이야기들이라 여기에 등장하는 교수님의 체면도 말이 아닐 성싶은데, 그들의 정서는 이를 그냥 웃어넘기는 정도였다. 수백 년의 역사와 훌륭한 선배 석학들의 업적을 자랑하는 이들의 자긍심에 2백 년 전의 선배 카사노바의 영향도 한몫 하는 걸까.

독특한 파도바 대학의 졸업식 광경을 구경한 후 파도바의 거리를 이리저리 오가다 장이 서는 곳에서 발걸음을 멈췄다. 아담한 손수레에 가득 담긴 과일과 지중해의 생선이 싱싱했다. 이곳 장터 사람들이 말하는 이탈리아어는 모두 즐거운 유머처럼 들렸다.

한구석에서 마치 가내 수공업으로 만든 것 같은 장식품을 파는 사람을 보았다. 그는 수염 난 턱을 끄덕이며 와서 보라고 손짓했다. 다가가서 장난삼아 카사노바를 달라고 했다. 그런데 이게 웬일인가. 그가 선뜻 도자기를 찾아 건네주었다.

"몇 번째 애인인지 모르지만 카사노바가 지금 꽤 바쁜 모양이오. 하하하."

카사노바가 여인을 유혹하느라 무릎을 꿇고 구애하는 모습을 빚은 도자기였다. 파는 사람의 설명이 재미있어서 달라는 값을 다 주고 그걸 샀다. 마이센 자기(독일 작센 주 마이센에서 제작되는 도자기)는 아니지만 카사노바의 사랑 놀음은 오늘날에도 장식용 도자기의 주제가 되고 있다는 게 흥미로웠다.

카사노바는 회고록에 파도바의 솜씨 좋은 피에몬테 사람에게 자

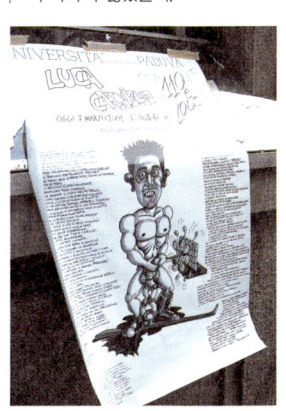

파도바 대학 벽면에 붙어 있는 대자보. 카사노바는 이 한 장으로 부족하지 않았을까.

신의 세밀 초상화를 그리게 했다고 기록했다. 그러나 온 상점을 다 뒤져도 카사노바의 세밀 초상화는 보이지 않았다. 파도바는 카사노바를 잊고 있는 도시였다. 서점에도 그의 책은 전기 전집 중 한 권으로 기획되어 있어 전집을 모두 사야 했다. 몇 배의 값을 치러야 하는 전집은 포기할 수밖에 없었다.

3월의 햇살이 맥없이 건물 뒤로 숨을 때가 되자 난 마음이 급해졌다. 파도바 대학의 졸업 광경에 취해 꼭 가봐야 할 대학 도서관이 문을 닫는 시간이 다가오고 있었기 때문이다. 이곳에는 분명 카사노바의 저서 초판본이나 혹은 관련 책들이 보관되어 있을 것이다.

조용한 길에 있는 도서관에서는 많은 학생들이 기록물들을 찾아보고 있었다. 이런 광경을 보니 이들이 값진 문화 유산 속에서 많은 것을 저절로 습득할 수 있다는 게 부러웠다. 고서 보관실에는 예상대로 카사노바 관련 책들이 잘 보관되어 있었다. 아르바이트 학생은 그것들을 서슴없이 복사해서 성의를 다해 자료를 만들어주었다.

사람들은 어디를 가나 서로 눈빛으로 통한다고 나는 믿고 있었는데, 정말 그랬다. 난 여기에서 호메로스의 작품을 카사노바가 번역한 《일리아스(Dell Iliade div Omero)》(1778) 초판과 《볼테르 비평서(Scrutinio del libro Éloges de M. Voltaire Par differents auteurs)》(1779) 원본을 보았다.

카사노바가 1779년 쓴 철학서 《볼테르 비평서》는 볼테르가 세상을 떠난 직후 출판되었는데, 볼테르를 찬양하는 글들을 겨냥한 것이기도 했다. 카사노바는 볼테르를 신랄하게 비판했는데, 특히 볼테르의 종교관을 문제삼았다. 여기에는 다소 사적인 감정이 포함되어 있기도 하다. 볼테르는 카사노바가 자신의 책을 폄하한 적이 있었기 때문에 그가 자신이 거주하던 델리스를 방문했을 때도 그리

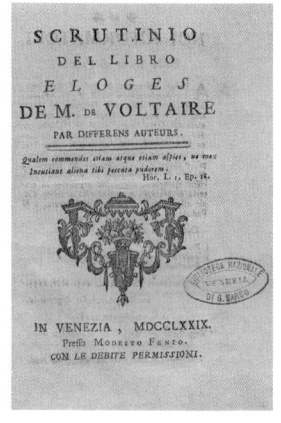

카사노바가 쓴
《볼테르 비평서》(1779).

반기지 않았다고 한다.

　도서관 측은 내게 책표지와 본문을 복사할 수 있게 배려해주었다. 내가 좀더 욕심을 내자 도서관 아르바이트 학생은 카사노바의 의학 비평서 등 귀한 자료들을 가져다주었다. 도서관이 문 닫는 시간이 되어서야 겨우 자료를 챙겨 나올 수 있었다. 누군가가 카사노바가 남긴 자료를 찾아 그를 연구했고, 카사노바에 관한 책들을 만들어 놓았다는 사실을 확인할 수 있었다.

　"행운을 빌어요." 수고의 대가로 5만 리라를 받은 학생이 내게 말한 뉘앙스도 '당신이 카사노바를 연구해서 좋은 일이 있기를 바란다'는 것이다. 이 자료들이 앞으로 내게 어떤 일들을 가져다줄지를 생각하니 역으로 돌아오는 동안 정말 마음이 설레었다. 세월은 가도 기록물은 남는다는 위대함을 새삼 느꼈다.

　유럽 전역에서 학생들이 몰려드는 역사 깊은 대학이 있는 도시 파도바. 카사노바가 이곳 졸업생이냐고 묻는 내게 대학 안내인이 의아한 표정을 지었던 게 생각났다. 그 안내인처럼 대다수의 사람들에게는 한낱 바람둥이라고만 알려져 있지만, 파도바 시의 대학 고서 보관실에서는 카사노바가 법학박사이며 많은 저서를 남긴 천재라는 걸 제대로 알고 대접하고 있었다.

　나는 빨리 이 자료들을 정리하고 싶어져서 베네치아 민박집으로 걸음을 재촉했다.

감각의 순례자

베네치아의 오후, 단아한 살구색 지붕들이 석양에 물들면 동화 속 그림 같은 집들은 모두 연극 무대 위의 세트가 된다. 모든 것이 붉은 빛에 잠겨 있을 때 밤을 기대하는 흥분이 서서히 피어오르듯 곤돌라는 소리 없이 출발해 반짝이는 물비늘과 몸을 붙이고 춤을 추며 손님이 가자는 곳으로 미끄러져 간다.

곤돌라가 석양의 그림자에 모습을 숨기며 멈추어 서자, 황급히 내려 물살이 부딪히는 현관으로 들어서는 이가 있다. 검은 망토에 마스크를 쓴 키가 훤칠한 남자, 그가 바로 카사노바가 아니었을까. 석양이 불씨를 준 것처럼 하나 둘 불이 켜지는 가로등 밑에서 비릿한 물내음 속에 카사노바의 밀회를 상상한다.

감각적 사랑을 좇아 신분의 고하를 막론하고 어떤 여인에게든 오감을 열고 사랑한 카사노바의 일생은 흥미진진한 한 편의 드라마가

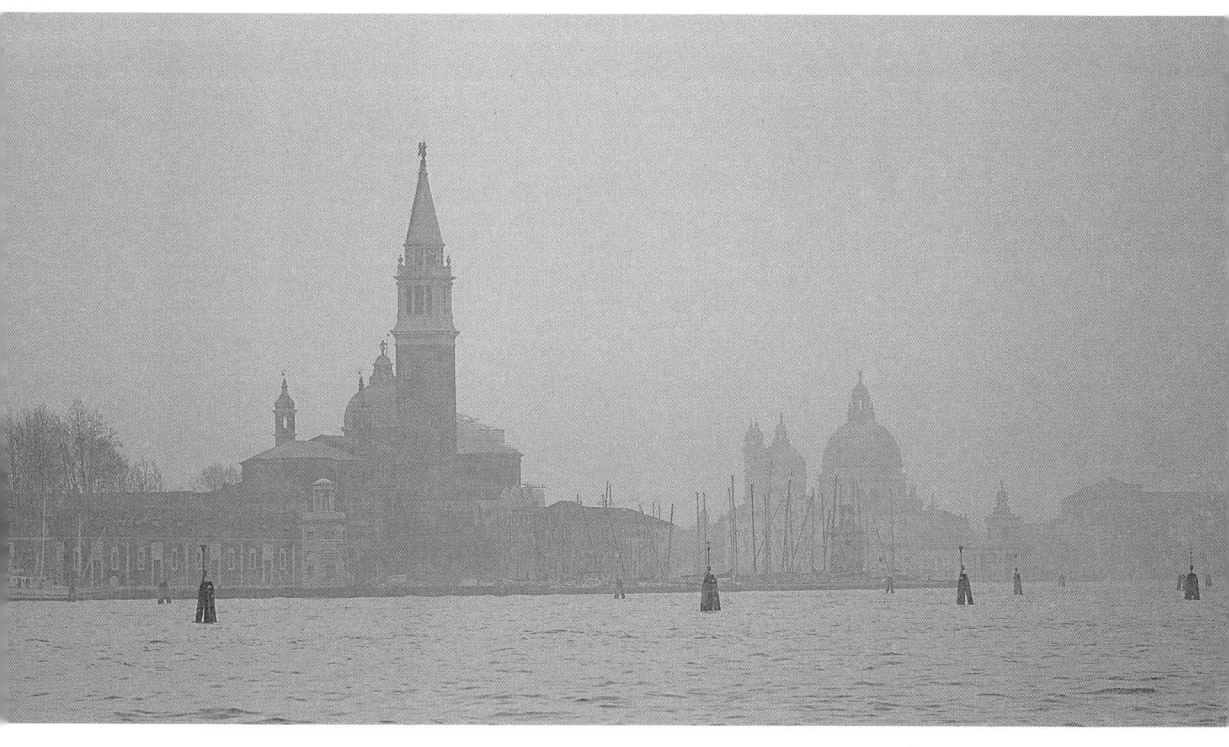

되기에 충분하다.

'그가 사랑한 여인들은 어떤 이름을 가졌으며 누구였을까, 그들
은 서로 사랑했을까, 섹스에 탐닉했을까, 도대체 카사노바의 여인
은 몇 명이나 되는 걸까.' 베네치아에서 카사노바를 떠올린 사람들
은 이곳 베네치아를 거닐던 카사노바의 여인 편력에 대해 이런 호
기심을 드러낸다.

카사노바의 연인은 40여 년 동안 116명이었다는 기록이 전해진
다. 여러 가지 설이 있지만, 그를 두고 말할 때는 '설에 의하면'이라
고 말하지 않길 바란다. 왜냐하면 카사노바가 호색한의 이름으로
이토록 유명해진 것은 그가 자신의 이야기를 세세히 기록해놓았기

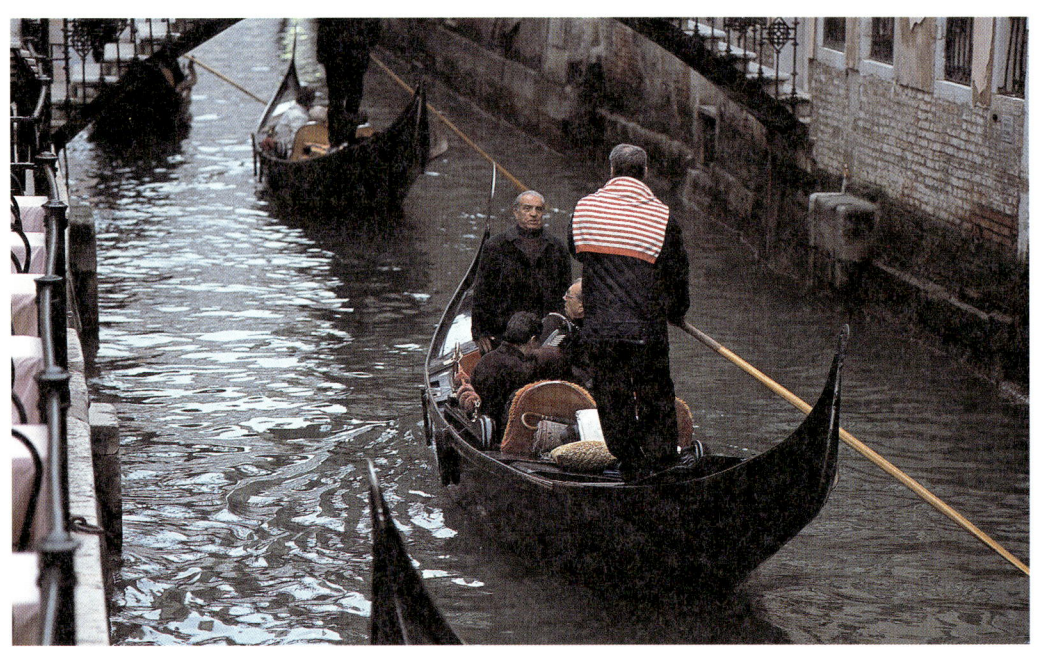

베네치아의 주요 교통수단인
곤돌라와 사공.
은밀한 사랑을 이어주는
메신저이기도 하다.

때문이다. 그러기에 우리는 그의 기록에 나타난, 혹은 다른 이의 기록에 있는 사실만을 말해야 한다.

카사노바는 자신이 사랑하고 관계했던 여인들을 그가 회고록을 쓰던 60대에도 뚜렷하게 기억했다. 여인들의 이름은 물론 그녀의 느낌과 함께 했던 시간들, 그리고 함께 즐긴 식사와 체취까지도. 카사노바와 관계한 여인이 천 명 가량 될 거라고 추측한 책도 있다. 그 수많은 여인들을 하나하나 기억한다는 사실은 '매번 사랑에 빠졌다'는 카사노바의 고백을 믿게 만든다. 단지 성적인 충동에 의해 여인과 관계를 맺었다면 오랜 시간이 지난 후까지 그렇게 자세히 기록한다는 건 불가능했을 것이다.

매번 사랑에 빠진 이 남자는 얼마나 행복했을까. 소리 없이 미끄러져가는 저 황혼녘의 곤돌라 안에 여인과 함께 있다고 상상해본다. 지중해의 햇빛이 가득 든 와인에 취하며 여인의 관능적 자태에 녹아드는 초콜릿 같은 대화들……. 새로운 사랑이 찾아왔고, 그날 하루는 온통 그녀를 위해 준비되어 있었던 양 모든 것이 아름다움의 절정이다.

이 시각 모든 곤돌라들은 이런 사랑을 나르기에 바쁘다. 매일 매일이 사랑의 축제로 들떠 있는 듯한 베네치아에서 "로~엠~! 로~엠~!" 하고 사공이 외치는 소리는 여기서는 어떤 사랑도 다 아름답다고 노래하는 것 같다.

여인에게서는 항상 달콤한 체취를 느꼈다. 누군가 퇴폐적 취향이라거나 부끄러운 줄 알라고 비난한다면 나는 그저 웃을 수밖에 없다. 그리고 이러한 나의 취향 덕분에 나는 더 많이 탐닉하고 즐길 수 있었다. 그 누구에게도 피해를 주지 않으면서 쾌락을 즐길 줄 아는 사람은 행복하다.

카사노바는 "남자가 도저히 유혹할 수 없을 정도로 정조가 굳은 여자는 없다."고 했다. 이런 카사노바의 첫 직업이 성직자였다는 게 아이러니하다.

18세기 당시에는 사제나 군인이 되는 것이 출세를 위한 지름길이었기 때문에 많은 젊은이들이 그 길을 택했다. 카사노바는 자신의 이웃인 성직자 알비세 말리피에로의 도움으로 1740년 2월 14일 채발식을 하고 성직에 입문했다. 산 사무엘 성당 근처의 카사노바 집 옆에 말리피에로의 집이 있다.

열다섯 살 때 베네치아의 코레 대주교로부터 신품을 받은 카사노바는 시아보 사제 밑에서 공부했으며 특히 시를 좋아했다. 당시 그는 박사 논문을 준비하는, 그야말로 전도 유망한 젊은 사제였다. 다음 해에 하위 성직을 얻은 카사노바는 열여섯 살 때 비잔틴 성당에서 첫 신학 강의를 했고, 추기경의 비서로까지 일했다.

카사노바는 로마로 가서 성직자로서 자리잡기 위해 수순을 밟아가다가 어이없는 운명의 꼬임으로 이 길을 포기한다. 그러기까지 무슨 일이 있었는지는 성급히 이야기하고 싶지 않다. 다만 나는 분명히 기억한다. 카사노바가 죽을 때 고백한 말이 있다. "나는 철학자로 살다가 크리스천으로 죽는다." 그의 유언은 카사노바라는 한 인물을 다시 알고 싶게 만드는 인상 깊은 유언이다. 우리는 그의 생의 마지막 고백을 쉽게 수긍할 수 있는가. 그의 삶이 이 한마디로 요약될 수 있다는 걸, 나는 이 여행 어디쯤에서야 깨닫게 될까.

전도 유망한 젊은 사제로 절제와 냉철함을 갖춘 카사노바는 일흔 살의 성직자 말리피에로가 열일곱 살의 어린 가수 테레즈를 농락하는 걸 곁에서 지켜보면서 혼란스러워졌다. 게다가 자신의 지나친 절제로 사랑을 기다리던 여인을 절망하게 만들었다는 자책감에 괴로워하게 되는 일이 그에게 생겼다.

카사노바는 몽레알 백작 부인의 초대로 그녀의 집에 갔다가 그 집 관리인의 딸 루시아를 알게 되고 그녀를 사랑하게 된다. 그러나 그녀의 사랑을 느끼면서도 본능적인 욕구를 절제하고 그곳을 떠났다. 그러나 훗날 그녀가 어느 호색한에게 농락당해 떠났다는 걸 알고 카사노바는 비탄에 빠져버렸다. 이때 그는 다시는 사랑을 이성으로 절제하는 일 따위를 하지 않으리라 결심했다. 카사노바는 자신의 이성이 시키는 대로 행동한 것이 한 여인의 순수한 감정을 짓밟았다는 자괴감에 빠져 괴로워했다. 이 일이 있은 후 카사노바는 성당 주임 신부의 조카 안젤리카에게 한눈에 반하게 되는데 이번에는 수

줍고 도덕적인 안젤리카 때문에 카사노바가 오히려 고통스러워하며 여위어갔다.

　지중해의 정열이 담겨 있다는, 붉은 포도주의 일종인 '비노로소'를 마시며 가스등 같은 희미한 가로등 밑 노천 카페테리아에 앉아 있으면 여행 중이라도 혼자라는 게 절망스러울 때가 있다. 인생의 황혼이 찾아오기 전까지는 결코 외롭지 않았을 것 같은 카사노바의 애정 행각이 부러웠는지, 아무튼 나는 쓸쓸했다. 그리고 감상에 젖어 추억을 떠올리듯 순수의 열쇠로 열고 미지의 성으로 들어갔을 때의 그 순간을 회고했다.

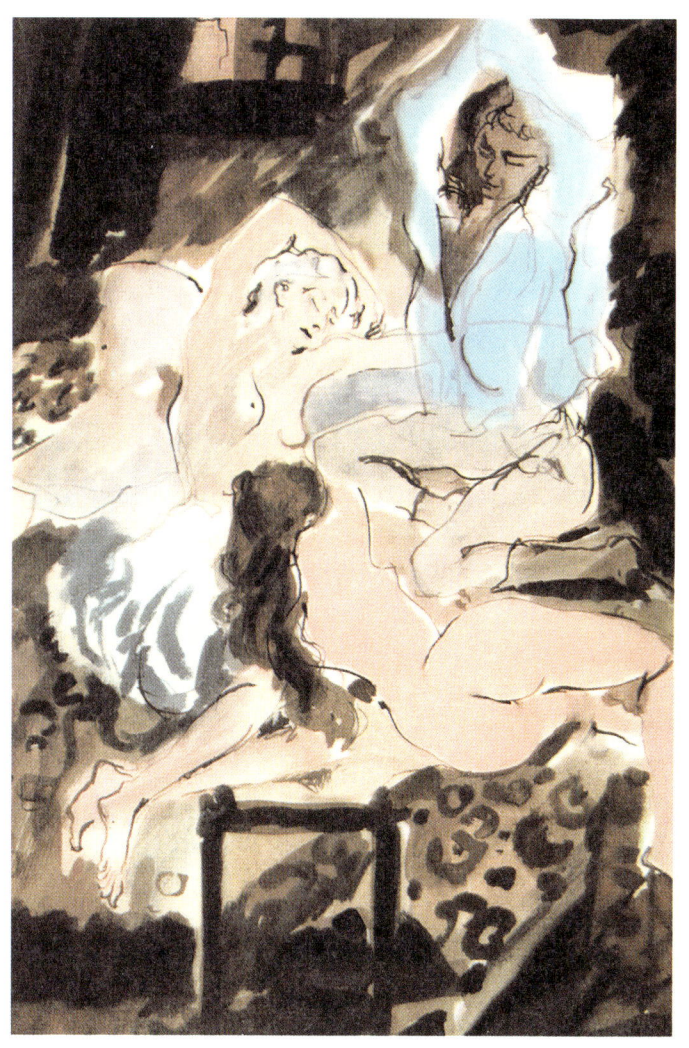

카사노바와 두 자매의 사랑을 그린 삽화.

　사람들은 첫경험 이후 성을 어떻게 탐닉하게 되는지 자기만의 역사를 가지고 있겠지만, 카사노바의 첫경험은 이러했다. 본능적으로 해소되지 않는 사랑의 감정에 고통스러워하던 카사노바가 드디어 첫경험을 한다. 어두운 밤, 안젤리카의 친구인 두 자매가 카사노바를 위로했다.

"당신의 사랑을 모른 척하는 안젤리카가 나빠요."

카사노바는 친근감이 느껴지는 두 자매를 만나기로 한 밤, 미리 사이프러스 산 와인과 훈제 옥스팅 요리를 준비했다. 더 이상 육안으로는 아무것도 확인할 수 없는 칠흑 같은 밤이 되자 카사노바는 기다렸다는 듯이 두 자매를 유혹했다. 맛좋은 와인으로 마음도 몸도 늘어져갈 때 나네타, 마티나 두 어린 자매의 육체는 이미 사랑을 받아들일 자세가 되었고, 첫경험이 분명한 카사노바는 섬세한 본능의 더듬이로 두 소녀를 애무하기 시작했다. 욕망을 고조시켜가는 헌신적인 애무는 그녀들을 이내 본성에 굴복하게 만들었다. 그때 카사노바는 한 소녀에게서 처녀성을 감지하고 그녀가 느낄 고통을 알기에 순수를 지켜줄 양으로 옆의 소녀에게로 갔다. 하나씩 껍질을 벗기듯 사랑의 속삭임은 깊은 밤 내내 이어졌다. 그의 독특한 사랑의 향연은 이렇게 시작된 것이다. 이 두 자매는 그 이후 노골적으로 카사노바와 한 침대에서 함께 사랑을 나누거나 하루씩 번갈아 그의 사랑을 즐겁게 받아들였다.

> 천천히 그녀를 눕히고 천천히 지속적인 운동을 하면서 놀라울 만큼 자연스럽게 최대한 자애로운 자세를 택했다. 이 행위를 완전한 것으로 만들기 위해 그녀는 나를 도왔다……. 절정의 순간에 그녀는 더 이상 상상을 유지할 힘을 잃어버렸다……. 나를 꼭 껴안으며 입술을 내게 가져왔다. 내게 있어 처음이었던 이 사랑은 너무도 완벽한 행복한 사랑이었기에 결코 자기 흥분으로 망가지거나 불협화음으로 끝나지 않았다.

카사노바의 첫경험은 그에게 완벽한 행복을 안겨주었다. 카사노바는 두 자매와의 사랑의 유희로 인생에서 처음으로 달콤한 충만을 맛보았다. 그러나 이후 끊임없이 솟아오르는 감각적 본능과 자유로운 욕망에 휩쓸리면서도 성직을 위해 로마로 향했다. 카사노바는 행복을 안겨준 자매와도 이별을 해야 했다. 두 자매는 펑펑 울었다.

로마로 간 카사노바는 성직자가 되기 위해 무척 노력했으며 나폴리까지 가게 되었다. 그러나 성직자가 되려는 그에게 행운 못지 않게 불행이 겹쳤다. 애인과 도망가려던 프랑스어 선생의 딸을 숨겨주고 누명을 쓰고는 도망자 신세가 되기도 했다. 물론 이 시기에도 사랑을 거부할 수 없는 왕성한 그를 여인들은 그냥 지나치지 않았다. 급기야 그는 성직에서 떠나기로 결심한다.

그리고 결국 수많은 영욕이 기다리는 새로운 세계로 여행을 떠난다. 사제의 길에서 감각의 순례자로. 그러나 감각의 순례자로서의 본능적 선택이 자기 일생을 어떤 무늬로 수놓을지 그는 알고 있었을까. 신은 광기에 서린 듯 한 카사노바의 사랑을 어디까지 허락해주었을까.

성직자의 옷을 벗어버린 후 카사노바는 감각의 전도사로서 화려한 삶을 살기 시작했다. 여인들과의 사랑을 노골적으로 기록해놓아 당시 출판이 금지될 정도로 구설수에 올랐던 그의 회고록이 이를 증명해준다. '계몽기 유럽의 난행에 대한 완벽한 기록'이라고 평가되는 그의 기록은, 그러나 동시대 다른 사람들의 삶과 크게 다를 게 없었다. 당시 사람들은 자신들의 체면 속에 가려진, 차마 드러내 보일 수 없는 욕망이 드러나는 걸 두려워했는지도 모른다. 귀부인들의 욕망은 카사노바를 통해 솔직하고 과감하게 드러났다.

카사노바의 여인들은 감각적 쾌락의 극치를 안겨준 여인과 영혼의 교감을 나눈 여인, 어려울 때 따뜻한 보금자리를 만들어준 여인, 재정적 후원을 아끼지 않은 여인 등이었다. 만일 이 네 가지를 다 지닌 여인이 세상에 있다면 완벽한 여인이리라.

카사노바는 여인들의 한 가지 장점만 보고 그 속에 빠져든 남자였다. 그리고 최선을 다해 여인을 행복하게 해주었다. 이것이 카사노바의 여인들이 떠나간 남자를 두고 원망하거나 비난하지 않는 이유이다. 카사노바가 지닌 우아함과 다정함은 평범치 않았다. 게다가 카사노바의 사랑은 늘 조건 없는 사랑이었다.

> 지금처럼 행복한 시대에는 창녀가 필요 없다. 착실한 여성들이
> 흔쾌히 내 뜻을 받아주기 때문이다.

교양을 겸비한 귀부인이나 금단의 열매인 수녀들, 그리고 예술적 재능을 발휘하는 배우들이 남자를 스스럼없이 매혹시키는 그런 시대였던 것이다.

카페테리아 옆 테이블의 남녀는 '비노로소' 보다는 서로의 입술에 젖어 있다. 와인 몇 잔으로 취기가 오르자 숨길 수 없는 질투가 내 마음을 휘저었다. 사랑할 수 있는 나이에 맘껏 사랑하지 못하면 삶은 얼마나 덧없이 흘러가고 말 것인가.

무라노 섬에 열린 금단의 열매

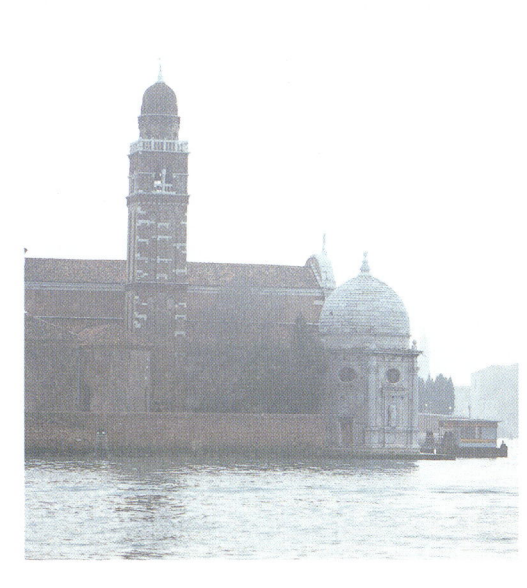

무라노 대성당.

무라노 섬으로 가기 위해 배를 탔다. 사람들의 어깨와 어깨 사이로 베네치아가 멀어지고 있었다. 어떤 사물이든 멀리서 바라보면 새삼스러워진다. 베네치아의 그랑 카날과 스카이라인이 서서히 현실에서 멀어져 한 폭의 그림 속으로 들어가는 시간이었다.

사람들은 무라노 섬으로 아름다운 유리 공예를 보러 간다. 15분쯤 배를 타고 가다가 섬에 내리면 사람들은 유리의 신비로운 색채에 정신을 빼앗기고 소녀도 꽃도 물고기도 모두 환상적인 빛의 유리로 빚어졌다는 사실에 놀라고 만다. 무라노의 크리스털

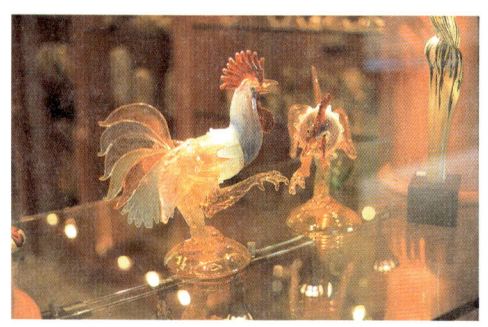

세계적으로 유명한
무라노 섬의 유리공예.

을 보면 소유하고 싶어진다. 그걸 갖는 순간부터 깨질까봐 불안해질 거라는 걸 모르는 채 말이다. 나만이 그 아름다움을 소유했다는 기쁨은 과연 얼마나 가겠는가. 여인을 사랑하는 것도 그런 게 아닐까.

유리 공예에 심취하고 있을 때가 아니었다. 카사노바가 밀회를 즐긴 수녀원과 카지노는 어딘지 가보아야 한다. 무라노는 카사노바식 사랑을 극명하게 느낄 수 있는 곳이며, 카사노바의 오명은 그럴 만했다는 듯 이곳에서의 카사노바 행적은 파격이었다.

무라노의 성당은 카사노바가 그의 사랑 C. C.(카테리나 카프레타)를 단 한 번만이라도 만나고 싶어 찾아간 곳이다. 카사노바가 사랑에 빠진 C. C.는 결혼하고 싶을 만큼 아름다운 소녀였다. 카사노바가 청혼하자 너무 어리다는 이유로 그녀는 아버지에 의해 강제로 수녀원에 보내졌다. 카사노바는 이 애절한 사랑 때문에 눈물을 흘렸다고 고백했다. C. C.는 카사노바에게 성당에서 열리는 축제일 미사에 꼭 와달라고 간절히 부탁했다. 먼발치에서라도 그를 보기 위해서였다. C. C.의 소망을 들어주기 위해 카사노바는 미사에 참석했고, 수녀 착복식 때는 먼발치에서 그녀의 시선을 느꼈다. 그러던 어느 날 C. C.의 친구 M. M.(마리아 막달레나)으로부터 만나고 싶다는 편지가 온다.

이제는 주일에도 신자들의 발걸음이 뜸한 이곳 성당이 당시는 카사노바와 두 여인의 삼각 관계의 무대였다니 세월의 무상함을 느낀다. 어느새 봄의 따사로움을 싣고 오는 바람이 느껴진다. 이 무라노 수녀원의 뜰에서 마스크를 하고 은밀히 사랑을 찾아오는 카사노바를 그려본다. 차가운 대리석이 봄의 햇살로 온기를 찾는 것처럼 두 수녀의 몽상적인 사랑도 그렇게 시작되었다. 저 겨울 나무가 꽃봉오리를 감추고 있었듯이 엄격한 종교복 속에 숨겨놓은 열정의 봉오리는 카사노바의 숨결이 닿는 순간 금세 농염한 꽃망울로 터졌겠지.

M. M. 역시 수녀였다. M. M.을 만나러 가기까지 카사노바는 전략을 세워야 했다. 마스크로 신분을 숨기고 중년 여인을 앞세워 위장하고 면회를 갔을 때 카사노바는 수녀복 차림을 한 M. M.의 숨막힐 듯한 아름다움에 반했다. 이 일이 있은 후 C. C.는 카사노바에게 '사랑이 M. M.에게로 움직여도 다 용납한다'는 편지를 썼다. 자신과 M. M.과의 우정이 그걸 허락한다는 것이다. 엄격한 종교 지배의 사회에서 성스럽고 고결한 신분인 수녀들의 놀라운 일탈이 있었다는 사실에 온몸이 떨려왔다.

무라노 섬에서 바라보는 베네치아는 여러 척의 큰 배 같다. 배들이 많은 건물들과 사람들을 실은 채 떠 있는 듯 보였다. 멀리 아득히 보이는 베네치아의 풍경에 젖어 시간의 흐름을 잊고 있다가 사람들이 삼삼오오 부두로 가는 것을 보고 유리 공장의 견학도 아름다운 감상도 끝나가는 시간이라는 걸 알았다.

이때쯤이면 사람들은 다시 베네치아의 밤을 기대하며 더러는 배를 타고 돌아가고 더러는 카지노로 향한다. 그곳에서 향락의 밤은 지갑을 열수록 무르익어간다. 베네치아에 생긴 도박장이 법적으로 인정받은 것은 1638년의 일

18세기의 카드.

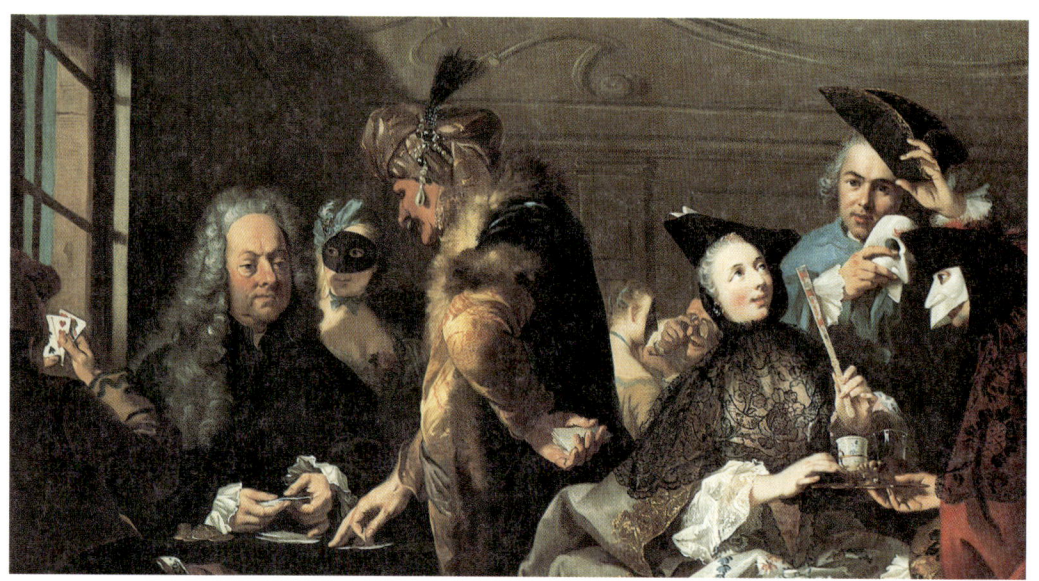

티슈바인이 그린
18세기 도박장 풍경.

이다. 성 모이제 다리 근처에 생긴 이 카지노는 귀족 마로코 단돌로가 경영했다고 한다. 당시 서민 계급을 위한 카지노가 따로 있어 귀족은 그들의 카지노에서 가면을 쓰지 않고는 탁자에 앉지 못했다. 살롱이라는 뜻의 '리도토'에서 괴상한 가면을 쓰고 도박 탁자에 앉은 귀족들을 당시의 그림에서 종종 보게 된다. 게다가 당시의 베네치아 여성들은 도박장에까지 출입이 허용될 정도로 자유로웠다.

1754년 무라노의 카지노는 스물아홉 살의 카사노바에게도 중요한 장소였다. 그곳에서 카사노바의 사랑은 눈처럼 희고 신이 빚은 조각처럼 아름다웠던 황홀한 눈빛의 여인 M. M.에게로 옮겨갔고 무라노의 카지노에서 그녀와 즐겼던 밀회는 불안하기까지 한 사실적 묘사로 전해져 내려온다.

그녀를 만나기 전 이틀 동안 기쁨과 설렘으로 먹지도 자지도

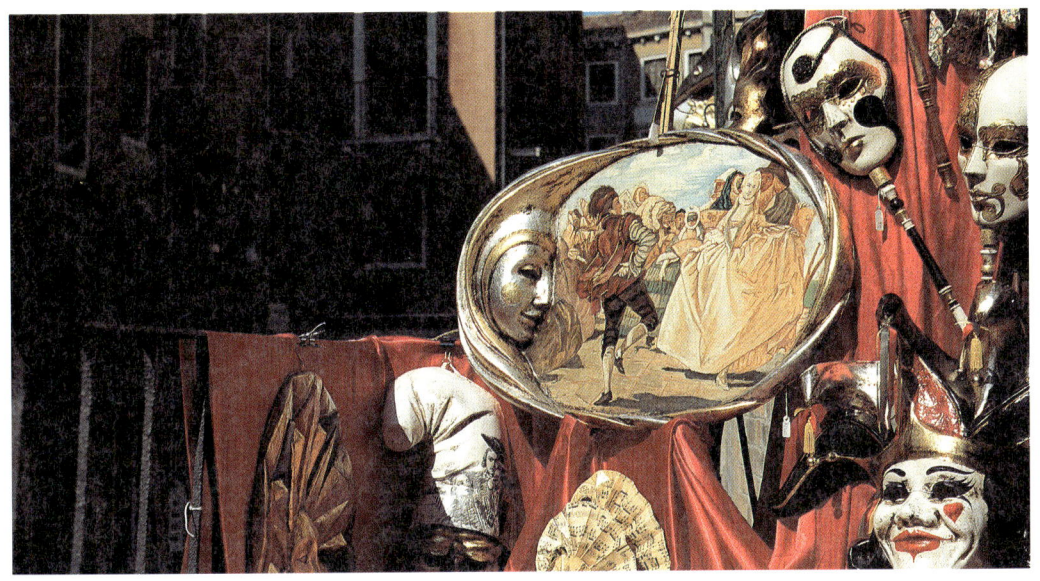

못했다. 그 지독한 행복이 믿어지지 않았다. 난 금단의 열매를
먹어야 하는 것이다……. 난 나의 일생에서 가장 우아한 방법
으로 그녀를 유혹했다.

카사노바는 드디어 그의 천사 M. M.과 카지노에서 마주한다. 그
녀는 수녀복 차림이었다. 둘의 사랑은 얼마나 위험천만한 일이었겠
는가. "사랑에 몸을 맡기기 싫다면 본능에 몸을 맡겨요." 카사노바
는 그녀에게 말했다.

누가 먼저랄 것도 없이 둘은 달콤한 접촉에서 열정으로 휩싸였으
며 그녀의 눈부신 육체는 카사노바를 미치게 했다. 눈으로 손으로
그리고 입으로 확인하는 그 정념의 숲속에서 그들은 무아지경이 되
어갔다. 밤새 분출하는 쾌락에 수도 없이 탄성이 흘러나오고 반복
되는 황홀경에 뜨거운 체액이 흐르면 카사노바는 이 체취를 더없이

좋아했다. 몰입의 시간이 끝나고 아침이 되자 정념의 여왕은 다시 한 번 감미로운 작업을 마치고 수녀복을 입고 떠났다. 카사노바는 자신의 준마가 새로운 힘을 충분히 얻을 수 있도록 잠을 늘어지게 자고 오후가 되어 마스크를 하고 카지노를 나왔다.

마스크는 얼마나 유용한 가리개였던가. 금지된 정사를 즐기고 열정을 다 소진하고 떠나는 남자가 마스크 안에서 자유를 느끼며 여유 있게 걷는 걸 상상해본다. 이 시대에도 간편하고 낭만적인 마스크를 쓸 수만 있다면 금지된 사랑을 나누는 러브호텔의 괴상한 휘장도 사라지겠지.

그녀의 대담함은 나를 놀라게 했다. 그녀의 아름다움과 마음은 진정한 매력이 무엇인지 깨닫게 한다. 난 금지된 과일을 맛본 것이다. 나는 알고 있다. 이브로부터 오늘날까지 금단의 열매야말로 세상에서 가장 맛있는 열매라는 걸.

카사노바의 고백이다.

아름다움으로 소문난 M. M.은 그 명성이 자자해서 수녀복으로 위장한 가짜 M. M.까지 등장해 금단의 열매를 탐하는 귀족들에게 사기를 쳤다고 하니 웃음이 절로 난다.

그 하룻밤이 얼마나 짜릿했는지 어느 날 M. M.은 카사노바가 있는 곳으로 만나러 오겠다는 연락을 해왔다. 그것도 그녀의 애인과 함께 말이다. 그녀가 베네치아 주재 프랑스 베르니스 공사의 정부라는 걸 카사노바도 알고 있었다.

M. M.과의 금지된 정사는 카사노바식의 사랑을 잘 말해준다. 페

데리코 펠리니의 영화《카사노바》에서 카사노바가 M. M.과 불 같은 정사를 나눈 후 다른 이의 눈을 피해 홀로 준비해둔 배를 타고 돌아오는 장면이 있다. 폭풍우가 몰아치는 바다 위를 힘겹게 헤쳐가는 배 안에서 검은 토가를 움켜잡은 카사노바가 자신을 추스르며 독백을 한다. 그때 그 바다는 얼마나 험상했던지 마치 카사노바의 앞날을 예고하는 것 같았다.

인생은 본능으로 애무하면 반드시 혀끝으로 독약이 묻어온다. 그러나 내가 타고 돌아오는 배는 평온한 바다 위를 지나왔다. 돌아오는 배에서 난 카뮈의 말을 떠올렸다. '삶의 강렬함은 탈선 없이는 생기지 않는다.'

사랑의 전희, 유혹의 식탁

여행 중에 끊임없이 결정해야 하는 건 어디 가서 무얼 먹을까 하는 것이다. 아름다운 석양에 취해 있던 나는 불현듯 근사한 곳에서 맛있는 베네치아 요리가 먹고 싶어져 비스트로로 향했다.

자리를 안내받은 나는 조리장이 권하는 걸 먹겠다고 했다. 그는 내 주문이 너무 마음에 든다는 듯이 해산물로 만든 요리와 버섯으로 장식한 요리를 만들어왔다. 조개와 해산물이 푸짐한 요리는 맛이 기가 막혔다. 조리장은 흡족해하는 내게 말했다.

"당신을 위해 매일매일 다른 요리를 맛보게 해줄 수 있습니다. 당신이 미각에 쓰는 돈이 아깝지 않을 만큼요."

이렇게 자랑을 하더니 대뜸 하는 말이 나를 놀라게 했다.

"오늘 당신이 맛본 요리는 카사노바가 즐겼던 요리입니다."

이럴 때 나는 텔레파시가 통하는 신비한 기류를 부인할 수가 없다. 이렇게 행복한 우연을 경험하고 나면 묘한 자신감이 생긴다. 나는 조리장을 붙들고 카사노바의 미각에 대해 얘기했다. 베네치아의 요리는 카사노바가 창작해놓은 게 많다는 것을 조리장이 확인해주었다. 카사노바는 베네치아 요리에 이것저것을 접목시켰다. 그가 탄생시킨 요리는 한두 가지가 아니란다. 조리장에게 요리를 누구한테 배웠냐고 물었다.

그는 요리 고등학교에서 배웠는데 이 일이 천직인 듯 즐겁다고 자신 있게 말했다. 루치아노 파바로티를 닮은 그는 자기가 요리만큼은 카사노바보다 한 수 위인데, 그것만은 한 수 아래라며 호탕하게 웃었다. 맛도 일품이고 조리장의 유머도 일급이다. 조리장에게 입을 다물지 못할 만큼 팁을 주고 내일 그 요리 학교를 찾아가겠다고 했다. 그도 나를 안내하기 위한 스케줄을 잡느라 갑자기 바빠졌다.

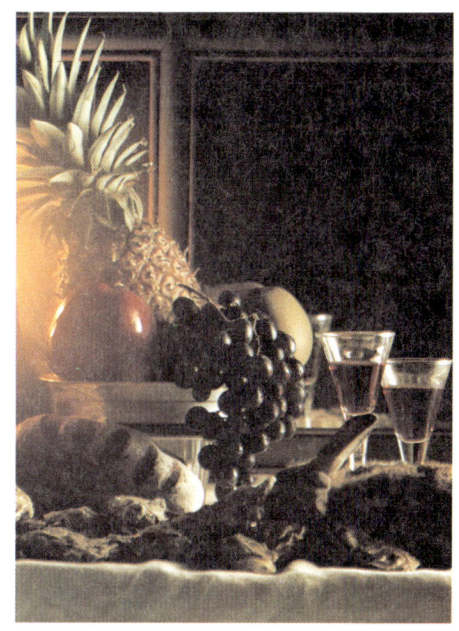

다음날 조리장과 함께 바르바리고 요리 고등학교를 찾아갔다. 현관 입구 접견실에서 잠시 기다리니 젊은 남자 마르티니 씨와 중년의 여자 미켈라 씨가 나와 반갑게 맞아주었다. 흰색 천이 곱게 덮인 큰 테이블이 있는 방으로 가서 우리는 마주 앉았다. 서로 통성명을 하고 이곳에 온 이유를 차근히 설명했다. 미리 조금은 들은 바가

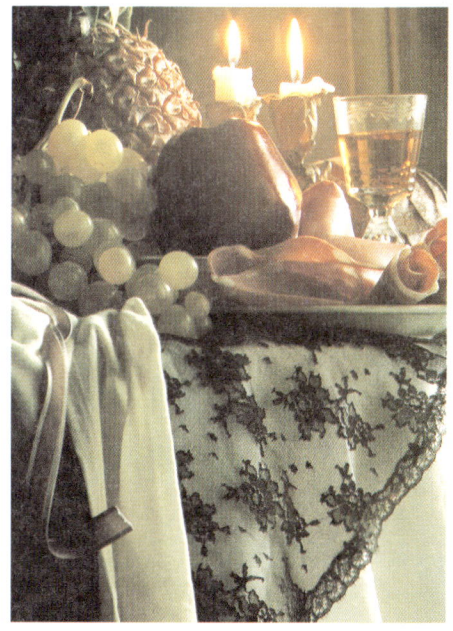

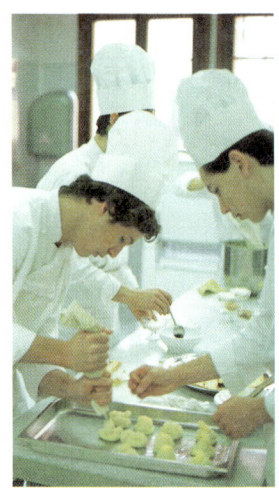

요리실습을 하고 있는
바르바리고 요리학교 학생들.

있다는 듯 미켈라 씨는 우선 작은 책자를 꺼내 놓았다. 카사노바 사후 2백 주년을 기념해 축제 때 출판한 요리책이다. 이 카사노바의 요리책을 영어로 번역한 사람이 바로 미켈라 씨란다. 나도 이 앙증맞은 카사노바 요리책을 어젯밤 민박집 주인에게서 얻었다고 하자 우리는 많은 것이 통하는 사람처럼 금세 친해졌다.

미켈라 씨와 요리주임 마르티니 씨는 한국인인 내가 카사노바에게 관심이 있다는 게 놀랍다며 흥분된 어조로 카사노바의 식탁에서 완성된 베네치아 요리를 설명하기 시작했다. 카사노바는 어떤 요리든 그냥 먹지 않았다. 그는 자신이 먹고 싶은 요리를 창의적으로 만들어 즐겼다. 물론 카사노바가 새로운 요리를 만들어 먹은 것은 그가 미식가이기도 했지만, 보기 드문 로맨티스트였기 때문일 것이다. 그는 여인의 사랑을 얻기 위해 성의껏 감동시킬 만한 준비를 했으며, 늘 사랑에 필요한 요리를 자신의 방식대로 주문했다. 정력제뿐 아니라 최음제 역할을 하는 요리들을 스스로 알아내고 즐겼던 것이다. 여인들은 늘 그가 준비한 식탁에 반했다. 그의 아이디어로 차려진 요리는 이를테면 퓨전 요리였는데, 요리주임 마르티니 씨는 일일이 요리 사진을 보여주며 카사노바가 송로(솔 향기가 나는 알버섯과의 버섯)나 향료, 해산물을 섞어 이런 요리를 만들어냈다고 설명했다. 많은 베네치아의 요리들이 카사노바의 창작물이었던 것이다.

더욱 놀라운 건 그가 여인의 느낌에 따라, 즉 머리색, 피부색, 그리고 분위기를 세심히 간파해서 늘 다른 종류의 샴페인과 와인과 요리를 내놓았다는 점이다. 난 검은 머리칼의 여인에게는 카사노바가 어떤 술과 요리, 그리고 후식을 내놓았는지가 정말 궁금했다.

마르티니 씨는 미리 준비한 카사노바 요리책 자료를 보여주며 신이 났다. 미켈라 씨와 마르티니 씨는 이 요리 학교에서 오늘도 카사노바가 완성한 요리들을 배우며 일류 요리사가 되는 꿈을 키우는 학생들이 무얼 만드는지 보여주겠다며 교실로 안내했다. 학생들은 자신들이 레몬을 넣어 만들던 돌체(달콤한 디저트)를 완성해 먹어보라고 주었다. 학생들은 한 가지 요리를 한 달 내내 만들어보고 맛을 본다. 장인이 되는 훈련을 받는 것이다. 훗날 그들은 요리사라는 직업을 자랑스럽게 여기며 베네치아의 레스토랑에서 일하게 될 것이다. 그들은 어제 내가 비스트로 레스토랑에서 맛본 그 기막힌 요리를 만들어낼 것이고 나처럼 관광객들에게 카사노바가 즐긴 요리라고 설명할지도 모른다.

이탈리아 음식은 세계인의 미각을 사로잡았다. 오늘도 전 세계의 수많은 이들이 이탈리안 레스토랑에서 카사노바가 변형시켰을지도 모르는 요리의 황홀한 맛에 감탄하고 있을 것이다.

카사노바의 회고록에는 그가 파리에서 잘나가던 시절에 전원 주택 프티폴랑에서 사람들을 초대해 자신의 요리를 맛보였다는 이야기가 나온다.

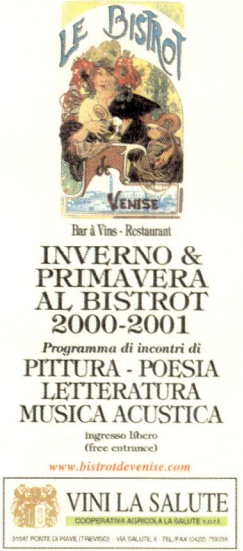

먹물 스파게티가 일품인
베네치아의 레스토랑
비스트로의 팜플렛 표지.
그림, 음악, 시가 어우러진
아름다운 레스토랑.

나는 방을 하나 개조해 병아리를 키워 식탁에 올렸다. 사람들은 내 집에서 즐긴 식사를 화제로 삼았다. 난 프랑스 요리에 이것저것을 접목시켜 보았다. 마카로니 알 주고와 쌀 요리 필라프 리조토, 오야 포트리다는 내가 만들어낸 퓨전 요리다.

카사노바의 회고록에는 유독 요리 이야기가 많이 나온다. 그는 여인들과의 사랑을 회고할 때면 여인들의 이름과, 그녀들과 나누었던 대화, 그리고 함께 즐긴 술, 요리, 후식까지 기록해두었다가

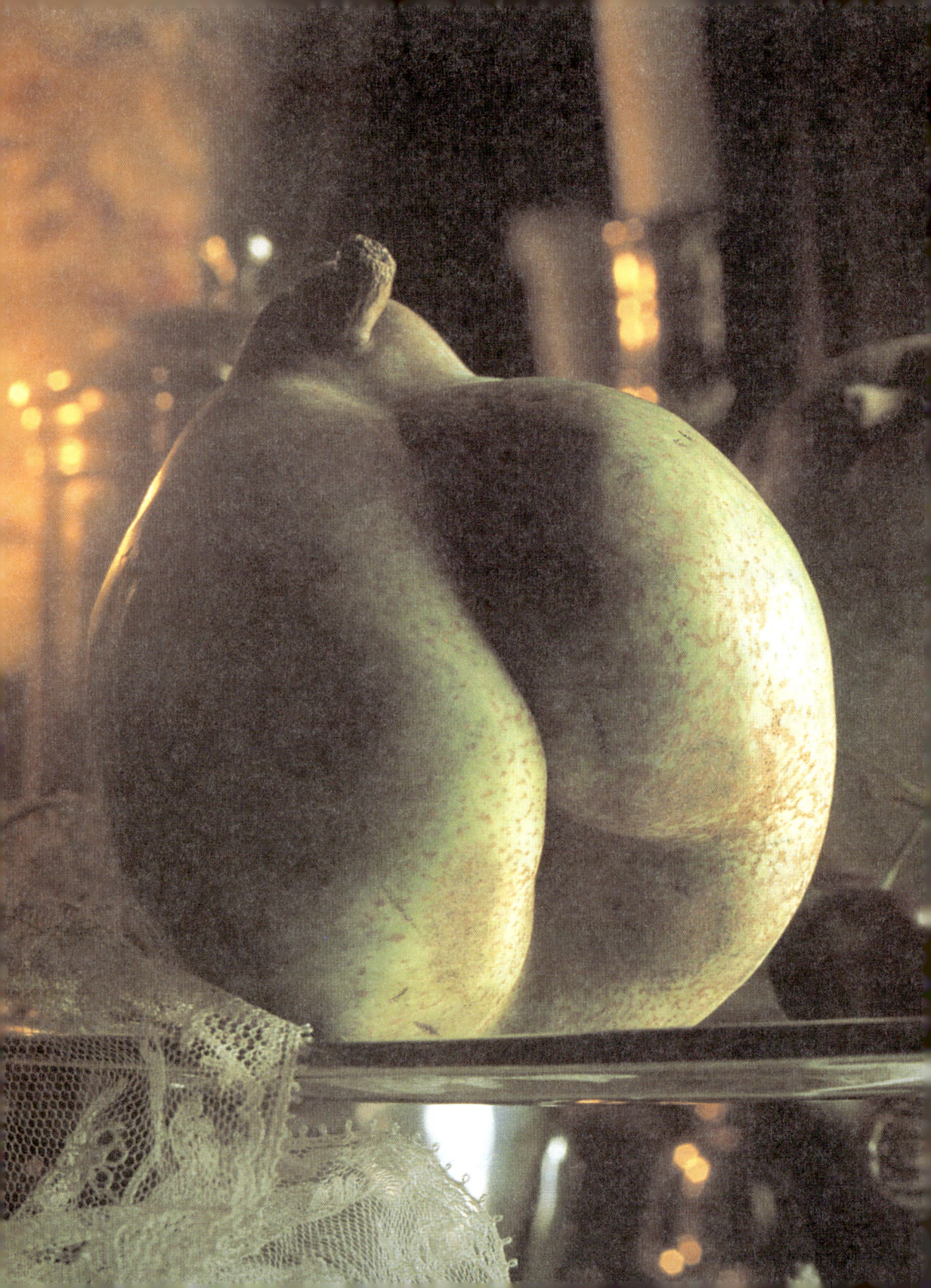

훗날 추억하곤 했다.

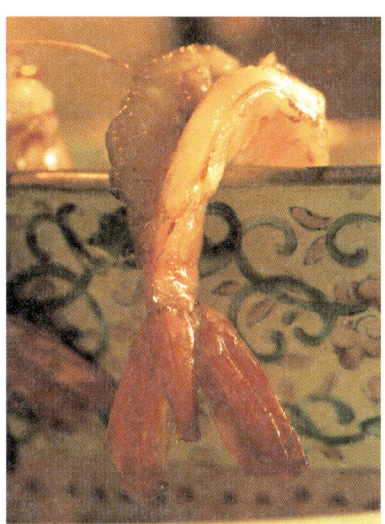

　사랑을 받기 위해선 상대방이 무엇이든 새로운 기쁨
　을 느끼게 해주어야 한다.

　그는 여인이 마음에 들면 우선 풍성한 식탁으로 초
대했다.

　카사노바의 식탁은 사랑의 심포니를 위한 전주곡이
었다. 평생 동안 계속된 여행과 여인들과의 사랑에 있
어 카사노바의 식탁은 그의 샘솟는 에너지의 원천이었
다. 그래서 음식을 매우 중요시했고 식탁에서 느낄 수
있는 감각적인 면에 늘 신경을 썼다. 여인을 앞에 두고 하는 맛있는
식사는 서로 하나가 되기 위한 전희였기 때문이다.

　훌륭한 맛에 젖는 행복한 밤, 식사는 뜨거운 입맞춤으로 끝난다.
그리고 그렇게도 열망하던 예감할 수 없는 곳으로 달려가는 흥분된
밤이 찾아온다……

　굴과 펀치를 배불리 먹고 나의 애무를 거절한다는 건 물론 있
　을 수 없는 일이다.

　그토록 많은 여인과 사랑하면서 카사노바는 여인들의 한 맺힌 원
망을 듣지 않았다. 그는 여인의 사랑을 얻기 위해 혼신의 힘을 기울
였다. 그녀를 위해 방을 치장하고 요리를 준비하고 분위기를 고조
시킬 술과 촛불과 향료를 준비했다. 그의 머리에는 늘 사랑을 꽃피
우기 위한 전략이 있었으며, 그의 마음에는 뜨거운 불씨가 피어나

구애하고 있는
카사노바의 모습을 담은
니콜라 랑크레의 〈열정의 춤〉.

고 있었고, 지갑은 당연히 열려 있었다. 그의 사랑은 정욕에 불타는 섹스만을 말하기엔 너무 로맨틱했고 온갖 정성이 가득했다. 어떤 여인에게든 군림하려 하지 않았고 편안하고 행복하게 해주기 위해 아이디어를 동원했다. 특히 어려운 처지에 있는 여인들은 자기가 돌보아야 할 의무가 있다고 생각했다.

그리고 마침내 사랑을 확인할 때에는 마치 몸이 녹아내리듯 강렬한 교감을 이끌어냈다. 숨이 멎을 것 같은 예리한 클라이맥스를 여러 번 맛본 뒤에는, 그의 사랑이 다른 사람에게로 떠나간다 해도 여인은 행복했다. 그녀가 지금까지 엄격하게 교육받은 대로 이성적인 행동으로 본능을 제어하려 해도 그것은 이내 무력한 제스처가 되고 말았다.

성욕은 식욕과 닮아 있다. 카사노바는 탁월한 미식가였으며 여인들에게 음식을 대접하는 능력도 뛰어났다. 미각의 황홀감은 마음을 열어주고 감동에 젖게 한다. 입에서 느껴지는 맛에 취할 때 사랑의 전희는 시작된다. 그는 기분을 고조시키는 최음제라든가 힘을 유지하게 하는 정력제에도 박사였다. 그가 요리에 발휘하는 창의력은 놀라운 것이었다. '진짜 맛있는 식사는 욕정을 불러일으키는 식욕을 바라보는 것'이라고 연애박사인 그가 말했다.

여자든 남자든 맛있는 식사를 끝낸 뒤에는 더 아름다워지고 더 수

다스러워지며 생기가 넘치고 친절해진다. 그리고 즐거움을 가져다 줄 좋은 생각과 대담한 발상까지 하게 된다.

카사노바가 수녀 M. M.을 위해 최상의 분위기를 연출했다는 건 너무 유명한 얘기다. 무라노의 격렬한 정사 후 다시 만나고 싶다는 M. M.의 편지를 받고 카사노바는 서둘러 집을 빌리고 요리사에게 치밀한 준비를 시켰다.

나는 이 세상에서 가장 아름다운 여왕을 만찬에 초대한다. 전날 밤 나는 모든 것이 다 착오없이 준비됐는지 확인하고, 요리는 여덟 가지를 넘지 않되, 비용은 개의치 말고 재료는 엄선하라고 일러두었다. 그리고 촛불이 사방에서 빛나지 않는다고 요리사에게 화를 냈다.

그날 부르고뉴 산 와인과 샴페인이 준비되었다. 그의 창조적 분위기 연출은 사랑의 회오리를 일으키기에 충분했다. 그날의 정사는 M. M.의 애인 베르니스가 엿보는 데서 이루어졌다.

나는 사랑에 불타는 눈으로 그녀의 뜨거운 품 속으로 달려들었고 열정을 다해서 일곱 시간 동안 나의 사랑을 증명했다. 이 사랑의 증거는 달콤한 속삭임을 나누기 위해 15분마다 한 번씩 중단됐을 뿐이다. 예리한 무언가가 심장의 박동을 멈추게 하는 듯한 극도의 쾌감 때문에, 그녀는 스스로 경이로워했다.

그날의 정사는 한 남자를 의식한 자존심의 불길이었다. 관음증 환

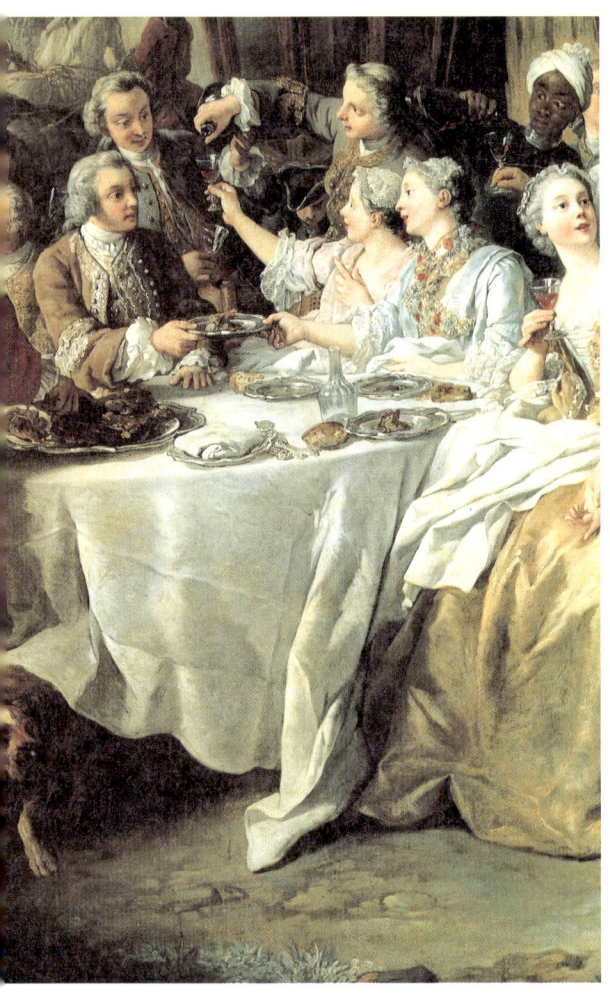

18세기 사냥터에서의 만찬을
그린 그림.

자인 M. M.의 애인을 감동시켜야 했기 때문이다. 카사노바의 과시적인 자존심의 깃발은 M. M.의 불 같은 욕정의 세례를 받아 더욱 펄럭였다. 더 이상은 지쳐서 할 수 없을 때까지. 영화《카사노바》에서 이 정사 장면은 연극적인 기법으로 과장되고 시각적으로 회화화되어 내 기억에 선명하게 각인된 장면이었다. 그때 소품으로 등장했던 올빼미의 희한한 동작과 울음소리는 아직도 기억에 남아 있다.

이런 사랑의 마라톤을 끝내고, 카사노바는 기력을 차리기 위해 열 시간 동안 수면을 취해야 했다. 그날 하룻밤에 여섯 번의 탄성을 울리게 한 것은 계란 샐러드의 도움이었다고 카사노바는 고백했다.

당시는 남자의 성적 능력이 부와 권력의 상징으로 대변되던 때였는데, 카사노바는 이날 M. M.과의 정사를 통해 그 능력을 인정받음으로써 훗날 프랑스 귀족 사회와 연결되는 계기를 마련했다. 카사노바가 베네치아 피옴비 감옥을 탈출하여 프랑스로 가서 새로운 인생을 시작했을 때, M. M.은 베르니스에게 편지를 써주었고 베르니스의 도움을 받아 카사노바는 프랑스 상류 사회에 자리를 잡을 수 있었다.

베르니스가 프랑스로 떠나자 M. M.은 더 이상 수녀원을 빠져나오지 못했다. 아슬아슬한 사랑의 외출도, 둘의 사랑도 끝이 났다.

베네치아 음식은 아드리아해가 공급해주는 풍부한 해산물 덕분에 당시 비잔틴과 로마 제국의 미식가들 사이에서 칭송이 자자했다. 감각의 숭배자인 카사노바는 이 전통적인 베네치아 요리를 프랑스 요리와 결합시켜 아름다운 미각으로 탄생시켰다. 그는 가공된 맛보다 자연의 맛을 즐겼다. 일흔셋이라는, 18세기의 어떤 영웅보다 긴 생을 산 카사노바. 여기엔 카사노바식 식탁의 비밀이 숨어 있지 않았을까.

내 체질에 맞게 영양을 조절하며 나는 항상 건강을 유지했다. 과식과 절제는 모두 건강을 손상시킨다는 걸 알았다. 난 나 이외의 의사를 두어본 적이 없다.

M. M.과 만날 수 없었던 때엔 카사노바에게 고용된 요리사 토린느가 밤새 그의 사랑의 축복을 받았다. 토린느는 그 감격적인 사랑에 대한 보답으로 카사노바가 좋아하는 요리를 항상 신선하고 풍성하게 차려주었으며 손님이 올 때는 카사노바가 적어주는 특별 요리를 척척 내놓았다.

함께 요리학교를 찾은 비스트로의 조리장이 먼저 가버렸기 때문에 숙소로 돌아가는 길을 마르티니 씨에게 물었다. 마르티니 씨는 퇴근길에 데려다 주겠다고 기다리라고 했다. 위생 가운을 평상복으로 갈아입은 그는 내 팔을 잡아끌면서 요리의 달인이며 음식 칼럼도 쓴다는 자기 친구를 같이 만나러 가자고 했다.

마르티니 씨와 간 곳은 선술집이었다. 그의 친구 파비오 씨는 모차렐라 치즈를 앞에 놓고 먼저 잔을 기울이고 있었다. 앉자마자 소개를 끝내고 우리는 미리 합의라도 한 듯 카사노바에 대해 이야기하기 시작했다.

두 번이나 이혼을 한 파비오 씨는 자기가 만사에 먹는 일을 우선으로 여기다가 이혼 당했다며 웃었다. 먹는 즐거움에 사는 사람답게 그는 빵빵한 배를 자랑스럽게 내밀고 앉아 있었다. 몇 차례 술잔을 부딪치며 오래된 친구 같은 분위기가 무르익어가자 그는 카사노바의 가공할 정력에 관해 한마디했다.

몇 시간씩 열락에 빠지며 하룻밤에도 여러 번 강렬한 쾌락의 정점에 다다르는 카사노바에게는 어떤 비결이 있는 걸까. 세상 어떤 남자들이 궁금해하지 않을까. 예전에 카사노바의 식탐에 대해 잡지에 글을 쓴 적이 있다는 파비오 씨가 신나게 이야기하기 시작했다.

그는 18세기 당시 상류층의 식도락은 도를 지나쳤다는 것을 강조하면서, 프리드리히 대왕의 어의가 소화불량으로 죽었다거나 당시에 초콜릿이라는 신기한 음료가 상류층에 유행하기 시작했다는 이야기를 들려주었다.

그리고 파비오 씨는 미식가 카사노바에게서 사랑을 불태우기 위한 세 가지 비법을 배웠다면서 첫 번째로, 석화라고도 하는 굴이 남성을 위한 최고의 음식이라고 강조했다. 카사노바는 굴이 최음 효과, 사랑의 유희, 사랑의 전희에 최고의 음식이라고 극찬했단다.

편치를 만든 이후 우리는 굴을 먹으며 즐겼다. 나는 굴을 그녀의 입에 넣어주려고 했다. 내 것을 그녀의 입으로 가져가자 그녀는 혀로 건네 받았다. 두 연인 사이에 이처럼 도발적이고 방

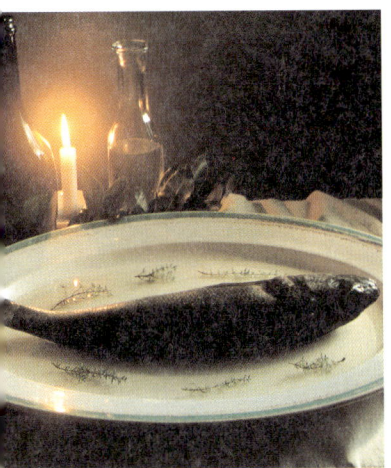
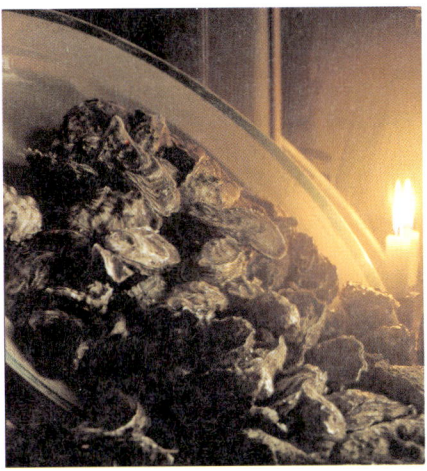
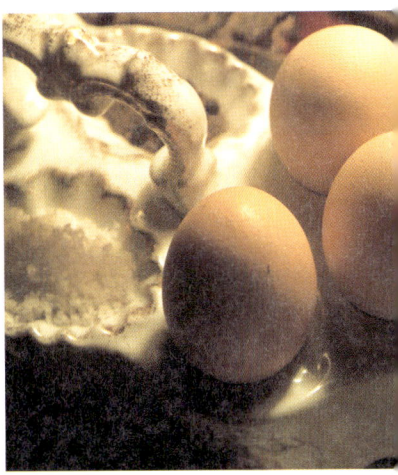

카사노바가 즐겨 먹었던 스태미나 요리 세 가지. 특히 싱싱한 석화는 유럽의 귀족들에게 인기가 높았다.

탕한 게임은 없을 것이다. 심지어 코믹하기까지 하지. 그러나 그런 코미디는 아무것도 망치지 않는다. 웃음은 행복을 의미하기 때문에.

굴 소스는 내가 숭배하는 여성을 위한 소스다! 그 사랑의 힘은 내가 굴을 쪼개어 삼켰을 때 더 증폭될 수 있다. 약간의 실수로 굴이 그녀의 가슴으로 미끄러져 떨어졌을 때 그녀는 손으로 주우려 했으나, 나는 한 손으로 그녀의 손을 잡고 자연스레 그녀의 단추를 풀었다. 그리곤 내 혀로 그녀의 가슴을 쓸어내리며 굴을 주워 먹었다. 알몸을 드러낸 그녀의 가슴에 하나하나 굴을 떨어뜨리며 나는 계속해서 두 입술로 삼켜버렸다. 이것은 그녀와 나를 굴 맛 이상의 감각으로 전율케 했다.

파비오 씨는 셔츠의 단추를 풀며 카사노바가 굴을 먹는 모습을 흉내냈다. 그의 통통한 손이 굴처럼 가슴에서 배로 흘러 내려갈 때 홀 안의 웨이트리스들이 눈을 흘겼다. 마르티니 씨는 옛날부터 아드리아 해의 굴 맛은 일품이었으며, 당시 교역이 활발하던 이곳 상인들은 바닷물로 굴을 포장하여 밀라노, 빈, 부다페스트까지 수송했다고 친절히 설명해주었다.

카사노바는 그의 회고록에 "최고의 맛은 신선한 굴에 레몬즙을 뿌려 날로 먹는 것이며, 이때 송로를 곁들이면 금상첨화다."라고 썼다고 한다.

석화로 즐기는 사랑 놀음 흉내가 끝나자 파비오 씨는 카사노바가 그토록 많은 여인들과 섹스를 즐긴 두 번째 비결은 사랑의 보호막 숭어알집 때문이라고 말했다.

베네치아 해안에서 가장 많이 잡히는 생선은 단연 숭어인데, 당시 숭어알을 소금과 식초에 절여놓은 것을 '보타르가'라 하며 베네치아의 캐비어라 불렀단다. 보타르가는 맛이 뛰어나고 정력에도 탁월하다고 알려져 있다. 카사노바는 숭어알집을 말린 후 여인과의 정사에 사용하기도 했다. 성병에 무방비로 노출되었던 당시 환경을 생각하면 그의 머리는 정말 비상했다며 파비오 씨는 잔을 높이 들고 "콘돔을 스스로 만들어 쓴 카사노바를 위하여!"라고 외치며 건배를 했다. 선술집에 모인 사람들이 일제히 소리쳤다.

한 바탕 웃고 나자 마르티니 씨는 미식가답게 보타르가는 숭어알을 소금과 식초로 잘 절여 얇게 썬 후 레몬즙, 후추, 올리브 오일을 뿌린 것이라며 조리법을 상세히 설명했다.

사랑의 전희가 될 음식을 함께 즐기고 사랑의 보호막을 준비했던 카사노바는 남자들의 자존심 위에 우뚝 선 놀라운 정력가다. 과연 그만의 비결이 있었을까. 파비오 씨는 믿거나 말거나 그건 별 것 아니라며 호탕하게 웃었다. 여섯 번의 오르가슴을 가능케 해준 카사노바의 세 번째 비결은 달걀 흰자 샐러드라고 하면서 말이다.

여자 앞에서 좀처럼 긴장하지 않는 카사노바였지만, 첫날밤에 일곱 시간 동안 정사를 나눈 M. M.만은 그를 긴장시킨 여인이었다. 그녀와 그녀의 애인이 보는 앞에서 극도의 열정적인 마라톤 섹스를 했을 때, 카사노바는 발기가 되지 않을까 두려워 계란 흰자로 샐러드를 만들어 먹었다고 한다. 카사노바는 이것을 여섯 번씩이나 오르가슴을 느끼게 해준 최음제라고 고백했다.

파비오 씨가 나를 툭 치며 오늘 밤 꼭 확인해보라고 느물거리는 눈웃음을 흘렸다. 그리고는 카사노바식 요리법을 다음과 같이 가르쳐 주었다. 그 요리법이란 샐비어 잎, 박하, 통파, 통후추, 겨자를 끓인 식초에 담가둔 후 2주간 밀봉하고, 계란은 완숙하여 노른자를 빼고 흰자를 얇게 썰어 준비된 식초 소스와 소금, 올리브 오일을 뿌려 먹는 것이다.

끝으로 그는 내 귀를 잡아당기면서 진짜 테크닉은 이거라고 속삭였다. 사랑의 쾌락을 위한 카사노바의 테크닉에는 또 하나의 비밀이 있는데, 여자의 희열을 위해선 최선을 다하되 자신의 희열은 절제하는 것이란다. 카사노바는 회고록에 이렇게 써놓았다.

> 나의 준마가 새로운 경주를 거부할지 모른다는 근심은 온통 나의 삶을 지배했다. 그래서 나는 나의 쾌락을 위해서 언제나 내가 제공하는 희열의 8할만 채우기로 마음먹었으며, 이 경제성이 고통이라고 여긴 적은 없다.

선술집의 분위기가 무르익자 장미꽃을 팔러 오는 할머니도, 아코디언을 연주하고 모자 속에 팁을 받는 이름 없는 악사도 거나하게 취한 우리들 앞을 지나쳐 갔다. 눈도 몸도 풀어져 서로의 어깨를 감싸며 밤을 즐기러 떠나는 연인들을 보며 그들의 인생은 지금 하나도 심각할 것 없이 흘러가고 있다는 생각이 들었다. 축제 분위기가 무르익어가고 식당마다 술집마다 사람들이 붐볐다. 베네치아의 밤이 잠 못 들고 있었다.

축제와 카페 플로리안

새벽 여명이 밝아오는 항구는 아름답다. 이 시각 사람들의 소음이 뱃고동 소리와 갈매기 소리보다 크게 들리면 이곳에 축제가 시작됐다는 뜻이다.

산 마르코 광장에 축제를 위한 설치물이 수도 없이 세워지고, 밤새 잠을 설친 듯한 사람들은 이른 새벽 안개 속에서 아침을 맞이한다. 만일 축제 기간이 아니었더라면 베네치아는 짙은 안개 속 우수에 찬 도시로만 기억될 것이다.

성탄절 다음날부터 시작되는 사육제는 사순절이 시작되는 날까지 계속되었다. 축제는 시작되었다. 세계 각처에서 온 관광객들은 모두 축제의 주인공이 되어 있다. 며칠 전부터 상점마다 온통 화려한 축제 의상과 마스크 때문에 눈이 부셨다. 축제를 즐기려는 사람들은 황금빛 마스크와 중세 의상으로 치장하고 있다. 도시는 온통 가

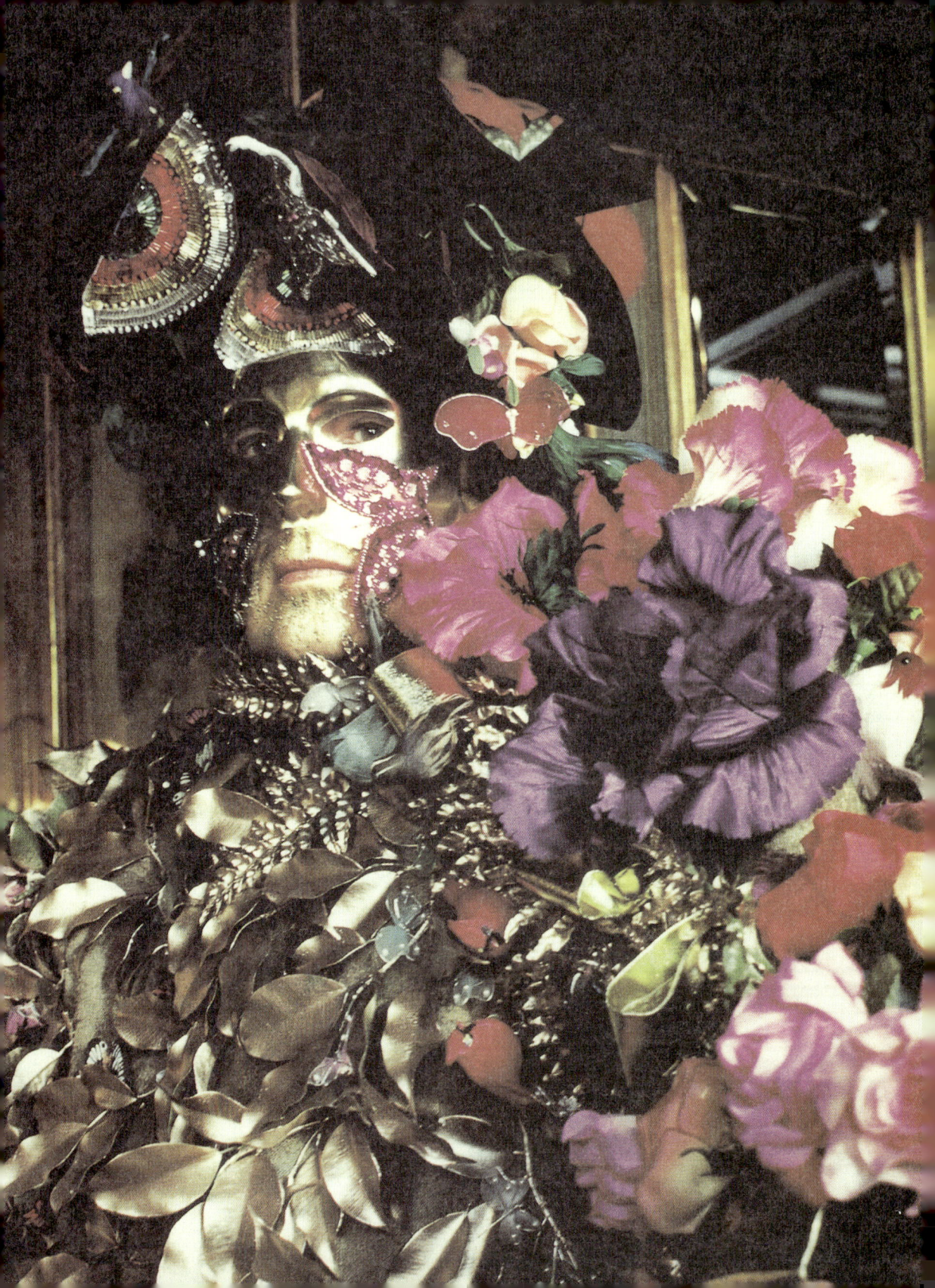

면으로 뒤덮였다. 그 안에 남녀의 구분도 계급의 차이도 없다.

온기가 없는 바다 공기 때문에 사람들의 입에서 하얀 입김이 새어나왔다. 서너 겹의 줄로 빙 둘러선 사람들은 저마다 설레는 마음으로 무엇인가 등장할 것을 고대하고 있다. 색색의 풍선이 하늘로 날아가고 고전 악대의 합주가 뭔가 새로운 것에 대한 기대를 불러일으킨다.

카사노바가 살던 당시에도 축제와 가면 무도회는 늘 열렸다. 축제에서 카사노바는 언제나 주목받는 남자였다. 독특한 축제 의상과 매력 있는 매너, 유창한 화술로 인기를 몰고 다녔고, 그 인기가 낳은 염문도 대단했다.

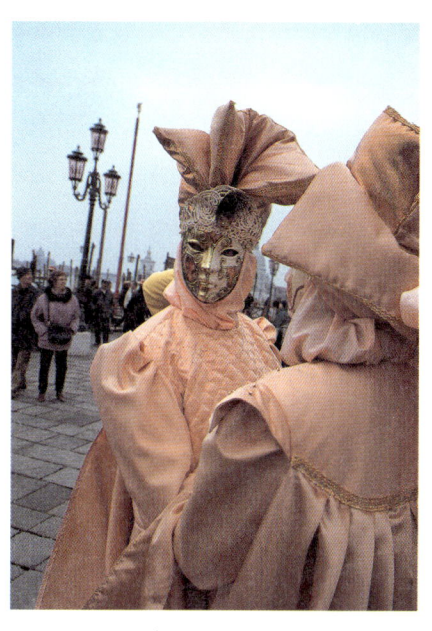

사람들은 저마다 독특한 가면과 복장으로 자신의 신분을 감춘 채 축제를 만끽한다.

마침내 산 마르코 광장에 함성이 울려 퍼지고 중세 영주의 외침 같은 선언이 들리자 로코코의 남자 카사노바가 등장했다. 그의 아이보리색 레이스와 금색 수가 놓인 화려한 의상도 멋있지만 사람들은 카사노바의 환생 그 자체에 환호성을 지르는 것 같았다. 그 순간 카사노바는 마스크를 내리고 여인들에게 손 키스를 날렸다.

여인들은 기절하는 시늉을 한다.

"띠아모! 카사노바!(사랑해요. 카사노바!)"

여인들은 남편이 옆에 있는 것도 의식하지 못한 채 카사노바에 열광한다. 수많은 귀족 차림의 여인들이 뒤를 따르고, 구경하는 21세기의 여성들은 곁에 있는 남자를 잊었다. 카사노바는 대단하다. 아니, 카사노바 차림의 그 남자가 부럽다. 그가 자신에게 환호하며 입술을 내민 여성에게 키스하자, 곁에 있던 현란한 은색 마스크로 얼굴을 반쯤 가린 여자가 괴성을 지르며 열광했다.

그런데 그때 카사노바의 팬이 책을 건넸다. 책의 표지로 보아 고서적인 듯했지만, 실은 일부러 그런 분위기를 낸 것이다. 책을 들고 유유히 걷는 카사노바는 더 멋있어 보였다. 누가 그에게 책을 주었단 말인가. 난 궁금해서 그녀를 찾았다. 소음 때문에 고래고래 소리를 질러야만 했다.

"당신 책인가요?"

"네, 카사노바에게 주려고 만든 거지요."

"무슨 책인가요?"

"카사노바 어록인데 복사한 것을 묶어 고전처럼 장식했어요."

"그럼 당신은 카사노비스트인가요?"

"아뇨, 이 축제를 위해 일부러 만든 소품이지요. 그걸 제가 맡았어요. 하하. 이건 비밀인데……."

"카사노바에게 왜 하필 책을 주었나요?"

"카사노바는 훌륭한 작가니까요."

오, 맙소사! 나는 비명을 지를 뻔했다. 축제일에 환생한 카사노바에게 기록가의 면모를 부각시켜 주다니, 이것은 과연 누구의 의도이고 누구의 사랑이란 말인가. 아니, 그를 잘 안다면 이건 너무나 당연한 일일 게다. 카사노바는 수많은 염문을 뿌린 만큼이나 많은 책을 남겼다. 그래서 내가 지금 이곳에 와 있지 않은가.

너무 놀라는 나를 보고 그 여자는 귀찮다는 듯이 손 인사를 하고 군중을 따라 움직였다. 난 가장 행렬을 즐기는 인파 속에서 멍하니 서 있었다. 카사노바의 큰 키 때문에 요란한 은색 가발이 서서히 멀어져 가는 게 보였다. 난 좀 쉬고 싶었다.

(오른쪽 면)
카페 플로리안 전경.

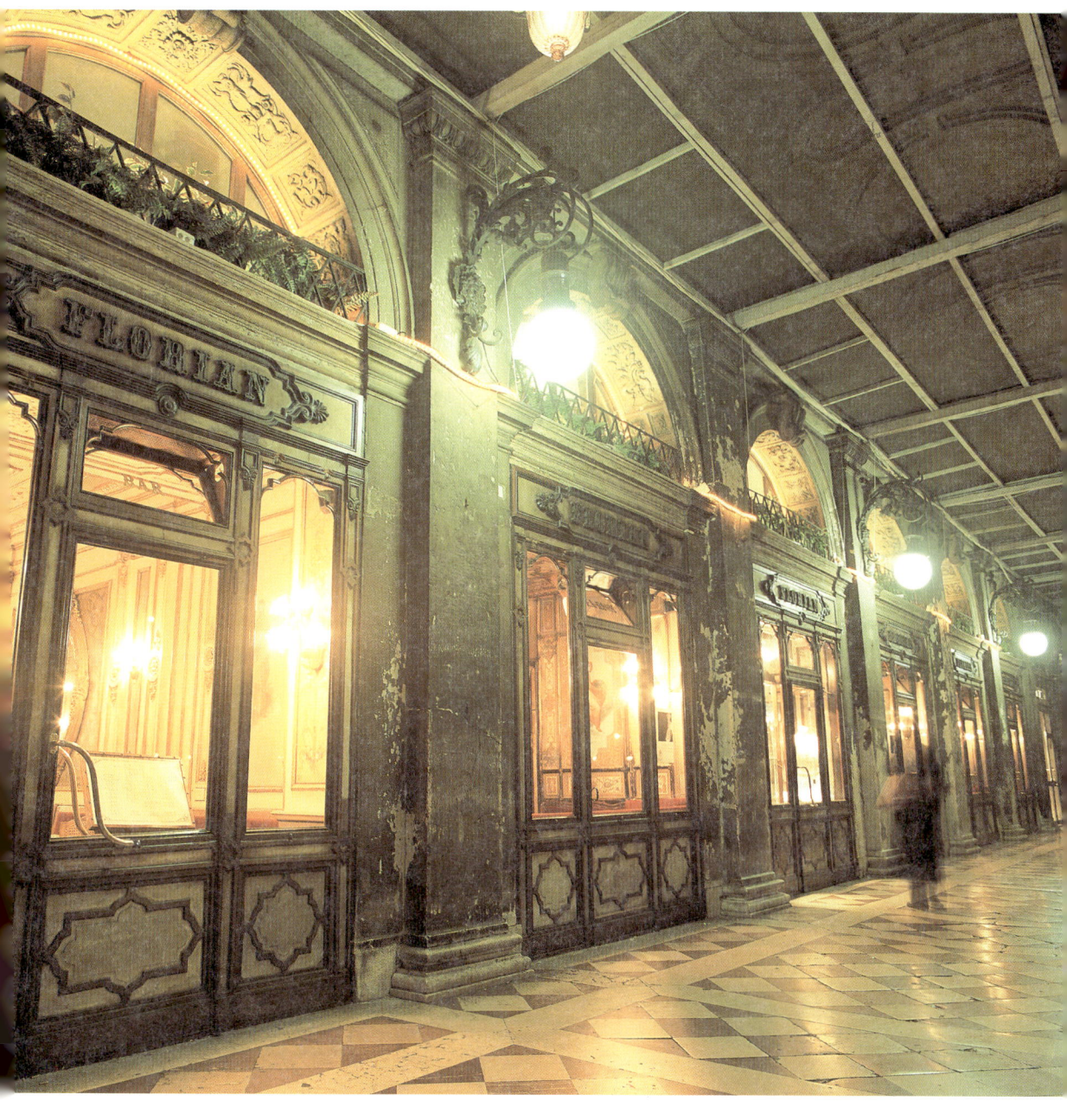

축제가 벌어지는 광장 한가운데에 카페 플로리안이 있다. 이곳은 1720년 문을 연 이래 베네치아의 명소가 되었다. 축제일이 아니어도 많은 관광객들이 역사 깊은 이곳에 앉아보고 싶어한다. 지금도 18세기 당시 그대로인 방에서 손님들은 고전적인 찻잔에 카푸치노를 마시며 당시의 인테리어를 감상할 수 있다.

18세기 당시 귀족과 신흥 부르주아, 그리고 지식인들의 만남의 장소였던 이 역사 깊은 카페는, 새로운 지식과 사상이 교류되고 신문과 잡지가 탄생했던 곳이며 또한 구석구석에서는 도박을 즐기는 귀족들로 시끄러웠다. 당시 카페는 여자들의 출입이 금지된 곳이었는데, 주인인 발렌티노는 여성의 카페 출입 금지법을 철회해달라고 요청했다. 카페 플로리안은 베네치아에서 최초로 여성이 출입한 카페로 기록되어 있다.

서양인들은 역사적인 인물들이 지나간 장소를 귀하게 여길 줄 안다. 옆 테이블 사람과 몸이 닿을 만큼 작고 비좁지만, 고전적인 아름다움이 있는 그 작은 의자에 앉아서, 사람들은 단지 이곳에 있을 수 있다는 것만으로도 행복하다는 표정들이다. 그들은 지나간 역사 속의 인물들 중 어떤 이를 떠올리며 화두로 삼고 있는 걸까. 광장을 유유히 걸어가며 여인들의 손 키스를 수백 번 받은 카사노바가 이곳을 수시로 드나들며 염문을 뿌리고 다녔다는 것도 알고 있을까.

한참을 기다린 후 안내인을 따라 들어갔다. 고풍스런 방들이 손님들로 가득하다. 자리를 안내하는 아가씨에게 나는 고서적상인데 이곳에 와서 카사노바에 대한 취재를 한다며 말을 붙였다. 안내를 하던 아가씨는 호기심 어린 얼굴로 얼른 지배인을 보내겠다고 말하곤 바쁘게 가버렸다.

곧바로 온 카페 플로리안의 지배인 로베르토 코닌 씨는 카사노바

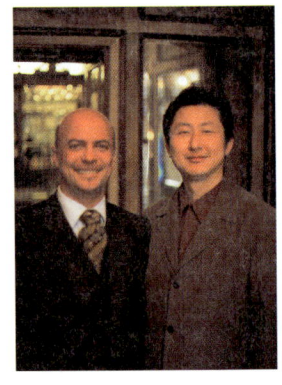

저자와 함께 한 카페 플로리안의
총지배인 로베르토 코닌.

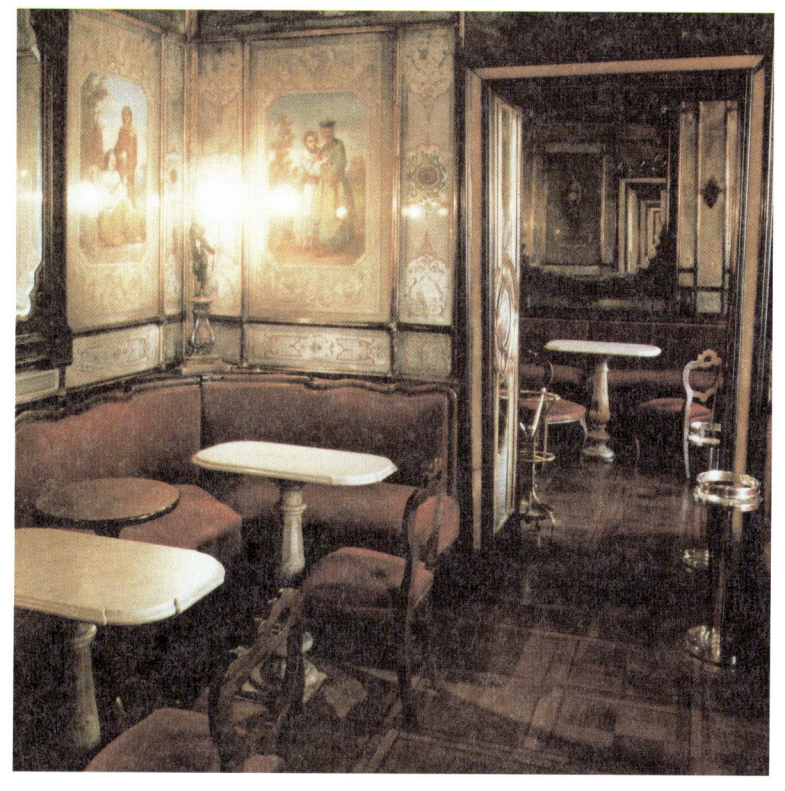

의 행적을 찾아서 여기까지 왔다는 나의 말을 듣고 너무나 기쁜 표
정을 지었다. 그는 곧바로 나를 카사노바가 즐겨 앉았던 방으로 안
내했다. 짧은 머리를 포마드로 단정히 붙인 그는 《바람과 함께 사라
지다》의 클라크 게이블을 닮은 얼굴이었다. 그는 춤추는 듯한 몸짓
으로 자줏빛 벨벳 소파에 나를 앉게 했다. 동양화로 치장된 이 이국
적인 방에는 '중국인의 방'이라는 이름이 붙어 있었다. 나는 중국인
의 초상화 바로 아래에 앉았다. 지배인은 이 방이 당시 카사노바가
도박을 즐기고 여인들을 자유롭게 만나던 방이라고 자신 있게 말했
다. 특히 이 자리는 문이 있는 입구에서는 사람들의 눈에 안 띄는

구석진 자리지만 반대로 이 자리에 앉으면 들어오는 사람들을 다 볼 수 있는 곳이라고 했다.

카페 플로리안은 18세기부터 이 자리에 있었고 2백 년이 지나는 동안 방의 수가 더 늘었을 뿐 몇 개의 방은 아직도 예전 그대로라고 했다. 그는 사진을 찍어도 되냐는 말에, "물론"이라며 모든 걸 도와주겠다고 말하고는 얼른 차를 한 잔 가져왔다. 주문하지도 않은 차가 나와서 의아해하자 이번에는 오페라 가수 같은 제스처로 "당시 카사노바를 비롯한 호색한들이 정력제로 즐겨 마시던 초콜릿입니다."라며 마셔보라고 한다. 그의 센스는 역사 깊은 카페의 지배인답게 대단했다.

물론 카사노바가 살았던 당시의 초콜릿 음료는 이것과 달랐다. 카사노바가 폴란드에서 브라니키 백작과 결투를 끝내고 승리의 징표로 이 초콜릿 한 잔을 대접받았다는 일화가 생각났다. 정력제이며

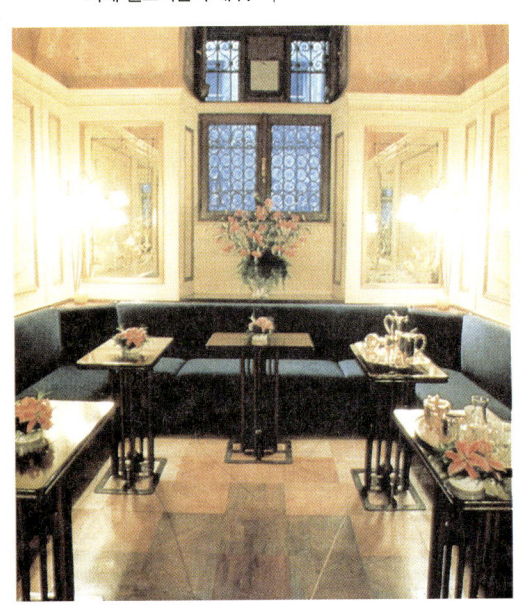

카페 플로리안의 내부.

최음제이기도 했던 당시의 초콜릿을 생각하며 광장을 오가는 수많은 사람들에 취해 있을 때, 지배인이 당시 카사노바가 즐겨 썼다는 향수를 선물로 가져왔다. 그는 고혹적인 붉은색 포장지에 싸여 있는 향수를 내게 주면서 이 향수는 여인들을 자극하니까 오늘밤 내게 환상적인 일이 일어날 거라고 했다. 플로리안은 카사노바의 향수도 상품화해서 팔고 있었다.

카페 플로리안에서 카사노바는 귀족 친구들을 만나고 탐욕스럽게 여인들을 유혹하고 도박을 즐겼다. 그리고 이곳에서 토론

하던 당시의 문인, 예술인, 그리고 정치가들과 교우했다. 사교의 장이자 18세기 계몽주의의 싹을 틔운 카페 플로리안에서 카사노바는 이탈리아 계몽주의자로 통하기도 했다.

축제를 즐기는 이방의 손님들은 이 카페에서 비싼 차를 마시며 오늘도 새로운 사랑을 만든다. 지배인은 카메라 셔터를 연신 눌러대는 나를 돕기 위해 수시로 방에 들어왔다. 그리고 잠시 후 임시 극장으로 가면 카사노바를 또 만날 수 있다고 알려주었다.

원형으로 만들어진 임시 극장은 광장에 있었는데 마침 그곳에서는 카사노바 분석 연극이 진행되고 있었다. 사람들은 카사노바로부터 진짜 연애담을 듣고자 무대에 집중했다. 연극은 그의 일생을 그리고 있었다. 카사노바가 다양한 분장을 하고 등장해서 자신을 변명(?)했다. 수많은 여인들을 사랑했던 카사노바, 그래서 질투와 시기도 겪어야 했던 그였다.

하얀 휘장이 드리워진 그의 침실에 고혹적인 붉은 조명이 비치자 카사노바의 사랑이 시작됐다. 여인은 매혹적인 무희가 되어 춤추다가 가라앉았다. 다음으로 마치 서커스를 하듯 여인의 손만을 의지해 물구나무를 섰던 카사노바가 허공을 날 듯이 한 바퀴 돌더니, 순간 여인에게로 쓰러졌다. 남자는 절제할 수 없는 사랑에 무너진다. 그들이 관능적인 육체의 신호를 주고받을 때 메조소프라노의 아리아가 신비한 분위기를 고조시켰고, 카사노바의 침실을 엿보는 관객들은 더욱 상기되어갔다. 난 카사노바식 사랑의 향연을 보며 침조차 삼킬 수 없었음을 고백한다. 사진 한 장 찍을 수 없었지만 난생처음 본 그토록 고혹적인 사랑 연기는 내 가슴에 새겨져 오래도록 잊혀지지 않을 듯하다.

카사노바 분석 연극을 보고 나온 후 레스토랑을 찾았을 때 그곳에서는 밤이 깊도록 식을 줄 모르는 '카사노바 디너 파티'가 열리고 있었다. 옛날엔 극장이었다는 이곳에서는 18세기 베네치아식 의상을 입은 남녀가 무도회를 즐기고 있었다. 여인들의 부풀린 치마폭이 귀족 남자의 장식적인 신발을 스쳐갔다. 이들도 오늘밤만은 다른 이의 정숙한 아내, 혹은 딴 남자와 춤을 추고 있는 것일까. 현악단의 바이올리니스트도 마스크를 쓰고 있었다. 파티는 온통 마스크를 쓴 사람들로 붐비고 있어서 마치 또 다른 공연을 보고 있는 듯했다. 거추장스런 속박에서 찰나의 해방을 만끽하는 그들은 모두 입에서 녹는 맛있는 카사노바식 요리와 샴페인과 카사노바식 유머를 우아하게 즐기고 있었다.

나는 평상복 차림이 어색해서 밖으로 나왔다. 하루 종일 사랑과 열정의 행진으로 술렁였던 광장 주변 카페테리아에서는 아직도 카사노바식 사랑을 기대하는 연인들이 혀끝으로 느껴지는 이국적 향취를 즐기고 있었다. 그리고 밤은 깊어갔다.

숙소로 돌아온 나는 시간 여행을 하고 온 사람처럼 넋이 나가 있었다. 온종일 카사노바와 함께 있지 않았는가. 좀처럼 흥분이 가라앉지 않는 밤이었다. 문득 낮에 카페 플로리안 지배인이 준 향수가 생각나 꺼내보았다. 붉은색 포장지를 뜯자 카사노바의 초상이 그려진 향수는 나를 참을 수 없도록 유혹했다. 무슨 향일까. 향수를 살짝 뿌려보았다. 2백 년 전 카사노바가 여인들을 자극했다는 이 향수는 놀랍게도 진한 초콜릿 향이었다. 요즘은 누구에게서도 이런 향을 맡아본 일이 없다. 달콤하고 감미로운 그 향에 익숙해질 무렵 긴장이 풀어지고 피곤이 몰려왔다.

듀칼레 궁전, 신을 모독한 바람둥이의 감옥

듀칼레 궁전은 바닷가에 있다. 고딕 양식이 유행하던 14세기 베네치아 총독의 청사였던 이 역사적 건물 앞에는 관광객들의 발길이 끊이지 않는다. 여행객들의 신발 자국만큼이나 많은 비둘기의 흔적들이 여기저기 흩어져 있는 곳이다. 오전 10시가 가까워오자 궁전을 구경하기 위한 이들과 카사노바 투어를 하려는 이들이 모여들기 시작했다.

관광객들은 듀칼레 궁전을 소개하는 안내 책자나 카사노바 관련 책을 사들고 입구에서 인솔할 안내인을 기다리고 있었다. 이내 안내인이 오더니 냉정한 얼굴로 카메라를 집어넣으라며 사진은 절대 찍을 수 없다고 주의를 주었다. 낭만적일 것 같은 카사노바 투어에 무서운 인상의 여인은 왠지 어울리지 않았다.

카사노바 투어는 궁전 앞에 있는 수호신 사자상을 보는 걸로 시작

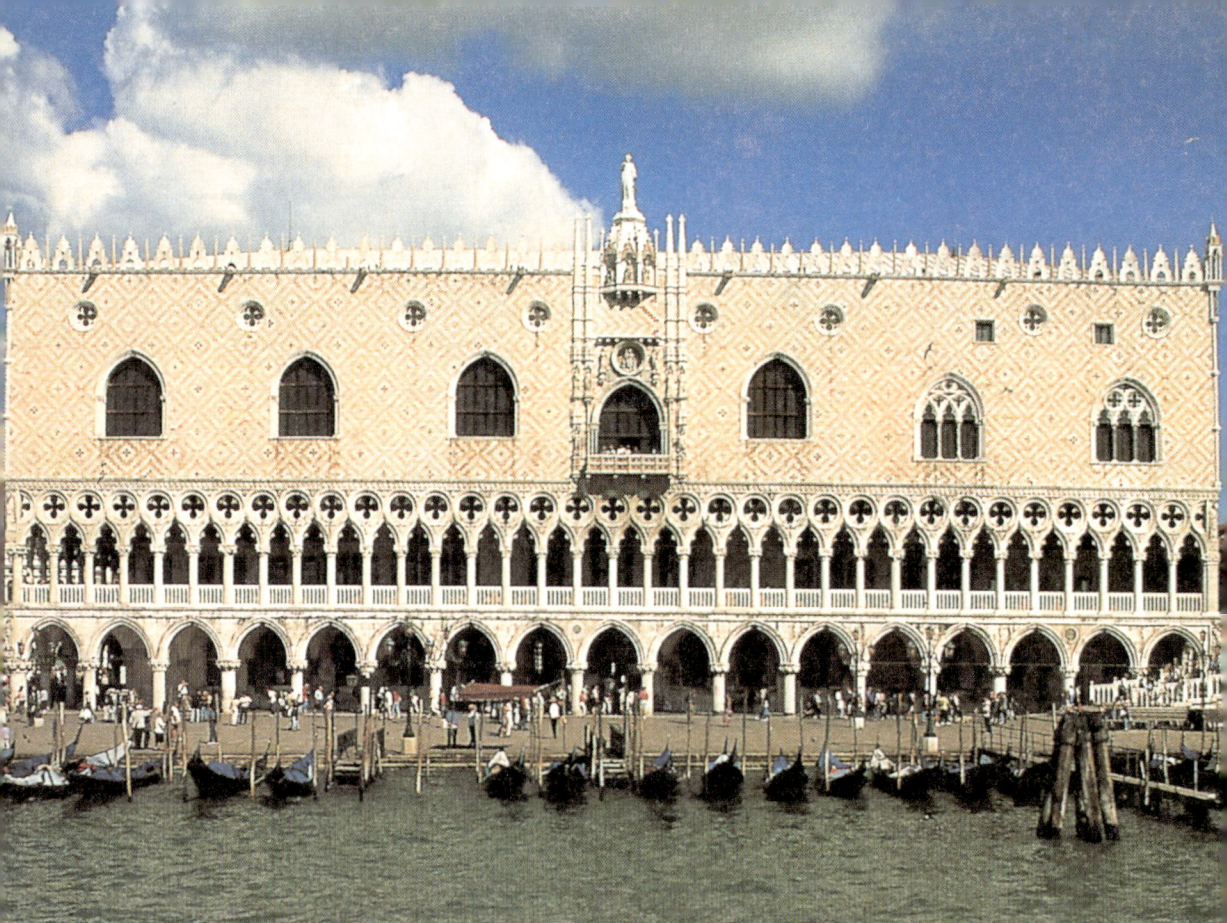

바닷가에 인접해 있는
듀칼레 궁전.

되었다. 옛날 우리 조상이 신문고를 울리듯 이곳의 수호신 사자상
이 벌리고 있는 입은 민중들이 탄원서를 올리는 신문고였다. 안내
인은 카사노바의 이름도 이곳에 자주 오르내렸다고 말해주었다. 다
음으로 안내인은 듀칼레 궁의 비밀 접견실을 보여주었는데, 베네치
아 공화국을 찾아온 귀한 손님이나 외교 사절을 바로 맞을 수 있는
이 비밀 방은 다른 사람들의 눈에 안 띄게 왕이 바로 갈 수 있게 되
어 있다. 이곳을 통해서 재판정과 감옥이 연결된다. 안내인은 이어
왕의 직속 종교 재판정을 보여주었다. 이 재판정은 죄인이 재판장
의 얼굴을 볼 수 없도록 햇빛이 맞은편 창에서 죄인의 얼굴에 쏟아

지게 설계되어 있었다. 사형 선고를 내리는 심판관의 얼굴을 죄수가 못 보게 만든 건 일종의 심리적인 처방이다. 그곳에는 교수형 밧줄이 천장에서 무겁고 길게 내려와 있어 보는 이의 간담을 서늘하게 했다.

카사노바, 신을 모독한 이 바람둥이는 이곳에서 죄목도 모른 채 수감이 결정되었다. 1755년 7월 26일 서른 살 때의 일이었다. 당시 카사노바는 베네치아 종교 재판관들의 요시찰 대상이었다. 카사노바의 이단적인 지식과 파격적인 행동 때문이었다. 당국은 외국의 대사들 및 정부 인사들과 자주 접촉하는 카사노바의 행태가 잠정적으로 국가에 위험할 수 있다고 보았고, 법정은 카사노바의 명성이 퍼지는 것을 원치 않았다. 그래서 1754년 베네치아의 귀족 마누치에게 카사노바의 행적을 조사하라는 명령이 떨어졌다. 그의 죄명은 난봉, 사기, 착취, 연금술 시도, 비밀 결사 단체인 프리메이슨 단원을 풍자적으로 묘사한 것…… 등이었다.

그러나 카사노바는 회고록에서 "나는 타인에게 잘못한 적이 없다. 사회 안정을 위협한 적도 없고 남의 일에 간섭한 일도 없다. 사적인 일에 간섭하지 않았다."며 단 한 가지 이유가 있다면 아마도 종교 재판관의 애인과 자주 만났기 때문일 거라고 썼다.

베네치아 경찰 대장 마티오 바루티가 카사노바의 집을 급습했을 때 그의 방엔 수많은 고전과 학술 서적이 있었다고 한다. 경찰 대장은 모든 문서와 책을 내놓으라고 명령했다. 그날 카사노바의 침대에서 압수한 책은 페트라르카, 아리스토텔레스, 호라티우스, 솔로몬 등의 고전이 대부분이었다.

카사노바는 서류와 책을 뺏기고 곤돌라에 태워져 압송당하던 날의 악몽을 "지진과 같았다."고 회상했다. 그는 자신을 투옥한 관리

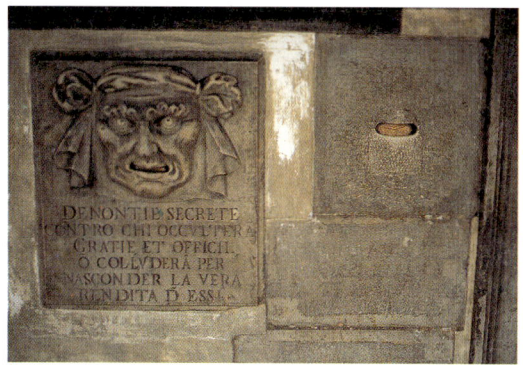

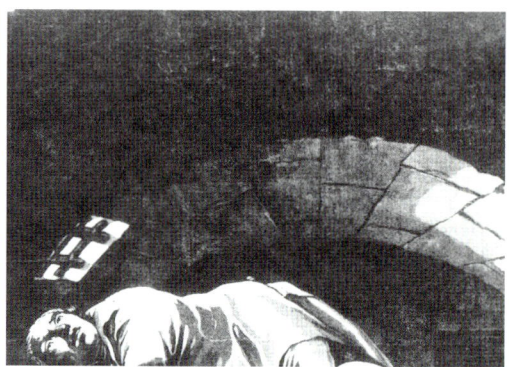

(왼쪽) 듀칼레 궁전 입구에 있는 상소문 함. 카사노바도 이 상소문 함으로 들어간 수많은 투서 때문에 많은 고통을 겪어야 했다.

(오른쪽) 피옴비 납감옥에 수감되어 있는 죄수. 지붕이 납으로 되어 있어 여름철에는 몹시 덥고, 겨울철에는 살을 에는 듯한 추운 고통 속에 지내야 했다.

들을 회고록에서 맘껏 조롱했다.

베네치아의 종교 재판가들은 강한 애국심으로 자신들의 명성을 쌓아올릴 것이다. 그들은 나를 유죄 판결을 함으로써 자신들을 쓸모 있게 만든다.

우리 일행은 안내인을 따라 지붕이 납으로 되어 있어 '납 감옥' 이라고도 불리는 피옴비 감옥으로 올라갔다. 건장한 체구의 카사노바가 어떻게 견뎠을까 싶을 만큼 궁전 지붕 밑 감옥은 비좁고 낮았다. 카사노바의 키로는 제대로 일어설 수도 없는 공간이었다. 납 천장의 감옥은 삼월 초순에도 이렇게 추우니 겨울엔 추위에, 여름엔 찌는 더위에 시달렸을 것이다. 그곳에서 자유를 갈구하던 카사노바의 절규가 들리는 듯했다.

7시간을 창살에 기대어 상념에 잠긴 뒤, 어쨌든 살아야 한다는 결론을 내렸다. 위험에서 벗어나려는 맹목적 본능이 모든 것을 지배했다.

여기에서 암담한 날들을 보내던 카사노바는 탈옥을 결심했다. 안내인은 이 부분을 열심히 설명했다. 당시에는 감옥에 갇힌 죄수도 돈을 내면 요리를 주문할 수 있었으나, 카사노바에게는 이런 권리조차 박탈되어 있어서 교도소장 부인이 만든 마카로니를 먹어야 했다. 18세기 마카로니는 밀가루와 계란을 섞어 반죽을 하고 얇게 펴서 정사각형으로 자른 다음 말려서 프라이팬에 익혀 먹는 요리였다.

이 마카로니는 카사노바가 탈출 도구를 무사히 운반하여 철통같은 감옥을 탈출하는 데 결정적인 역할을 했다. 감옥에 갇힌 지 얼마 되지 않아 카사노바는 직접 쇠지렛대를 제작해 탈출구를 만들었지만 탄로나고 만다. 그러나 다시 탈출 계획을 세운 카사노바는 이번에는 다른 죄수에게 쇠지렛대를 보내 탈출구를 만들게 했다. 이때 뜨거운 마카로니가 가득 든 접시를 받치는 성경 책 속에다 탈출 도구를 감추어 간수 로렌조 바사도나에게 주자 간수가 의심하지 않고 옆방의 죄수에게 건넨 것이다.

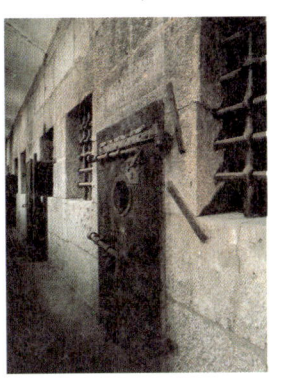

(위쪽) 피옴비 감옥의 복도.

(아래쪽) 1788년 피옴비 감옥을 탈출하는 모습을 담은 그림.

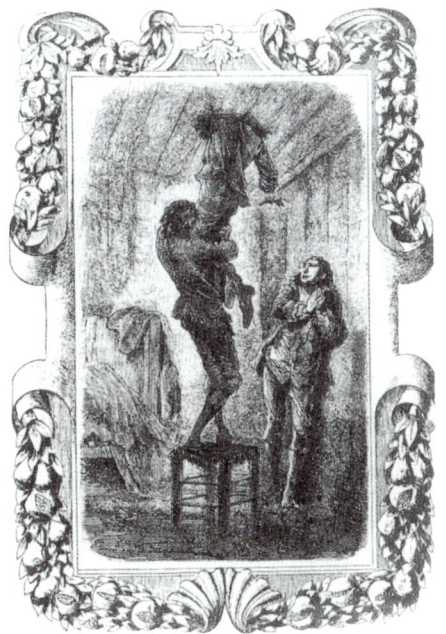

1756년 깊은 밤 납 지붕을 타고 내려온 카사노바는 건너면 다시는 살아서 돌아올 수 없다는 탄식의 다리를 건너며 뒤도 돌아보지 않았다. 갑자기 눈물이 솟구쳐 그는 꺼억꺼억 울었다.

그때 나는 아름다운 운하

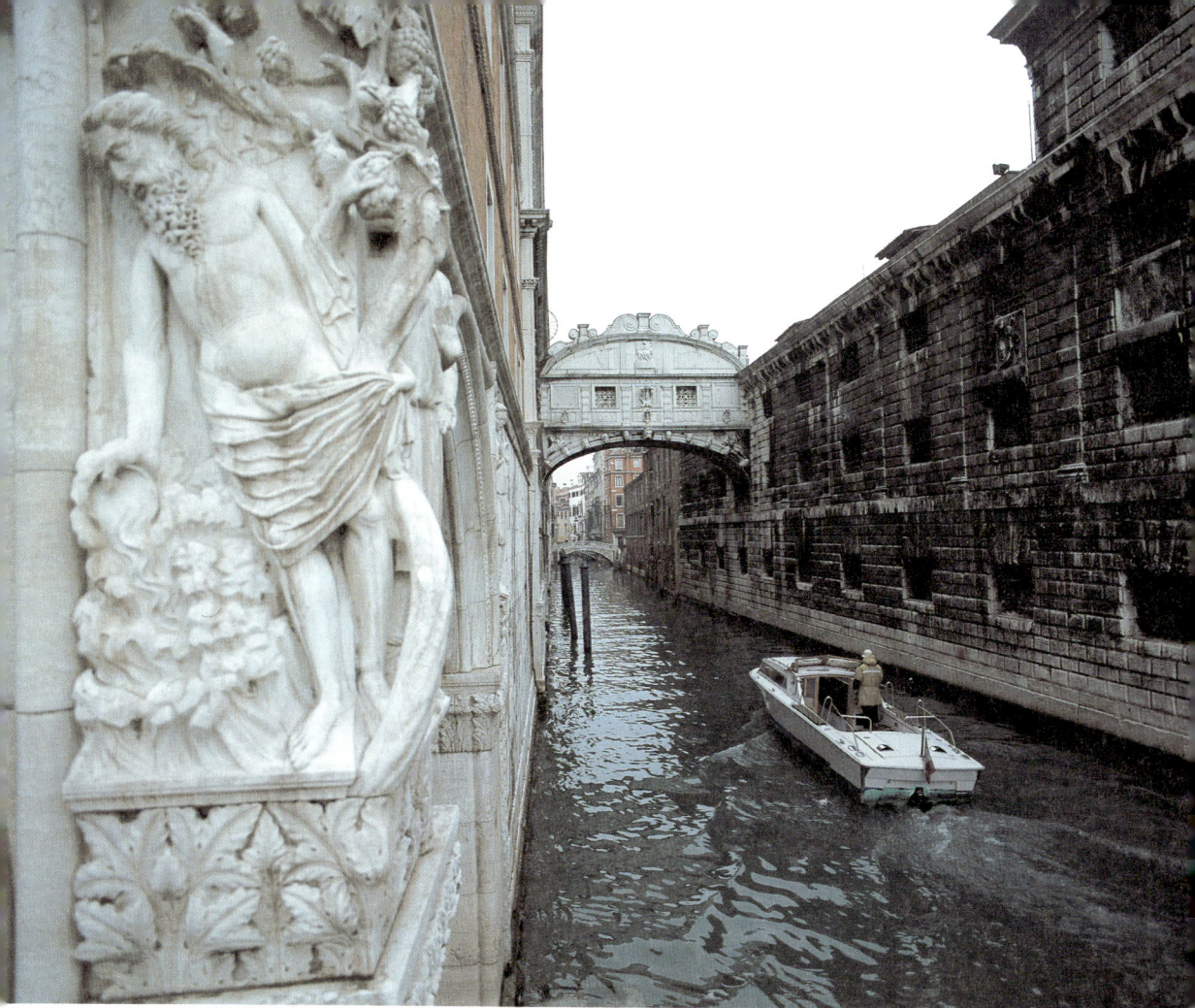

탄식의 다리.
한 번 건너면 영영 돌아오지
못한다고 하여 붙여진 이름으로
듀칼레 궁과 피옴비 감옥을
연결하고 있다.

를 바라보았다. 배는 한 척도 보이지 않았다. 빠르게 노를 젓는
두 명의 사공을 찬양하며, 수평선 너머 떠오르는 가장 눈부신
태양빛과 그토록 고대했던 아름다운 날들을 만끽했다. 내가 보
낸 잔인한 밤들이 스쳐 지나갔고, 지난날 내게 호의적이었던
많은 행복한 사건들로 인해 나의 감정이 나의 자애로운 신에
이르는 감사의 소리가 샘솟았다.

안내인은 카사노바가 탈옥 당시에 남긴 메모를 그 자리에 모인 관광객들도 다 알 거라며 멋진 운율로 읊어 주었다. 물론 무표정한 채로.

　　당신들이 나를 이곳에 가둘 때 나에게 동의를 구하지 않았듯이
　　이제 나도 자유를 찾아 떠나며 당신들의 동의를 구하지 않겠소.

카사노바다운 너무나 멋진 표현이지 않은가.

안내인은 마지막으로 우리 일행을 공화국의 회의실과 궁전의 주요 행사가 열리는 대연회장으로 안내했다. 지금까지 우리가 본 것이 지옥이었다면 이제는 천국이다. 연회장의 장식처럼 화려했다가 어두운 감옥에 갇혀서 고통스런 나날을 보냈던 카사노바의 삶은, 필사의 탈출에 성공한 후 이제 다시 광명의 날을 맞게 된다.

밖으로 나와 탄식의 다리를 보고서야 비로소 나는 사진을 찍을 수 있었다. 저 다리를 건너지 않았다면 카사노바는 죽을 때까지 감옥에 갇혀 있었을지도 모른다. 그의 삶은 그저 그런 이야기를 남긴 채 끝났겠지. 카사노바의 자유를 향한 탈출이 없었더라면.

피옴비 감옥을 탈출한 후 카사노바는 파리로 갔다. 사회적으로는 고국에서 추방된 신세지만 이 탈출은 오히려 그의 명성을 높여주었다. 그가 탈옥 이야기를 파리의 상류사회에 너무나 그럴 듯하게 떠들어댔기 때문이었다. 무료하기 짝이 없는 프랑스 상류사회는 말재간이 뛰어난 이 남자의 이야기를 즐겼고, 카사노바는 어느덧 각광받는 인사가 되어 있었다.

훗날, 그러니까 1787년 카사노바는 체크 보헤미아의 둑스 성에서 피옴비 감옥 탈출기를 썼다. 《납이라 불리는 베네치아의 감옥으로

부터의 탈출 내력(Histoire de ma fuite des prisons de la Republique de Venise qu'on appelle lea plombes)》(1787)은 피옴비 감옥 탈출의 유명한 일화를 담은 최초의 저작이다. 나중에 자서전《나의 인생 이야기》에서 카사노바는 이에 대해서 자세하게 묘사했다.

의무적으로 인사를 하는 안내인에게 박수를 치는 것으로 카사노바 투어는 끝났다. 나는 듀칼레 궁의 뜰과 아름다운 건축미를 사진에 담았다. 종탑과 고딕 풍 궁전의 실루엣은 화려하지 않으면서도 장식적이었다. 이제 카사노바의 진짜 흔적을 찾아 마르치아나 도서관으로 가야 한다. 그 전에 먼저 카사노바가 감옥에서 시켜 먹었다는 마카로니를 먹고 싶어 해변 카페테리아로 향했다.

카사노바의 흔적을 간직한 곳, 마르치아나 도서관

　듀칼레 궁 맞은편에 있는 마르치아나 도서관에는 사람들이 많았다. 천장이 높은 이런 고풍스런 건물에 들어오면 문화 유산의 장엄함을 느끼게 된다. 출입증을 만들고 자리를 잡았다.

　이곳에는 내가 찾는 카사노바의 많은 기록물들이 있을 것이다. 나는 귀한 고서를 과연 볼 수나 있을지 궁금했다. 안내인은 고서는 신청을 한 후 고서 보관소에서 볼 수 있으나 귀한 자료이므로 카피는 일부만 허용된다고 했다. 도서 목록을 찾으니 카사노바의 저서와 자료가 수십 가지나 나왔다. 색인 박스의 절반이 넘는 양이었다. 가슴이 설레었다. 하나하나 책 제목을 적고 안내인의 도움을 받아 관람 목록을 신청했다.

　고서 보관실에서 고서적을 찾아내는 일은 전문가가 하고 있었다. 그리고 아주 오래된 귀한 원서들은 마이크로 필름으로 보관되어 있

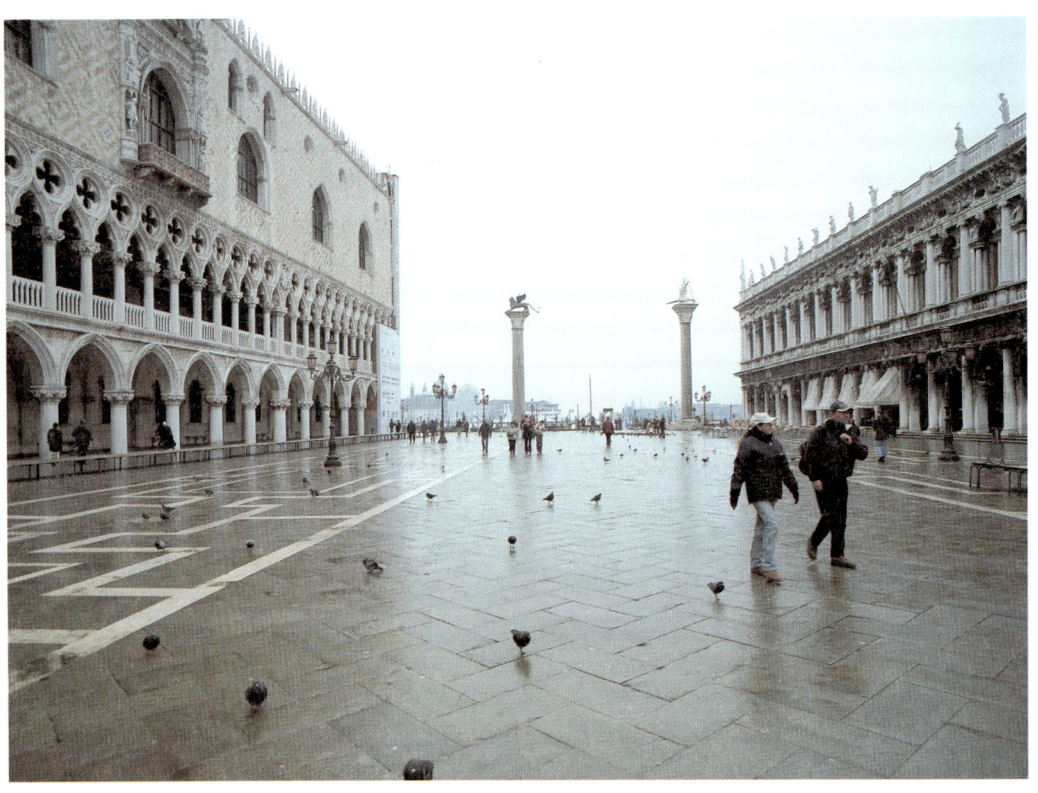

듀칼레 궁전과 맞은편의
마르치아나 도서관.

어 그것을 영상으로 확인하고 자료화할 수 있었다. 그것도 확실한
신분과 의도를 자세히 밝힌 후에나 가능했다.

　카사노바의 저서들은 이곳에서 2백 년 넘게 잘 보관되어 왔다. 그
의 편지와 서명이 된 서류, 그리고 카사노바를 연구한 책들까지. 보
물창고라 할 만했다. 이들의 문화적 환경과 정서가 부러웠다.

　관람 신청을 하고 표지 부분만 카피할 수 있는 것들도 시간이 오
래 걸렸다. 이곳 베네치아에서 르네상스 미술과 미학을 공부하고
있다는 영국 유학생을 만나, 나는 하루 종일 걸릴 듯한 자료 찾기와
복사를 좀 도와달라고 부탁했다. 학생은 얼마 안 되는 수고비에도

기꺼이 즐거운 작업이라며 도와주었다. 자기도 카사노바가 이렇게 많은 저서와 기록을 남겼는지 처음 알았다고 했다.

나는 이곳에서 1783년에 발간된 풍자 소설, 《사랑도 싫고 여자도 싫다》를 보았다. 카사노바가 제노바의 외교관 카를로 스피놀라의 비서로 활동하고 있었을 때 빚을 지고 있는 스피놀라의 담보 증서를 보증했다가 브로커와의 의견 다툼이 일어났는데, 그때 카를로 그리마니가 베네치아의 귀족 카르레티 편을 드는 바람에 카사노바의 명예가 공적으로 실추된 일이 있었다. 이에 격분하여 카사노바는 이 글을 써 복수했다. 소설 속에서 자신은 그리마니의 아버지 귀족 미켈레 그리마니의 사생아이며 그리마니는 세바스티안 지우스타니의 사생아라고 주장함으로써 모욕감을 주어 보복하고자 했던 것이다. 그리고 이것이 문제가 되어 카사노바는 반 강제로 베네치아를 떠나게 되었고 불행히도 다시는 돌아올 수 없는 신세가 되고 말았다.

흥분을 감추지 못하고 본 고서 가운데는 월간 잡지도 있었다. 1780년 1월부터 7월까지 간행된 이 잡지는 카사노바가 집필을 전담한 월간지로, 그가 집필한 《폴란드 역사(Istoria delle Turboleze della Polonia)》(1774)의 일부 내용과 여러 편의 에세이, 폴란드의 명망있는 귀족 브라니키와 자신의 결투를 주제로 한 글 등이 수록되어 있었다.

전문가가 하나하나 찾아준 자료를 끝까지 살펴보는 데 다섯 시간이나 걸렸다. 아직도 그때의 감격이 잊혀지지 않는다. 마이크로 필름으로 본 것도 있지만 이런 귀한 자료들을 직접 볼 수 있으리라고는 사실 기대하지 못했다. 이런 게 바로 이탈리아의 저력이며 문화

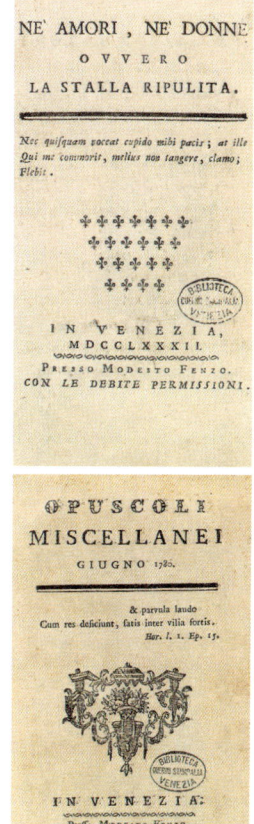

(위) 《사랑도 싫고
여자도 싫다》(1783).

(아래) 1780년에 카사노바가
집필을 전담했던 월간지 (1780).

유산이다. 자료 뭉치를 한아름 들고 나오면서 이방인에게 이토록 귀한 자료를 보여준 도서관 측의 여유에 다시 한번 감탄했다. 그 영국 학생은 덕분에 자기도 카사노바에 관심을 갖게 됐다며 그를 주제로 한 책이 있으면 눈에 띄는 대로 연락하겠다고 했다. 또 한 사람의 카사노비스트가 생길지 모르겠다.

카사노비스트와의 첫 만남

오늘밤엔 드디어 카사노바를 좋아하고 연구하는 사람들인 '카사노비스트'를 만나기로 한 날이다. 이들을 만나면 진짜 카사노바를 만난 듯할 것이다. 마음이 설레었다. 전 세계에는 수많은 카사노비스트들이 있다. 그들은 정기적인 모임을 갖고 자료를 모아 출판한다. 카사노바 협회 회장과의 만남을 갖기 위해 서울에서부터 각별히 신경을 썼지만 약속이 자꾸 미루어져서 불안했다. 그러다 어렵게 카사노바 협회 회원인 알베르트 가르딘을 만났다. 가르딘 씨는 카사노바 관련 책을 모으고 출판한 사람이다.

도서관을 나와 귀중한 자료들을 숙소에 잘 보관해 두고 안내인을 통해 출판인 가르딘 씨에게 전화를 걸었다. 약속 장소를 찾아가기 위해 그랑 카날을 건너갔다. 어두운 베네치아의 뒷골목을 지나 약속 장소인 광장 모퉁이에 있는 오래된 벤치로 향했다. 그의 첫인상은 수수하고 냉철한 지식인의 모습이었다. 그와의 원활한 대화를 위해서는 통역사의 도움이 필요했다.

"카사노바에 왜 이렇게 관심을 두게 되었나요?"

"전에는 카사노바가 단지 호색한이였다고만 알고 있었습니다. 그런데 우연히 그에 관한 책을 읽다가 그의 새로운 면을 보게 됐습니다. 그의 여러 매력 중에 그가 꽤 박식한 지식인이었으며 작가였다는 것에 호감이 갔습니다. 원래 한 가지 일에 집착하는 성향이 있어서 그의 저서와 관련 책을 모으게 되었고, 그 중 아직 출판되지 않은 작품들을 계속 출판하고 있습니다."

"당신은 카사노바 협회 회원인데, 카사노바의 팬이라고도 할 수 있습니까?"

"팬이라기보다는 그의 개성을 존중하는 사람입니다. 그는 언제나 자유를 즐겼고 그의 생각은 늘 앞서갔으며 다방면에 수완을 발휘해 열심히 살았습니다. 만일 여자나 농락하고 남의 돈이나 사취했다면 오늘날 카사노비스트들은 없을 것입니다. 카사노바는 지적인 작가이면서 경제통이었고 정치적 로비스트였으며 늘 새로운 아이디어를 내놓으며 사람들과 교제했습니다. 우리는 그가 남긴 업적을 무시할 수 없습니다."

"그는 온 유럽을 떠돌면서 파란만장한 삶을 살았으니 고달픈 인생이었겠죠?"

"파란만장했다는 건 변화를 두려워하지 않는 그의 성향 때문이고, 솔직하고 직설적이고 즉흥적인 판단과 말 때문에 늘 손해를 본 사람이긴 했습니다. 고국 베네치아에서 추방당하기도 했구요. 무슨 일에 열중하든 늘 여인들에게 초점이 맞춰져 있었던 사람이니 고달

프다기보다는 즐겁고 행복했겠죠."

"저는 한국의 카사노비스트입니다."

"하하. 당신이 자유롭고 이 순간에도 사랑에 취해 있다면 믿겠습니다. 게다가 박식하다면 말입니다."

"해마다 축제 때가 되면 카사노비스트들이 베네치아를 많이 찾아오나요?"

"각국의 카사노비스트들은 이곳 베네치아에서 만나 서로 정보도 교환하고 그에 관한 귀한 자료들을 주고받죠. 그리고 인터넷에서 정보를 교환하기도 합니다. 전 세계에서 카사노비스트로 등록한 사람들이 2백 명 가량 됩니다."

"당신이 모은 카사노바 책들 좀 구경시켜 주세요."

"제 출판 사무실로 가서 기꺼이 보여드리겠습니다. 특별히 당신에게는."

가르딘 씨의 사무실로 찾아갔다. 서점을 겸한 사무실에는 카사노바가 최초로 이탈리아어로 번역한 《일리아스》가 진열대에 놓여 있었다. 그가 출판한 것이다.

그는 서재 깊숙한 곳에서 카사노바에 관련된 책들을 꺼내왔다. 100년 전부터 최근까지 유럽 등지에서 출판된 카사노바 책들이다. 그는 프랑스에서 현대 판본으로 출판된 《쟈코사메론(Jcosameron)》(1788) 여섯 권을 가지고 있었는데, 자기도 원본 자료를 체크 문

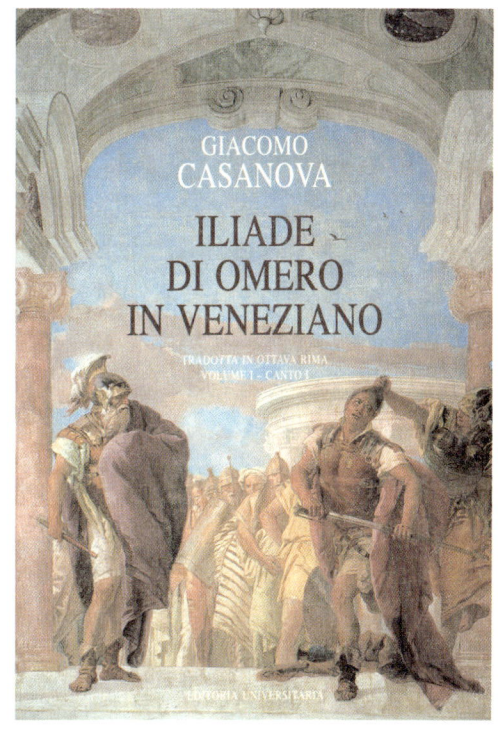

베네치아의 카사노비스트 가르딘 씨가 출판한 카사노바의 《일리아스》(1997).

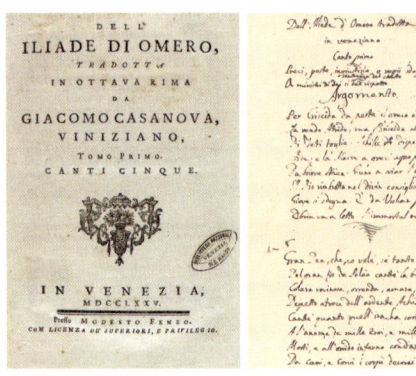

왼쪽은 카사노바가 번역한
《일리아스》(1775~1778).
오른쪽은 이 책에 있는
카사노바의 친필.

《우세 가(家) 아멜로의
베네토 주 통치사에 대한
반론》(1769).

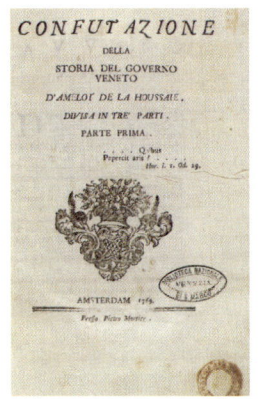

화성으로부터 받아서 완역중이라고 했다. 너무 방대한 양의 작품이고 어려운 내용이라 번역이 3년 째 진행 중이라고 했다.

한 분야에 관심을 두고 관련 고서를 모으다 보면 그게 보물이 되는 법이다. 그 중 너무나 갖고 싶은 책이 있어 팔겠냐고 물었더니 그는 출판사 이름을 적어줄 뿐 정중히 거절했다. 기록물의 가치는 이런 것이다. 아무리 세월이 흘러도 그 안에 있는 내용은 살아 숨쉰다. 소장한 이에게는 세월이 흐르면 흐를수록 가치가 올라가 득을 보는 게 될테고, 희귀해진 자료를 가지고 재출판을 하게 된다면 수많은 독자들에게 또한 좋은 일이 될 것이다.

가르딘 씨는 카사노바도 출판 역사에 한 줄 남을 만한 출판인이었다고 힘을 주어 말했다. 그는 파란만장한 젊은 날을 보낸 카사노바가 나이 50이 되어 18년 만에 다시 베네치아로 돌아왔을 때를 자세히 설명해주었다.

카사노바는 조국으로부터 미움을 사 외국 생활을 하면서 귀향하기를 바라는 마음으로 글을 썼다. 주로 베네치아에서 나온 부정적인 내용의 책들을 비판함으로써 정부 고관들의 관심을 끌고자 했다. 1756년, 카사노바가 과거 베네치아를 부당하게 비판했던 내용의 책에 대한 비판서를 쓰자 초판은 빠른 시간에 매진되었고, 그렇지 않아도 베네치아 비판서를 매우 불쾌하게 생각하고 있었던 베네치아의 유력자들은 이 책의 출간을 계기로 베네치아 당국에 카사노바의 입국을 요청했다. 카사노바의 의도는 성공했으며 자신의 저작물 판매에서도 성공을 거두었다.

이로 인해 환심을 산 카사노바는 꿈의 고향 베네치아로 다시 돌아갈 수 있었다. 베네치아로 돌아오면서 카사노바는 이렇게 회고했다.

내 능력에 적합하고 내 존속에 필요한 임무를 위해 돌아온 나를 보기 위해 모든 이들이 기다리고 있었다.

카사노바는 고국으로 돌아와서 출판업에 열중했다. 당시 베네치아는 정부의 체제만 비방하지 않으면 모든 분야에서 출판의 자유가 보장되어 있었다고 가르딘 씨는 설명했다. 그래서 유럽 각국의 많은 이방인들은 책을 구하기 위하여 이곳으로 몰려들었다. 18세기 당시 베네치아의 출판업은 대단히 활기를 띠고 있었다. 계몽주의가 전성기를 이루는 나라에서 온 사람들도 베네치아에 만발하는 출판의 자유에 놀라 책을 사들여 본국으로 부쳤다고 한다.

독서량은 방대했고 각 분야의 기초 학문에도 깊이가 있었던 카사노바는 이때 예술에 대한 깊은 조예를 바탕으로 문화 사업에도 눈을 돌렸다.

카사노바가 당시 산타 안젤로 극장에서 공연하던 프랑스 배우들과 연계하여 발행한 주간지 《탈리의 메시지(Le Messager de Thalie)》(1780.1~1781.11)는 공연의 흥행을 촉진하기 위해 기획된 공연 정보 잡지로 연극 비평을 주로 하며 카사노바가 집필을 전담했다. 가르딘 씨가 펴낸 프랑스어 판본에도 수록되어 있다고 한다.

또한 그는 베네치아의 산타 안젤로 극장에서 공연하던 프랑스 배우들과 연계하여 연극을 제작하고 홍보하는 역할을 함으로써 수입을 늘리려 했다. 카사노바의 스승이었던 고지 박사와 그의 아내 테레사 베르갈리도 당시에 프랑스 연극을 이탈리아어로 번역, 흥행하는 사업에 관여하고 있었다.

이 잡지는 연극 흥행을 위한 일종의 보조 수단으로 기획된 것이었는데, 이런 흥행 전략은 당시로서는 찾아볼 수 없는 것이었다. 가르딘 씨는 이러한 문화 흥행 사업은 기발한 아이디어였다고 눈을 크게 뜨며 강조했다.

연극과 오페라는 17세기 후반부터 베네치아에 성행하기 시작하여 18세기에는 베네치아가 서유럽의 중심지가 되었다. 오늘날 우리는 문화의 홍수 속에 산다. 문화 정보를 전하는 잡지도 많고 문화의 각 분야를 홍보하는 홍보지도 무수히 많다. 카사노바는 일찍이 이런 일을 시도했었다. 그러나 당시 사회적 분위기가 아직 그런 서비스를 받아들일 만큼 성숙하지 않았는지 잡지는 2년을 채우지 못하고 폐간되었다.

나는 18세기에 그가 발간한 연극 비평 주간지 원본을 한 권만이라도 구해보기 위해 많은 고서적상을 만났지만 단 2백 년의 세월 속에서 그의 흔적은 이미 다 사라지고 도서관의 고서 보관소에만 남아 있을 뿐이었다.

1779년, 이 즈음에 카사노바는 베네치아에서 가난한 재봉사였던 프란체스카 브라키니와 살았는데, 이 시기에 카사노바는 글을 쓰기 시작했다. 소설 《사랑도 싫고 여자도 싫다》도 이때 간행되었다.

카사노바는 출판업으로도 큰 성공을 못하자 자기를 감옥에 가둔 종교 재판소의 비밀 요원이 되었다. 그는 회고하기를 "나는 사회적 지위를 쌓지 못한 채 9년간을 괴로워했다. 베네치아가 내 타입이 아니든지 내가 베네치아 타입이 아니라는 결론에 도달한 상황에서 나는 결정을 내려야만 했다."고 했다. 그의 두 번째 망명은 그렇게 시작되었다. 더 이상 모험할 나이가 아니었는데 말이다.

베네치아의 문서관에는 카사노바의 밀고서가 50통 가까이 남아 있다고 한다. 고국을 떠난 카사노바는 다시 사면을 받기 위해 조국이 원하는 글을 썼다.

1784년, 빈 주재 대사의 비서로 활동하고 있던 카사노바가 네덜란드에서 외교적 분쟁이 발생하자 베네치아의 입장을 옹호하기 위해 팜플렛을 작성하기도 했다. 이와 비슷한 주제를 담은 여러 편의 글들 가운데 최초의 것이라고 한다. 당시 대사였던 세바스티노 포스카리니의 허락 하에 작성한 것이 분명하다. 카사노바는 베네치아를 대변하는 이 팜플렛을 통해 베네치아 실력자들의 호의를 얻고자 했지만 실패했다. 그는 고국에 돌아갈 수 없었고, 결국 둑스 성으로 가서 말년을 보내게 된다.

가르딘 씨는 카사노바의 기록물을 수집, 출판하여 많은 돈을 벌었다. 18세기의 박식한 벤처 사업가 카사노바는 비록 이곳 베네치아에서 출판업으로는 성공을 거두지 못했으나 오늘날 그를 사랑하는 사람들에겐 부를 안겨주었다.

매 순간마다 새로운 아이디어로 창의적인 일을 도모했던 카사노바는 사랑과 삶 속에서 늘 자유를 추구했다고 했다. 그러나 그 자유도 새로운 발상에서 피어난 사업의 성공을 바탕으로 누릴 수 있는 것이었으리라. 아무리 낭만적인 로코코의 남자도 돈 없이는 자유로울 수 없었다. 자본주의 사회의 입구에서 여러 사업에 도전했던 카사노바도, 오늘날 새로운 아이디어 하나로 자유롭고 풍요로운 삶을 꿈꾸며 벤처 밸리에서 밤을 지새는 젊은이들과 다를 바 없겠지.

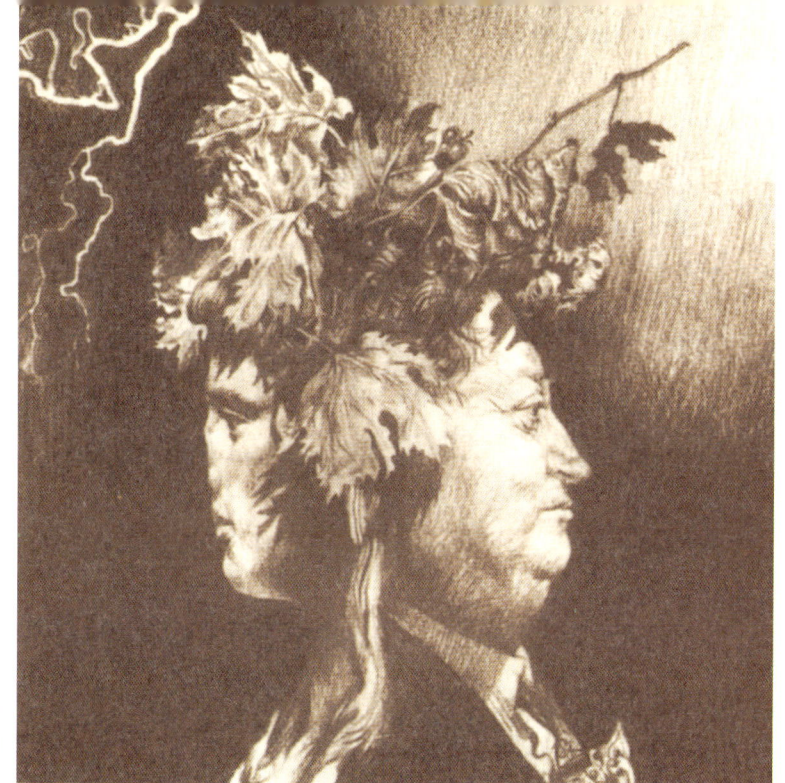

전생에 자신이 포도나무였다고
믿었던 카사노바 협회회장
마리오 스테파니의 시집
《와인과 에로스》(1997).

　가르딘 씨는 호색한의 대명사가 된 카사노바의 또 다른 면이 바로
이것이라며 카사노바의 박식함을 바탕으로 한 모험과 창조 정신을
추켜세웠다. 우리는 서로 카사노바를 이해하는 카사노비스트로서
같은 정서를 느끼며 웃었다.

　가르딘 씨에게 감사의 뜻을 전하고 나오려 할 때 그가 잊었다는
듯이 포도나무 모양으로 만든 머그잔을 보여주었다. 그 잔은 카사
노바 협회 회장의 시집 발간을 기념해 만든 것이란다. 나는 시인이
라는 카사노바 협회 회장 마리오 스테파니의 시집과 함께 기념 잔
을 샀다. 그 시집 역시 가르딘 씨의 출판사에서 나온 것이었다. 어
두운 골목을 따라 숙소로 돌아오는 길에 두려움은 사라지고, 가르
딘 씨의 서재에서 보았던 분명 오랜 세월 동안 많은 손을 거쳐왔을
카사노바의 허름한 책들이 선하게 떠올랐다.

전생에 포도나무였던 시인

다음날 아침 나는 상상조차 할 수 없었던 비보를 접했다. 연락이 안 돼 차일피일 만남이 미루어졌던 카사노바 협회 회장 마리오 스테파니가 자살했다는 뉴스가 보도된 것이다. 이제 내일이면 이곳 베네치아를 떠나야 한다는 조바심 때문에 그와의 만남을 안내인에게 재촉했는데……. 내가 베네치아에 처음 온 날에도 전화 통화를 했다는 안내인은 더욱 충격을 받았다. 내일 일을 모르는 게 인간사라지만, 소식을 접하고 나니 인생의 덧없음이 느껴져 한동안 말을 잊었다.

나는 카사노바 협회 회장을 직접 만나는 대신 신문에 실린 사진으로 만났다. 그를 만나면 정말 물어보고 싶은 것도, 할 말도 많았는데……. 베네치아의 3월 6일자 일간지에는 마리오 스테파니 씨가 사망한 지 이틀이 지나서야 발견되었고 자살로 추정된다고 쓰여 있었다. 그가 유서처럼 벽에다 써놓은 단어도 사진으로 실려 있었는데, 그것은 '고독(Solitude)' 이었다.

참으로 알 수 없는 일이다. 이 카사노바 협회 회장은 일생을 독신으로 살았던 동성애자였다. 카사노바와는 극도로 반대의 삶을 살았던 것이다. 그런 그가 카사노바를 그토록 좋아했고 카사노바 협회 회장이기까지 했다니…….

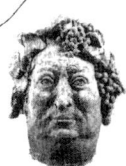

시인이자 대학 교수인 그는 카사노바를 위해 시집을 내기도 했다. 자신은 전생에 포도나무였다고 말했던 시인은 죽어서 와인이 되고 싶다는 시를 썼다. 그의 시 속에는 삶의 고독과 고통에서 벗어나 붉은 포도주로 환생하여 카사노바처럼 자유로운 영혼으로 호라티우스의 시를 노래하고 싶다는 염원이 담겨 있었다.

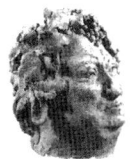

어쩌면 일찍이 카사노바처럼 살고 싶은 욕망이 그의 운명의 지침을 돌려놓은 게 아닐까. 그래서 늘 카사노바를 먼 선망의 존재로 바라봐야만 했을 것이다. 벽에 써놓은 '고독'이라는 낙서는 그의 유언이었다.

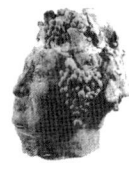

고독

고독은 혼자 존재하는 것이 아니다
조건 없이 모든 것을 사랑하는 것이다
사막에서도 자연 앞에서도
너는 혼자가 아니다

하지만 크리스마스 거리를 오가는

nel mio portone
spariscono inghiottiti
ragazzi bellissimi
poi ne escono alleggeriti e felici

through my doorway
disappear
wondrous boys
light-hearted and happy they come out

수많은 사람 속에서
너는 혼자다
—마리오 스테파니

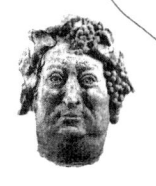

MARIO STEFANI

**VERSI
SENZA
MASCHERA**

*"GAY PRIDE NAZIONALE"
VENEZIA 14 GIUGNO 1997*

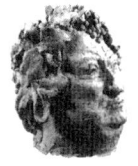

**VERSES
WITHOUT
MASK**

*Editoria Universitaria
Venezia*

그의 시집은 한정본으로 출판돼 카사노바를 사랑하는 사람들끼리 나눠 가졌다. 내게도 그의 시집이 있다. 전날 출판인 가르딘 씨가 그의 서점에서 권한 책이었다. 나는 그의 유고 시집과, 다시는 살 수 없는 포도나무잔을 산 것이다. 다음날 그의 부고를 접할 줄이야 꿈에도 모른 채…….

어느덧 베네치아에서의 카사노바와의 만남을 정리할 시간이 다가왔다. 이곳 베네치아에서 만난 카사노바는 열정이 들끓는 젊은이로 감정이 이끄는 대로 살았다. 어두운 감옥에 갇히는 고통도 있었지만, 그는 다시 돌아와 책과 잡지를 출판하며 지식인의 삶을 살고 싶었다. 그러나 고향은 그를 품어주지 않았고 운도 따라주지 않았다. 카사노바는 또다시 길을 떠나야만 했다. 회고록에도 카사노바는 베네치아를 마지막으로 떠나는 날까지만 기록했다. 더 이상 그의 삶은 회상하고 싶지 않은 것이었으리라. 중년 이후의 삶은 의지대로 조종되지 않는다는 걸 우리도 알고 있다.

이제 로마로 가야 한다. 스무 살 이전에 로마로 가서 카사노바는 어떤 삶을 살았는지 알고 싶었다. 그런데 벌써 나의 짐이 불어나 이 나그네를 자유롭지 못하게 했다. 어느 것 하나 험하게 묶을 수도 버릴 수도 없는 소중한 자료들이라 나는 안간힘을 써야만 했다.

베네치아 동성애자 축제를 기념한 마리오 스테파니의 시집 《가면을 벗어던진 시》(1997).

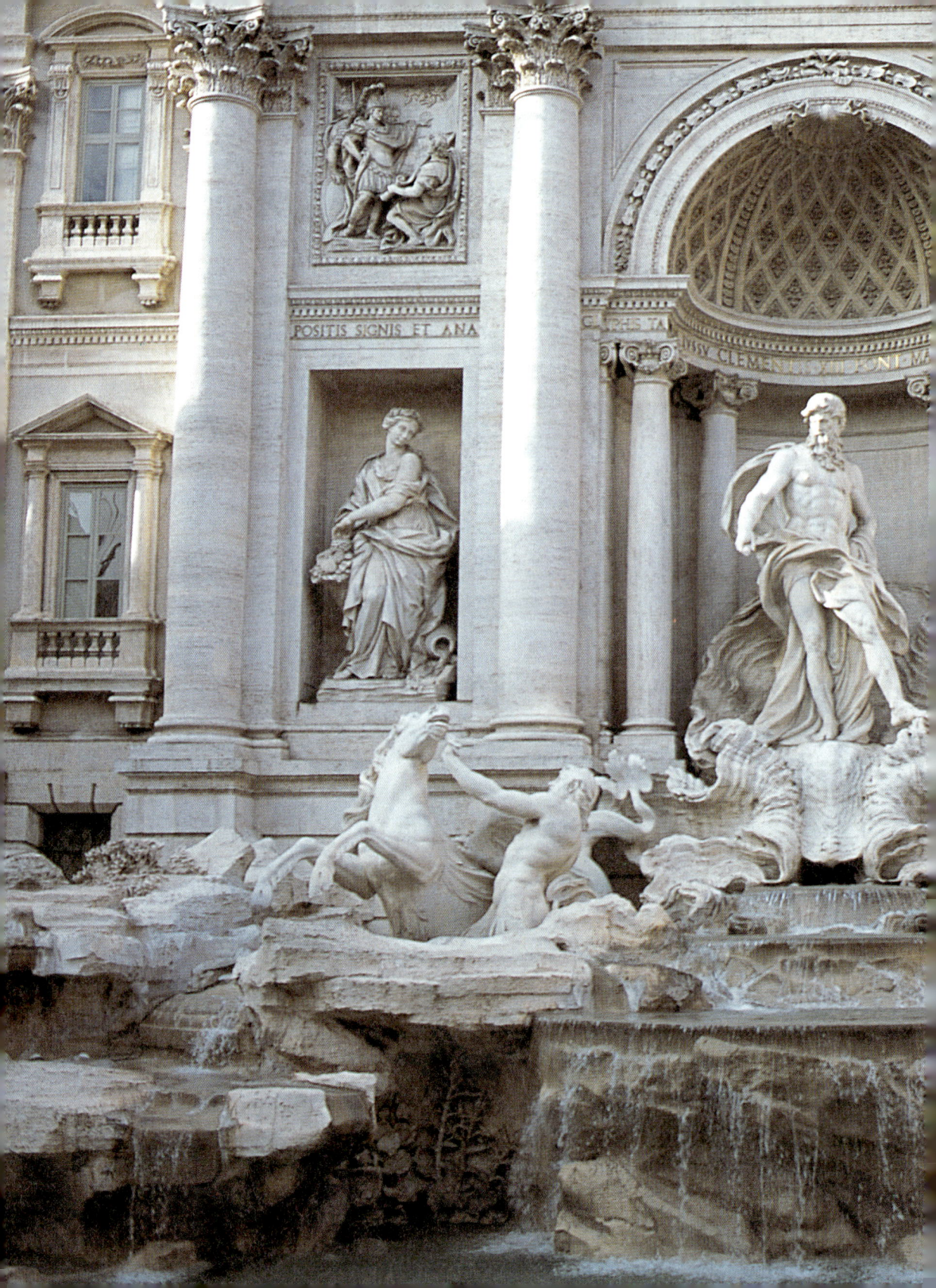

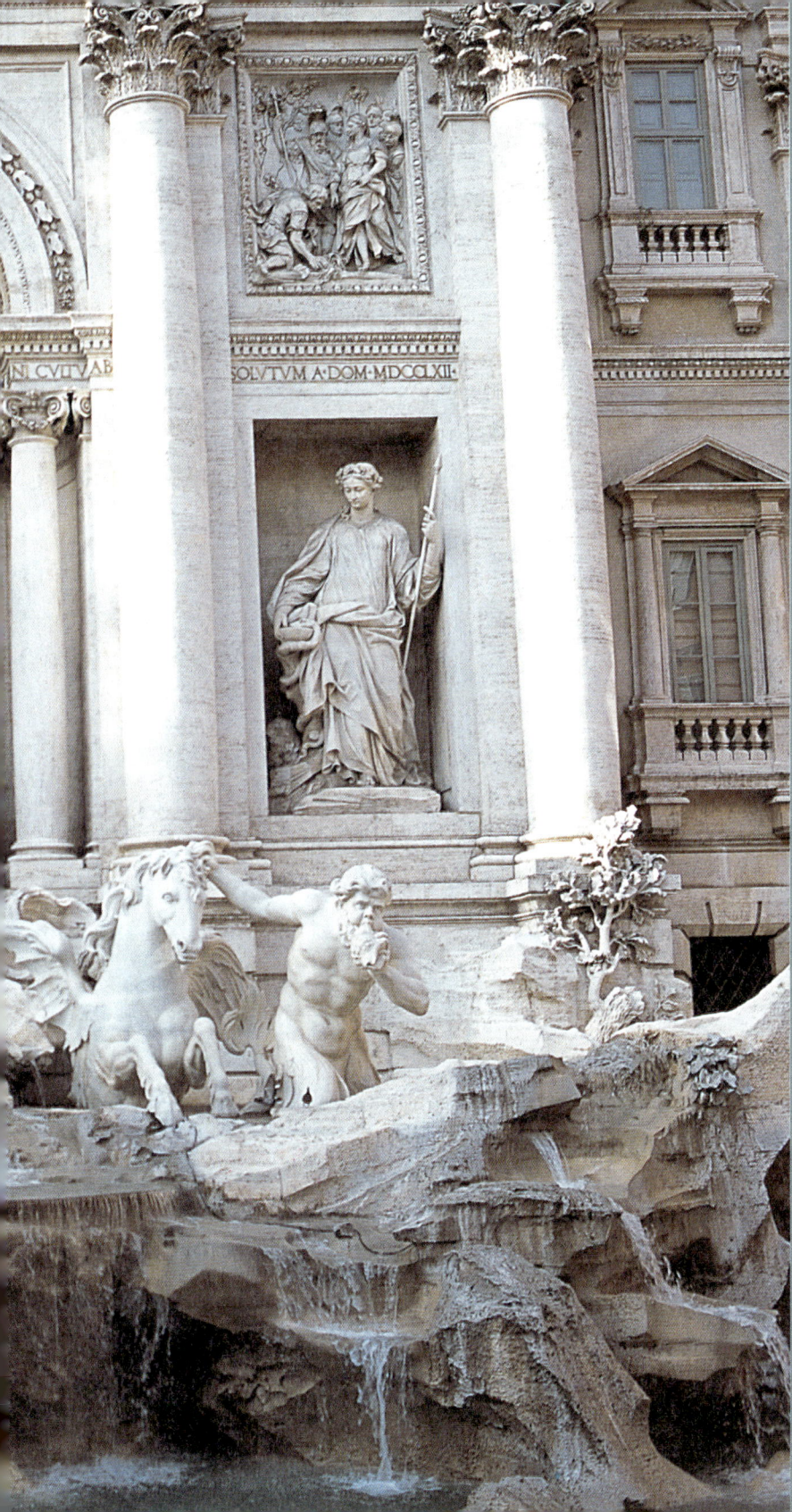

로마
⋯⋯

사
랑
은

광
기
다

기 차에 앉아 카푸치노를 마시니 그 향기 속에 베네치아의 하루 하루가 다시 피어올랐다. 베네치아를 떠나오기 전날 유명을 달리하여 만나지 못한 시인 마리오 스테파니 씨를 떠올리며 그의 시집을 펼쳤다. 고독했던 한 카사노비스트의 삶과 사랑은 나를 침울하게 했다. 로마에 도착했다는 방송이 나오지 않았다면 한동안 침울함에서 헤어나오지 못했을 것이다. 드디어 로마에 도착했다.

카사노바는 추기경의 추천서를 들고 이곳으로 와서 성직자로서 기반을 다지고자 노력했다. 그러나 눈물이 날 만큼 열악한 환경에서 헌신하는 나폴리의 신부를 보고 로마로 다시 되돌아온다. 1760년, 카사노바는 로마에서 베네치아인 레초니코 교황의 도움으로 S. G. 라테라노 기사 작위를 받았다. 그리고 교황청 서기장으로 임명되었다. 그런데 이상하게도 운명의 여신은 아쿠아비바 추기경 밑에서 자질을 키워나가던 카사노바를 자꾸만 시험에 들게 했다. 카사노바는 주변의 여인들을 격정에 휘말리게 하고, 자신의 프랑스어 선생의 딸을 숨겨준 이유로 평판이 나빠져 추방당했으니 말이다.

훗날 카사노바는 로마에서 클레멘스 13세로부터 교황청 기사 작위를 받아서 그의 이름이 '생갈 드 자코모 지롤라모 카사노바' 가 되었지만, 그는 성직에 투신할 운명은 아니었다. 만일 카사노바가 성직자로서의 삶을 살았다면, 그는 우리가 알 수 없는 다른 이름으로 살았을지 모른다.

로마는 자주 온 곳이지만 이번 여행은 좀 달랐다. 로마에 도착하니 고서적상 친구 마루나가 만사를 제치고 나와주었다. 내 친구는 하루만이라도 카사노바를 빼고 우리끼리 놀자고 부탁했지만, 난 거절하고 카사노바에 대해 잘 알고 있는 작가 아메리고를 만났다.

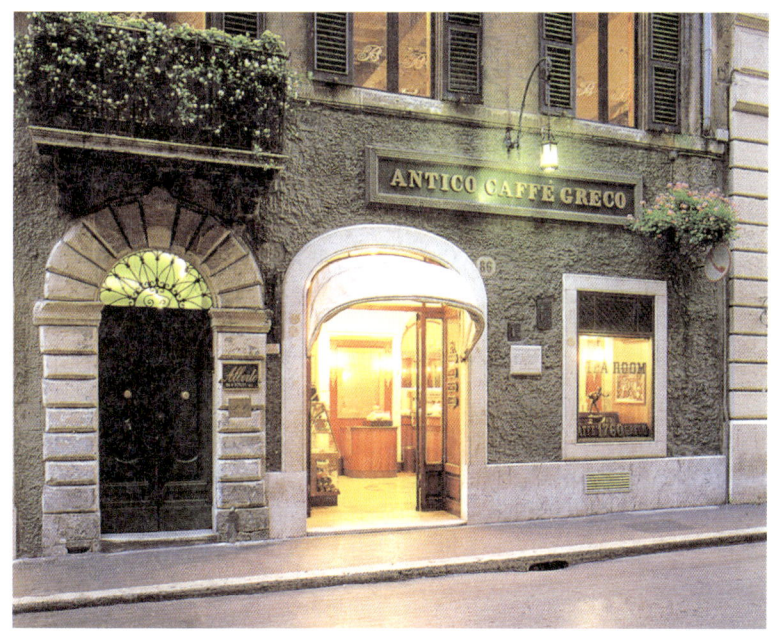

카사노바가 로마에 머물 때
즐겨 찾던 카페 그레코.

그는 카사노바에 대해 모르는 게 없다. 그에게 로마 어디에서 카사노바를 만날 수 있을지 알려달라고 했다. 우리는 먼저 스페인 광장으로 갔다. 스페인 광장은 당시 외교관들의 거주지였고 자유가 넘치는 곳이었다. 카사노바는 스페인 광장 계단 옆 32번지에 살았다고 한다. 현재 이곳에는 유명 브랜드 부티크가 들어서 있다. 그의 회고록에는 스페인 광장의 한 호텔에 묵었다는 기록도 나온다.

비아 콘도티라는 거리는 지금은 온갖 명품 숍이 즐비한 쇼핑가다. 그 골목 초입에 있는 '카페 그레코'는 카사노바가 늘 들렀던 카페였다. 그는 아침을 주로 그곳에서 먹었다. 1760년에 열었다는 이곳에서 가장 오래된 방에 아메리고와 앉아보았다. 고풍스럽고 세련된 인테리어가 이곳 고급 쇼핑가를 찾는 관광객들의 취향을 충분히 만족시킬 만했다. 이 카페에서는 매달 문화를 사랑하는 고객을 위해 살롱 음악회를 연다. 내가 입구에서 집어든 팜플렛에는 살롱 음악회의 일정이 줄줄이 적혀 있었다.

금지된 사랑, 레오닐다

카페 그레코에서 카푸치노와 초콜릿 향기를 음미한 뒤 우리는 알도브란디니 가든으로 갔다. 자동차 소리가 요란하게 들리는 찻길 옆에 자리한 이곳은 방치된 듯한 정원이었다. 주말이어서인지 중동과 인도 교민들이 모여 교제를 하고 있었다. 아메리고는 로마 시가지가 내려다보이는 이 언덕 위 가든에서 카사노바가 루크레지아에게 구애를 했다는 얘기를 하면서, 그 장면을 그린 그림을 특별한 선물이라며 가져왔다.

이것은 루크레지아가 변호사인 남편이 저만치 있는데도 카사노바의 유혹에 즐거워하며 가든에서 놀던 그 장면 아닌가. 당시에는 지금과 달리 숲이 우거지고 아름다웠던 모양이다.

카사노바는 사랑을 할 때면 곁에 누가 있든 개의치 않았다. 그는 만일 누군가가 있어 사랑이 방해받는다면 그건 사랑이 아니라 관계일 뿐이라고 생각했다.

1744년 카사노바가 19세 때의 일이다. 변호사 남편과 함께 여관에 묵은 루크레지아와 같은 여관에 있게 된 카사노바는 밤새 그녀와 욕정의 바다를 헤맸다. 그들 옆에 있던 동생 안젤리카는 1막, 2막으로 진행되는 그들의 불꽃 같은 육체의 향연을 숨죽이며 보다가 등을 돌렸다. 더 이상 기력이 없는 새벽 미명에 기진맥진한 난파선이 피날레를 마치고 정박을 결심했을 때였다. 안젤리카를 가엾게 생각한 카사노바가 갑자기 그녀를 안고 또다시 욕정을 불태웠다. 이번엔 언니 루크레지아가 지켜보게 되었다. 난파선은 또 다른 에너지로 먼먼 쾌락의 항해를 다시 시작했다. 안젤리카는 언니와의 정사를 보고 이미 달구어진 뜨거운 바다였다.

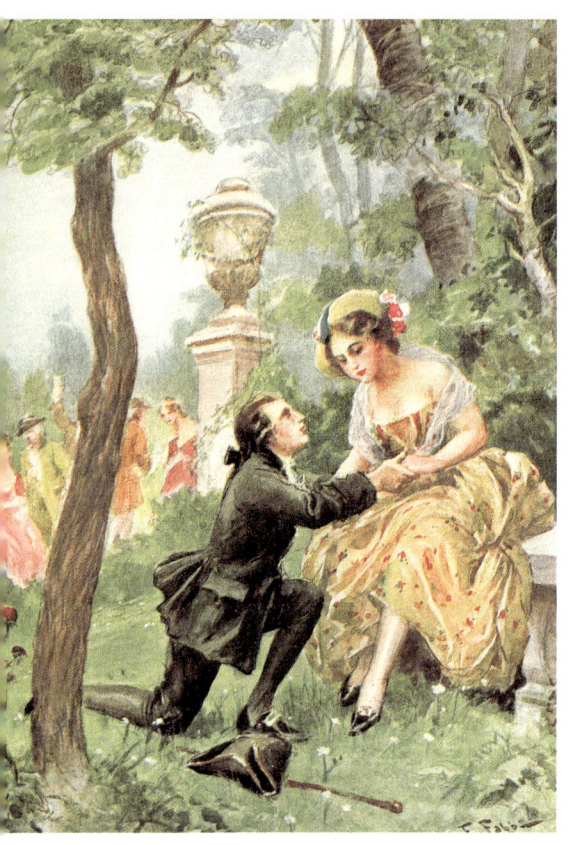

로마에서 루크레지아에게
구애하는 카사노바.

이 정사는 훗날의 운명적인 만남을 예고한다. 36세 때 카사노바는 나폴리에서 매혹적이고 어린 레오닐다와 사랑에 빠졌다. 당시 레오닐다는 성 불능자인 마타로네 공의 명목상 정부였다. 그녀에게 반한 나머지 서둘러 혼인 계약서까지 작성해놓은 카사노바에게 레오닐다는 어머니의 승낙을 받아야 하니 조금만 기다리자고 했다. 그들 앞에 여행에서 돌아온 그녀의 어머니가 등장한다. 그녀의 어머니는 루크레지아. 루크레지아도 카사노바를 결코 잊을 수 없었다.

카사노바를 보자 루크레지아가 말했다.

"나의 친구여, 당신은 나의 딸과 결혼하려 하고 있어요."

어두운 침묵이 흘렀다.

"레오닐다는 당신의 딸이에요. 나는 그걸 확신해요. 당신은 다시 한번 숙고해야 해요. 이 결혼은 나에게 매스꺼운 것이에요. 당신은 벌써 신방을 차렸나요?"

"아니오. 나의 친구."

카사노바는 결국 레오닐다가 자신의 딸임을 알고 결혼을 포기하지만 그날 그들은 셋이 함께 밤을 보낸다.

카사노바는 회고록에 이렇게 묘사했다.

> 루크레지아는 가운데서 만족해했다. 그리고 그녀가 봤던 불꽃을 꺼내놓자 오로지 그녀 위에 두게 했다. 그러나 내가 그녀에 대한 고려 없이 불꽃을 빼는 게 나의 임무임을 느꼈을 때는 두 여인이 다 사랑의 끝을 느꼈으리라.

그 모녀와 동시에 사랑을 나눈 카사노바는 훗날 레오닐다가 아들을 낳았다는 소식을 듣게 된다. 카사노바의 사랑은 미쳤다.

아메리고와 나는 카사노바의 거침없는 정사에 놀라워했다. 그리고 혹시 당시 카사노바가 묵었던 여관을 찾을 수 있을지 물어보았다. 로코코 장식으로 화려했을 당시의 그 여관에 갈 수만 있다면, 그곳에서 묵고 싶었다. 그리고 내가 묵는 그날 또 다른 손님을 정중하게 소개받고, 여관 주인에게 맛있는 요리를 주문하고, 식당에서 그들과 샴페인과 와인을 즐기겠지. 만일 내 이야기를 들어주는 갈색 눈동자의 여인이 있다면 주도 면밀한 제스처와 화제를 꺼낼 것이다. 내 마음이 전해지게.

난 2백 년 전의 여관을 찾으려고 노력했다. 그러나 유럽이 아무리 변하지 않는다 해도 숙박 시설은 모두 내부 수리를 해서 옛 정취를 느낄 만한 곳은 없었다. 아메리고도 그건 불가능한 일이라고 말했다. 카사노바의 유랑이 여관이라는 그 시대의 독특한 장소 덕분에 즐거웠다는데, 그것을 느낄 수 없다는 것이 안타깝기만 하다.

카사노바는 베네치아에서 로마로, 파리로, 제네바로, 드레스덴으로, 프라하로 갈 때마다 늘 여관에 묵었다. 그 당시 여관은 돈 없는 서민들에게는 무용지물이었고, 귀족들은 주로 서로의 집이나 별장으로 초대받기 때문에 이동이 잦은 예술가나 작가, 상인, 모험가의 임시 거처가 됐다고 한다. 그렇기에 여관은 신분 사회의 아웃사이더들이 모여들고 카페처럼 정보가 교환되는 사교장이기도 했다.

카사노바는 그곳에서 새로운 여인을 만났고 사랑에 빠졌다. 혹은 사랑에 빠진 카사노바는 여인과 함께 있기 위해 장기 투숙할 때도 많았다. 카사노바는 자기 집에서는 하녀와 하녀의 딸을, 여관에서는 여관 주인의 딸들을 밤마다 스스럼없이 안았다. 그의 오명은 이 부분에서 변명의 여지가 없다.

사랑의 포로, 카스트라토 벨리노

카사노바가 여관에서 만난 여인들은 카사노바의 감각의 촉수를 피해갈 수 없었다. 그는 머리카락 한 올로, 혹은 목소리만으로도 그녀가 얼마나 매혹적인 사랑의 상대인가를 간파했다. 아메리고는 남성에게 이런 감각이 선이 되는지 악이 되는지를 두고 우스갯소리를 했다. 특히 벨리노를 보고 단번에 여성의 냄새를 맡은 카사노바를 존경한다고까지 했다.

1744년, 카사노바가 스무 살 되던 해였다. 로마에서 돌아오는 길에 카사노바는 안코나의 제일 좋은 여관에 묵었다. 그곳에서 같이 묵게 된 카스트라토(어릴 적 거세하여 여성의 목소리를 갖게 된 남성 가수. 18세기 중반 이들은 적게는 2천 명, 많게는 4천 명 가량 되었다. 가난한 집에서는 아들을 음악의 노예로 팔기도 했다) 벨리노를 알게 됐다.

벨리노는 카사노바의 인생에서 몇 안 되는 진실한 사랑이었다. 벨리노의 애매한 성(性)은 카사노바를 뜨거운 열정으로 몰고 갔다.

부드러운 가슴 선은 여자임에 틀림없었다. 천부적인 감각으로 갖게 되는 확신이다. 그래서 나는 그 아이에게 열중하고 싶은 욕망을 도저히 억누를 수 없었다. 난 그녀를 맛있는 식사와 시적인 대화로 유혹했다.

그러나 벨리노의 성은 그녀가 언제나 적당한 거리를 유지했기 때문에 확인되지 않았다.* 카사노바는 그녀의 목적지까지 벨리노를 따라간다. 벨리노가 말했다.

"당신은 내가 소녀든 소년이든 나와 사랑에 빠졌어요. 당신이 내가 남자라는 것을 안다면 나에 대한 사랑을 끝낼 거라는 것을 상상할 수 없을 거예요. 당신은 나를 여성으로 변형시킬 수 있다고 당신 자신을 설득하거나 당신 스스로가 여성이 될 수 있다고 상상할 것입니다."

카사노바는 그날 벨리노와의 일을 회고록에 자세하게 묘사해놓았다.

그날 우리는 밤을 함께 보냈다. 설레는 몸이 닿자 온 몸이 전율에 떨려왔다. 그녀는 나의 추측대로였다. 사랑의 밀어가 육체의 구석구석을 깨울 때, 나는 그녀도 나와 같은 욕구로 가득했음을 알 수 있었다. 희열이 온 몸으로 퍼지고 우리의 모든 감각을 장악했을 때 벨리노가 침묵을 깨고 말했다. "내가 훌륭한 애인이 되었나요?"라고. 아, 벨리노의 빛나는 재능과 섬세한

* 남장을 위한 도구
당시 로마를 비롯한 몇몇 도시에서 여자는 무대에 오를 수 없었다. 남장 여자로 살아야 했던 카스트라토 벨리노는 조사받을 경우를 대비해 외양을 바꿔줄 성기 모양의 장치를 착용하는 것을 배워두었다고 한다. 이것은 길고 부드러운 장자의 일종으로 엄지만한 치수의 하얗고 실크 같은 촉감의 물건이다. 즉 투명한 탈걀 모양의 가죽 종류이며 길이는 12~15센티미터, 넓이는 5센티미터다. 성기가 보이는 곳에 고무 껌과 함께 이것을 사용함으로써 여성성을 감출 수 있었다고 한다.

영혼, 그리고 운명적인 불행까지 모든 게 내겐 감동이었다. 난 그녀에게 청혼을 했다. 솔직하게 말했다. "내가 가진 것은 젊음과 건강과 용기와 약간의 지혜와 공명심과 성실하다는 것, 그리고 미약한 문학적 소양뿐이오. 내가 가진 커다란 재산은 누구에게도 의존치 않는, 부당함에 굴하지 않는 내 자신의 주인이라는 점이오. 나는 낭비로 탕진하는 성향도 있소. 난 부자도 아니오."라고.

벨리노는 기꺼이 사랑의 포로가 되려고 했다. 그런 그녀에게 나폴리의 산 카를로 극장에서 좋은 제의가 들어왔다. 벨리노는 결혼 서약서와 극장 출연 계약서를 들고 카사노바의 처분만을 기다렸다. 그러나 카사노바는 극장에서 일하는 여성의 직업 없는 남편이라는 사회적 지위를 용납할 수 없었다.

카사노바는 그때 빈털터리였고, 성공과 행복을 포기하기 힘든 청춘이었다. 당시 여배우나 가수는 창녀보다 나을 것이 없었다. 결국 카사노바는 그녀를 놓아주었고, 훗날 그녀는 유명한 카스트라토로 이름을 날렸다. 어려운 시절에 만난 애절한 사랑이었다.

1745년 4월 초에 카사노바는 벨리노—후에 그녀의 이름은 테레사로 바뀐다—를 떠나 보내고 베네치아로 돌아왔다. 그리고 곤궁함을 해결하기 위해 산 사무엘 극장의 바이올린 연주자로 일했다. 그의 연주에는 떠나 보낸 벨리노를 그리는 향수가 어려 있었을까.

삶은 사랑만으로 살 수 없도록 장애물을 드리워놓고 기다리는 것 같다. 삶을 위해 사랑을 포기한 경험이 누구에게나 있지 않을까.

아메리고와 카사노바에 관한 책을 사러 유대인이 모여 사는 곳으

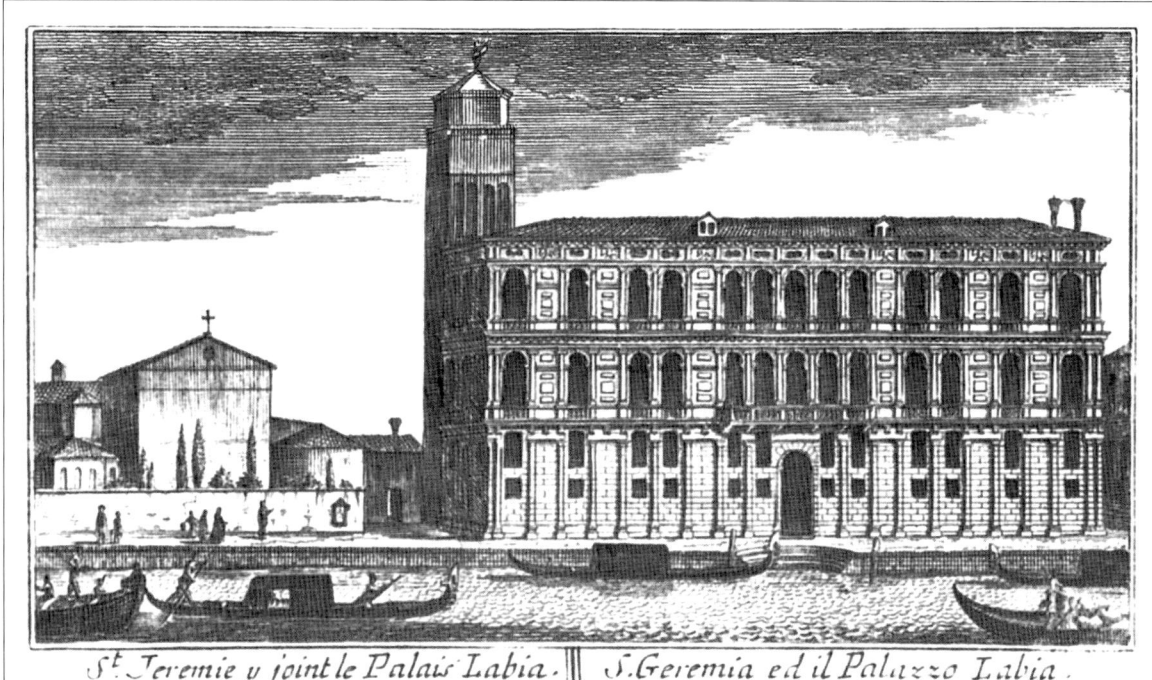

St. Jeremie y joint le Palais Labia. ||| S.Geremia ed il Palazzo Labia.

18세기 베네치아의
곤돌라 모습을 담은 세필화.

로 갔다. 우리는 요즘 사기 힘든 책만을 파는 '안티쿠아 리브로'로 갔다. 수많은 책방을 뒤져 겨우 《카사노바의 사랑》이라는 일러스트 레이션으로 꾸며진 책을 샀다. 오래된 책은 아니지만 이미 절판되어 구하기 힘든 책이었기에 돈을 달라는 대로 주고 샀다. 유대인인 책방 주인은 카사노바에는 관심도 없고 오로지 책 속에 아름다운 그림이 많다는 걸 계속 강조했다. 아메리고는 이 책방에서 18세기 베네치아 세필화를 찾아 내게 선물했다.

고결한 사랑, 앙리에트

로마는 카사노바가 머문 곳이 아니라 스쳐간 도시인 듯 카사노바의 흔적을 만나기는 어려웠다. 나는 다시 기차를 타고 세네카로 향했다. 이곳 작은 도시에서 24살의 카사노바는 진실하고도 애절한 사랑에 빠지게 된다. 카사노바의 사랑을 찾아가기 전 커피 한 잔이 간절해 카페테리아를 찾았다.

카페테리아에서 수수하게 생긴 한 여자와 나란히 앉은 나는 동행하는 기분으로 말을 걸었다. 마치 대중 마차에서 카사노바가 낯선 여인을 만났듯이.

"한 남자가 있었어요. 그는 여인을 사랑하게 되었죠. 그래서 여인을 따라 그녀의 목적지까지 갑니다. 그곳에서 여관을 잡고 남자는 재단사를 불러 여인에게 최고로 화려하고 아름다운 옷을 지어줍니다. 방은 온통 프랑스식으로 치장하고 이탈리아어 교사를 불러 그

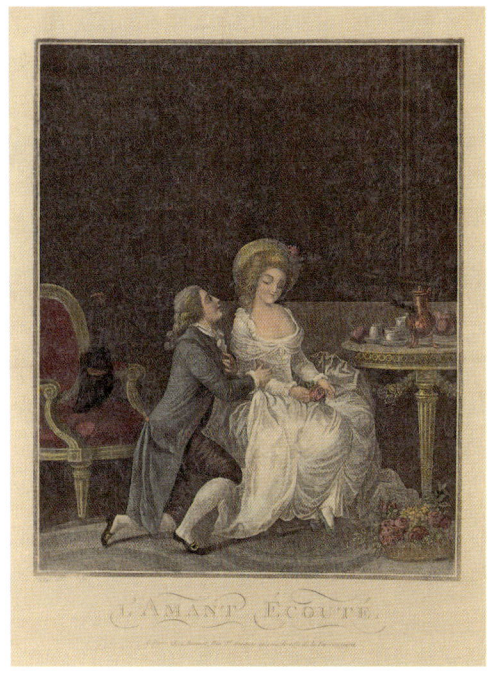

L'AMANT ECOUTÉ

녀에게 이탈리아어를 가르칩니다. 이 남자는 그녀를 정말 사랑하는 거겠죠?"

여자가 행복한 표정을 지으며 대답했다.

"오늘도 난 그런 남자를 기다립니다. 그게 누군가요?"

난 그가 바로 카사노바였으며, 그가 사랑한 여인은 앙리에트라고 말해주었다.

순간, 여자의 얼굴엔 놀라움이 스쳐간다.

"카사노바가 영화 속에서 그러던가요?"

그렇게 멋있는 로맨티스트였냐는 것이다. 카사노바는 영화 속에서가 아니라 실제로 그랬다고 말해주었다.

내가 다시 물었다. 섹스 심벌로 알려진 카사노바가 당신에게 하룻밤 같이 보내자고 제의하면 어떻게 하겠냐고. 그녀는 왜 거절하겠느냐고 반문했다. 카사노바는 끝내주는 남자고 행복한 경험이 될 거라고. 게다가 그가 이런 로맨티스트였다는 건 몰랐다고 했다.

우리의 이야기는 내가 로마에서 새로 산 《카사노바의 사랑》이라는 책을 펼치며 이곳 세네카의 여관에서 만난 앙리에트로 이어졌다. 카사노바는 여자를 멋있게 사랑했다. 그가 진정으로 사랑했던 여인 앙리에트는 그의 가장 진실한 사랑을 받은 여인이다.

그날 여관에서는 이런 일이 있었다. 여자와 동침하던 헝가리 장교가 교회 당국의 단속에 걸렸다. 이때 난 능숙한 라틴어로 장교의 말을 통역해주었는데, 겁에 질린 채 이불 속에 숨어 있는 여인의 곱슬머리 한 가닥이 눈에 들어왔다. 나는 내 감각의 촉수를 뻗어 그녀가 분명 매력적일 거라고 확신했다. 그리고 내 음성을 듣고 그녀가 마음에 들었을 거라고 상상해보았다.

그날 밤 사건을 중재해준 것에 감사하는 뜻으로 장교가 마련한 식사에 그녀는 우아한 의상을 입고 동석했다. 난 아름다운 그녀를 유혹하고픈 충동에 사로잡혔다. 파트너가 있다는 건 문제가 되지 않았다. 식사 중에 그녀가 발휘하는 영혼의 빛에서 나의 열정은 절정에 달했다. 그녀와 사랑의 밤을 보내기 위해 어떤 수단을 동원해야 할지, 이미 그녀의 포로가 되어버린 난 곰곰이 생각해보았다.

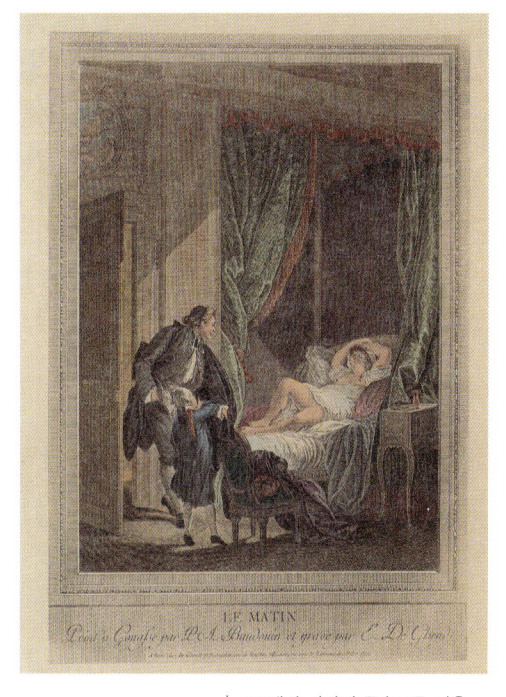

18세기 사랑의 풍속도를 담은 포스터.

그런데 카사노바는 그녀와의 정사에 대해서는 일절 아무런 기록도 남기지 않고 함구했다. 둘은 파르마의 프랑스식 여관까지 함께 갔고, 카사노바는 상당한 시간과 노력을 들여 그곳을 앙리에트를 위한 작은 궁전으로 꾸몄다. 카사노바는 여자를 상류 사회의 숙녀로 만들려고 했으나, 그녀는 원래 귀족이었다는 기록이 있다.

카사노바는 이 여인을 4개월간 열렬하게 사랑했다. 그녀는 떠나며 손에 낀 다이아몬드 반지로 창문에 이렇게 썼다.

'당신도 앙리에트를 잊게 되겠지요.'

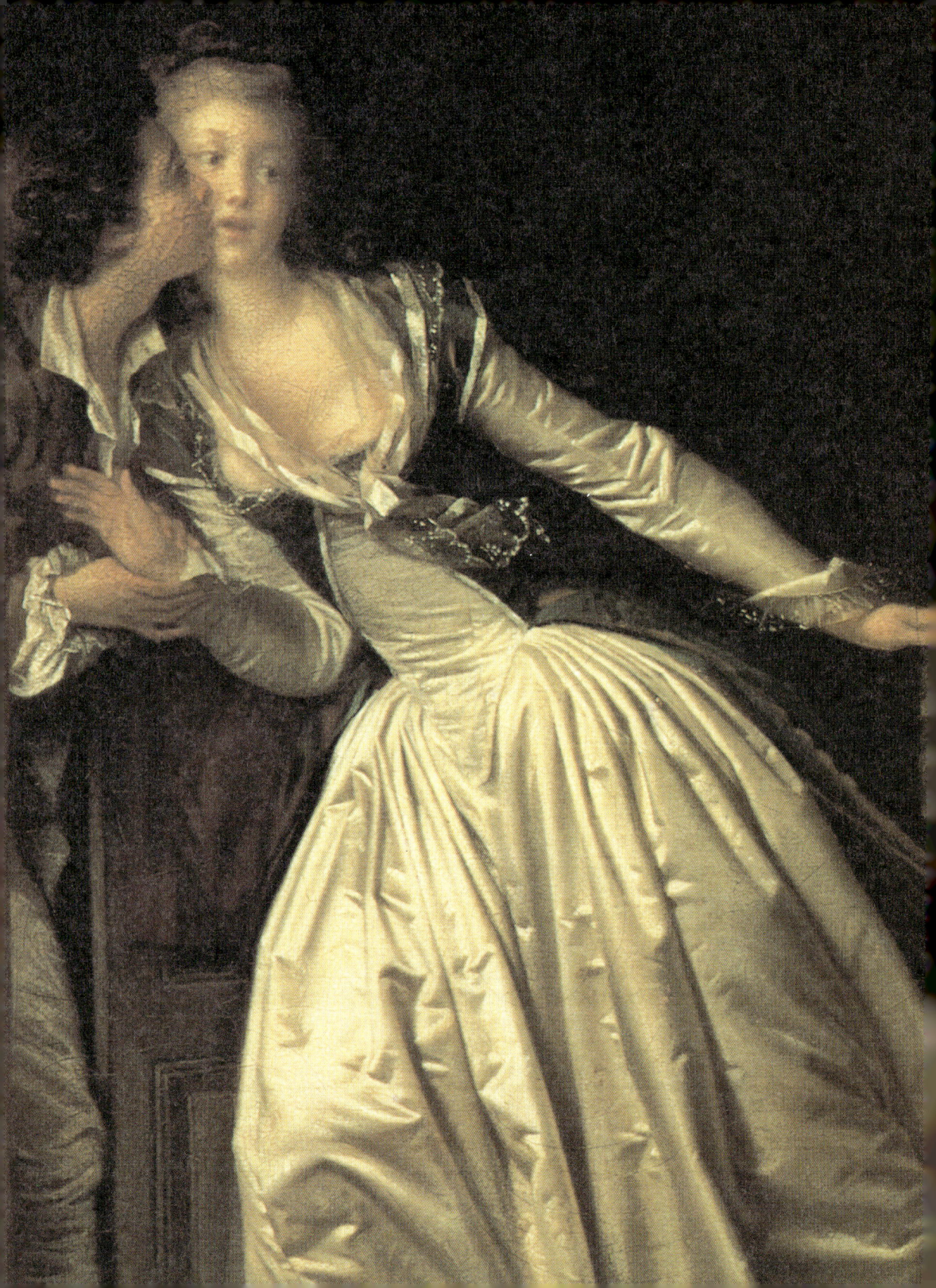

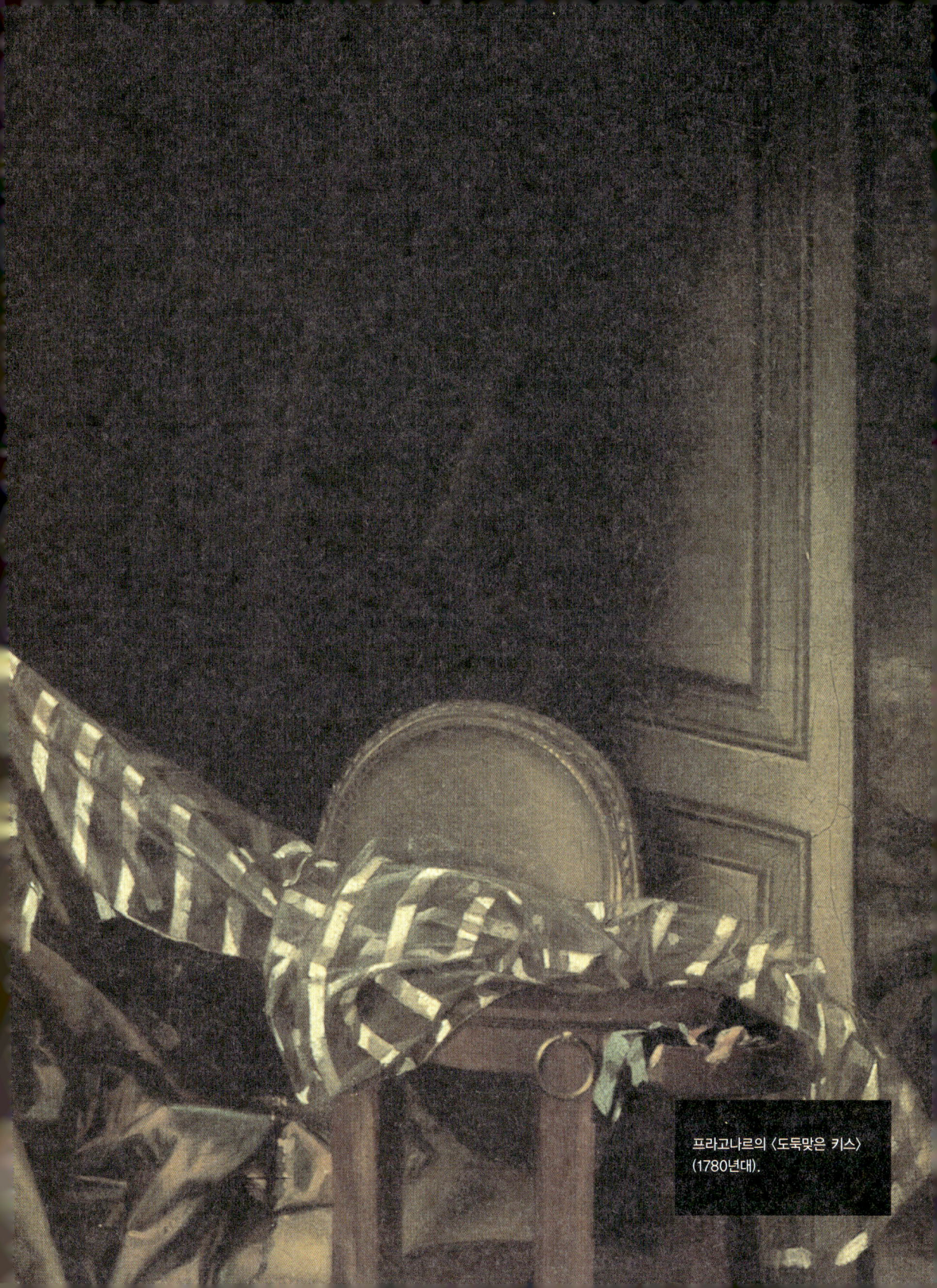

프라고나르의 〈도둑맞은 키스〉
(1780년대).

그로부터 13년 후, 카사노바가 계몽 사상가 볼테르를 만나러 가는 도중에 다시 이 여관에 묵었을 때 그는 유리 창문에 새겨진 이 글귀를 보았고 깊은 우수에 잠긴다.

여성이 자신을 하루 24시간 동일하게 행복하게 해주어도 충분치 않다고 생각하는 남자들은 앙리에트를 알지 못한다……. 앙리에트가 누구인가. 내가 주인이었던 이 보물은 무엇인가. 그녀를 소유한 운 좋은 사람이 되는 건 불가능했다……. 난 그녀를 잊지 않았다. 그리고 그녀를 생각할 때마다 그것은 내 정신의 기쁨과 위안이 되었다. 오늘 나이 든 나를 행복하게 만드는 이 추억을 생각할 때 나의 삶은 불행했다기보다는 행복했다.

얼마나 멋진 극찬인가. 내게도 그런 극찬을 아끼지 않을 만한 여인이 와준다면……. 꿈을 꾸고 있는 것일까. 이렇게 한 여인을 그리며 그녀와의 사랑을 고백할 수 있는 카사노바가 부럽다.

앙리에트와의 사랑은 카사노바에게 가장 아름답고 고결한 사랑이었다. 훗날 앙리에트는 편지에 고백했다.

당신을 버려야만 했던 건 제 자신입니다. 나에 대한 생각으로 슬퍼하지 마세요. 우리가 나누었던 즐거운 꿈을 생각해보세요. 우리는 우리에게 주어진 운명을 불평하지 않았고, 서로 함께한 3개월 동안만은 완벽하게 행복했다는 걸, 그토록 아름다운 꿈이 그렇게 지속된 적은 없었다는 걸 자랑스러워해요. 비록 떨어져 있지만 서로 잊지 않도록 우리 사랑을 자주 회상해요. 강렬한 기쁨이 샘솟는 그 사랑을 다시 시작하려고, 나에게서 무언가 얻으려고 기대하지 마세요. 당신 없이도 행복할 수 있도록 나의 남은 인생을 잘 준비했다는 사실을 아셔야 합니다. 나는 당신이 누구인지 모릅니다. 그러나 나보다 당신을 더 잘 이해할 사람이 없다는 걸 나는 압니다. 앞으로 다가올 내 인생에 더 이상의 사랑은 없습니다. 그러나 당신은 그렇게 되길 바라지 않습니다. 난 당신이 다시 사랑하기를 원합니다. 심지어 또 다른 앙리에트를 발견한다 할지라도……. 아듀.

"앙리에트와의 사랑처럼 아름답고 애절한 사랑이 당신에게도 있었는지 묻고 싶군요."

그 여인이 말했다.

"그들처럼 사랑의 밀어를 나누기 위해 여관을 궁전처럼 꾸며놓고 3개월 동안 아무 방해도 받지 않으며 사랑말고는 할 것이 없다면, 그리고 나도 그런 시대에 살았다면 더 애절한 러브스토리가 많았을지도 모르죠. 하지만 우리가 이성의 지배를 받는 현대인이라는 게 안타깝습니다."

그때 웨이터가 카사노바 책을 보고 우리의 대화에 끼여들었다. 이곳에서 카사노바의 여관은 어디였는지 모르지만 지금까지 남아 있다면 아마 러브하우스가 됐을 거라고 웨이터가 말했다. 그리고 자기는 카사노바와 어울리다가 10년 다닌 이 직장에서 쫓겨났을 거라고. 하지만 그에게서 여자들에게 인기를 끄는 비결 하나쯤은 배웠을 거라고 익살을 떨었다. 우리가 이야기를 나누던 꿈 같은 사랑이라는 주제가 카사노바의 유명세로 인해 또다시 가벼워지는 느낌이었다.

그녀와 돌체와 카푸치노로 디저트를 끝내고 카페테리아를 나왔다. 30여 석 되는 아담한 카페테리아에서의 우연한 데이트도 끝나고 우리는 좋은 여행이 되길 바란다는 인사를 나누며 헤어졌다. 세네카의 소박한 거리가 정겨웠다.

카사노바의 이루어질 수 없는 사랑 이야기는 여기서 끝난다. 카사노바는 일생 동안 서너 번 정도 결혼의 문턱까지 갔지만 그때마다 자유를 택했다.

> 나는 여자들을 미치도록 사랑했다. 그러나 언제나 나의 자유를 더 사랑했다. 이 자유를 잃을 위험에 처할 때마다 아슬아슬한 상황에서도 나는 나 자신을 구하는 데 성공했다.

카사노바를 느낄 만한 아무것도 찾지 못한 채 나는 다시 로마 행 기차를 탔다. 로마로 돌아가자 옛 친구 피에트로와 고서적상 마루나, 그리고 아메리고가 기다리고 있었다. 우리는 노천 카페에 앉아 카사노바에 관해 신나게 떠들어댔다.

마루나와 나는 고서점의 주인과 손님으로 만났다. 그를 만난 후 어느 날 우리는 남편의 서재에 있는 책을 몽땅 팔겠다는 한 미망인을 찾아가게 되었다. 남편의 손때가 묻은 분신과도 같은 책을 모조리 팔아치우겠다는 그녀가 의아스럽고 매정하게 느껴지기도 했지만 그 서재에는 우리들의 보물이 가득했다. 그때 일을 계기로 우리는 서로 통하는 점이 많고 관심사가 비슷한 고서적상 동지로 오랜 인연을 이어오고 있다.

피에트로는 로마 근교의 한 마을이 전부 자기 땅일 만큼 부자다. 그런데도 그는 수수한 점퍼 차림의 구멍가게 노인 같이 보인다. 게다가 엄청난 독서량으로 어떤 화제를 꺼내도 이야깃거리가 무궁무

진하다. 그는 초로의 노인이지만, 그의 머릿속에는 마치 인터넷의 바다처럼 문학과 역사, 인물들에 대한 정보들이 가득하다. 피에트로는 놀라운 말로 나를 긴장하게 만들었다.

"카사노바가 회고록에 쓴 말들을 잘 보면 그가 그리스 석학들의 고전을 얼마나 많이 읽었는지 알 수 있지. 그가 한 멋있는 말들 중에는 그리스 시대의 시나 희곡 아니면 옛 고전 문헌을 인용한 것이 많아."

그가 선명하게 기억해서 읊어주는 인용구를 일일이 적어두고 싶었지만 내 짧은 식견이 들킬까봐 차마 그렇게 하지 못했다. 게다가 대부분 라틴어나 이탈리아어로 읊었기 때문에 기억하기가 더 힘들었다.

카사노바를 만나면 여인들은 그의 수려한 언변에 끌리고 만다. 그가 섭렵한 고전들을 이용해 감동적인 말을 술술 읊어대면, 여자들은 그를 멋진 대화를 이끌어내는 남자로 기억했다. 그는 유머가 넘쳤고 박식했다. 문학, 정치, 경제, 예술, 요리……. 그는 어느 누구도 지루하게 놔두지 않는 남자였다. 고대의 시인은 일찌감치 카사노바의 대본을 써준 작가였다. 카사노바는 상스러운 말로 여인을 농락하려는 천박한 작자가 아니었다. 그러나 유식한 바람둥이가 실은 더 위험하다. 카사노바는 여인의 흔들리는 마음을 귀신같이 읽어낸 후 과감히 행동해서 그녀들이 정염의 폭포수에 몸을 적시게 만들었다.

아메리고는 카사노바가 유효적절하게 이용한 마차에 관한 이야기를 했다. 카사노바가 유럽 전역을 여행하면서 이용한 귀족의 호화 사치품인 마차는 그의 사랑에서 빼놓을 수 없는 도구였다. 그의 회고록에는 마차 안에서의 사랑이 자주 등장한다. 나는 지난번 로마 여행길에 마차 박물관에 가본 적이 있다. 당시에 마차는 여러 사람이 타는 대중 마차와 개인 소유의 마차가 있었는데, 화려한 개인용 마차는 사랑의 밀실 역할을 하기에 충분해 보였다.

우리는 카사노바가 장난을 치고 밀애를 즐겼던 마차 이야기를 하며 그런 시대에 태어났어야 했다고 입을 모았다.

나는 나의 매력적인 로마 여인과 행복한 시간을 마차에서 보냈다. 순간적이고 남몰래 즐기는 사랑이었지만 더없이 달콤했다.

아메리고는 카사노바가 장군의 정부인 여인을 유혹하여 계획적으로 한 마차에 탄 일화를 얘기했다. 재빠른 카사노바의 손이 그녀의 가슴과 성스런 곳을 거침없이 넘나들었고, 그녀의 가벼운 신음 소리가 마차의 수레바퀴 소리에 섞였다. 휘황한 달빛이 비치는 비좁은 마차 안에서 짧은 시간에도 사랑은 가능했지만, 무례한 마부가 호기심 어린 시선으로 자꾸 뒤돌아보았고, 도착도 빨라 그들은 잔뜩 열이 오른 상태에서 내려야 했다. 마차는 온 유럽을 종횡무진 누빈 카사노바의 이동 수단이면서도 사랑의 캐러밴이었는데 마차 안에서의 이런 일화를 시시콜콜 기록해놓은 카사노바의 솔직함과 기억력에 다시 한번 놀라지 않을 수 없다. 그의 이런 사실적 묘사는 너무나 인간적이면서도, 오히려 카사노바가 몇 세기를 걸쳐 희대의 바람둥이라는 오명을 쓴 채 불멸하게 된 원인이라고 우리는 불만을 터트렸다.

이어서 피에트로가 어느 4륜 마차에서의 일을 얘기했다. 마차가 출발하자 폭우가 쏟아지기 시작했다. 카사노바는 자신을 귀하게 대접해준 농부의 아내에게 마음이 있어 일부러 그녀를 자신의 마차에

타게 했고, 남편의 마차는 뒤를 따랐다. 그런데 마차 앞에 갑자기 벼락이 떨어졌고 합승한 농부의 아내가 경련을 일으키며 카사노바 앞으로 쓰러졌다. 그는 이 상황을 이용해 그녀의 옷을 쉽게 들추었고 뇌우로 인한 마차의 흔들림이 카사노바를 도와주었다.

당시는 귀족이 아니면 속옷 구경하기가 힘들었다는 기록으로 보아 보통 여인들이 속옷을 입지 않았으며 그런 상태로 마차를 탔다면 마차에서의 카사노바의 작전은 수월했을 것이다.

남편의 마차가 뒤따라 오고 있는데도 그녀의 입가에 어느새 미소가 번지는 걸 보고 카사노바는 여유 있게 말했다.

18세기 여인들의 가슴과 배를 졸라주었던 코르셋 '부스토(Busto)'.

"벼락과 천둥에 대한 여인의 공포를 치유할 만한 것은 이것밖에 없소. 나는 그걸 아오."

"그런 음탕함을 가지고도 어떻게 벼락을 두려워하지 않죠?"

"그 벼락이 날 인정했을 뿐이오. 동의하시오. 그렇지 않으면 당신 코트를 마차 밖으로 떨어뜨릴 것이오!"

"당신은 나의 남은 날들을 비참하게 만들 나쁜 사람이군요."

"날 용서해달라고 당신에게 말하는 것이오. 그리고 내가 당신에게 기쁨을 주었다는 걸 인정하시오."

"당신을 용서합니다."

그 귀여운 농부의 아내는 밝게 웃었다. 카사노바는 다시 강요한다.

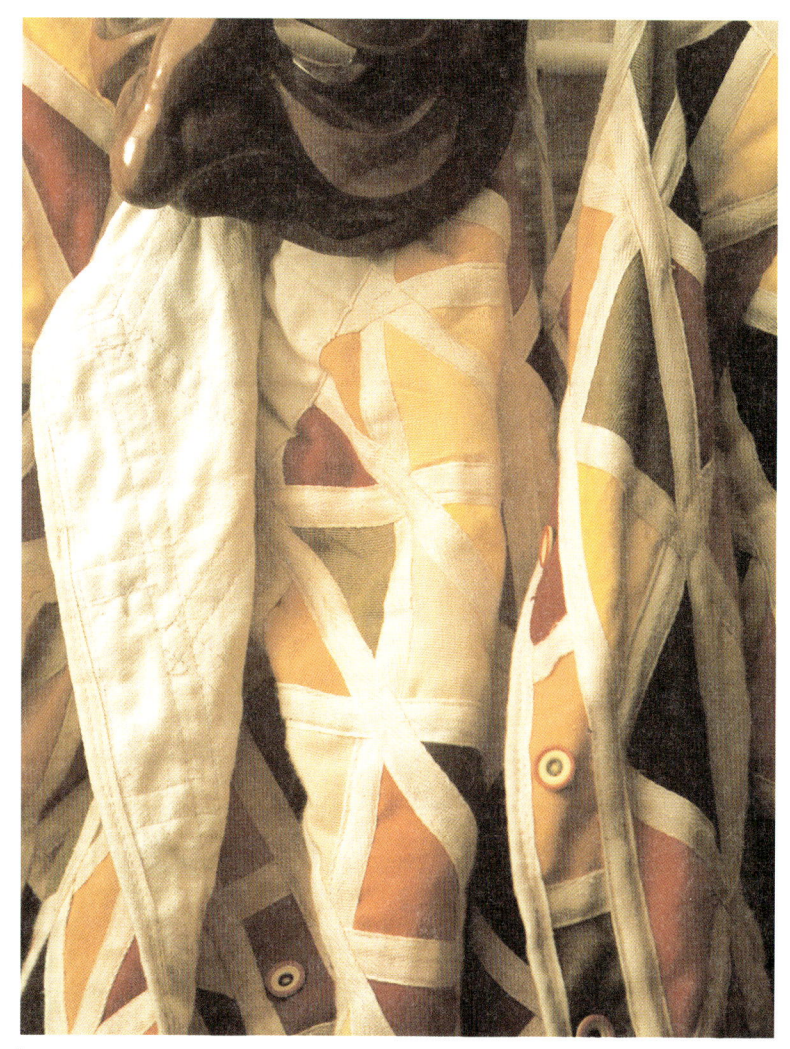

카사노바식 의상.

"날 사랑하는 거죠?"

"아니오. 당신은 무신론자고 지옥이 당신을 기다리고 있어요."

"천 년 동안 수만 번도 더 일어났을 일이오."

"나도 그것을 믿을 수 있어요. 앞으로는 남편 이외에는 누구와도 여행하지 않을 거예요."

"그건 잘못 생각하고 있는 거요. 당신 남편이 나처럼 당신을
위로하는 감각을 가지고 있지 않기 때문이오."

피에트로가 고개를 살래살래 흔들었다. 못 말리는 카사노바라는
뜻일 게다. 우리는 동의하는 뜻으로 함께 웃었다. 아메리고는 카사
노바의 작전은 무례하게 실행되지만, 그때마다 여인들은 항상 만족
을 감추지 못하고 그를 용서하고 마니 이상한 일이라고 했다.

고서적상인 마루나는 카사노바가 로마에서 즐긴 축제 이야기를
꺼냈다. 카사노바는 미적 재능이 뛰어나 자신만의 개성을 연출하기
위해 스스로 디자인한 의상을 입기도 하였다. 조각 천을 연결하여
화려하고 재미있는 의상을 만들어 입고 로마의 축제에 참가해 늘
상류층 여인들의 눈길을 끌었다.

나는 피에로 의상에 피에로 마스크를 쓰고 가기로 결정했다.
곱사등이거나 절름발이가 아닌 이상 더 나은 분장은 없을 것이
다. 피에로 차림의 길고 넓은 소매와 발꿈치까지 내려오는 길
고 헐렁한 의상은 몸의 이미지를 숨긴다. 모자는 머리 전체와
귀를 덮고 목과 머리칼과 피부색을 숨긴다. 그리고 마스크의
눈구멍을 덮는 망사는 눈동자가 검은지 푸른지 알아보는 것을
방해한다.

당시 패션에 관한 자료를 보면 의상은 사회적 신호이며 딸을 둔
엄마들은 먼저 남자의 이런 사회적 신호에 민감하게 반응했다는 이
야기가 나온다. 카사노바의 독창적인 코디는 언제나 눈길을 끌었

다. 로마의 축제를 보고 카사노바는 회고했다.

사람들은 마스크를 쓰고 가거나, 원한다면 안 쓸 수도 있다. 그들은 언제나 가면 무도회를 기획한다. 또 사람들에게 달콤한 시간을 제공하고 익살스런 글과 팜플렛을 배포한다. 로마에서는 가장 고상한 사람들이 천박한 문화를 즐기기도 한다. 밤이 되면 군중은 극장을 가득 메운다. 오페라, 코미디, 팬터마임, 곡예 시범 등을 하는 모든 퍼포머들이 거세된 남자 카스트라토가 있는 곳 아니면 선술집에 간다. 모든 방은 게걸스럽게 먹는 자들로 가득 차 있다. 오로지 카니발 동안에만 먹을 수 있는 것처럼……

이런 묘사는 18세기의 유럽 풍속을 연구하는 학자들에 의해 고증된 사실이다. 카사노바는 이런 장면들을 서민과 귀족의 경계를 오가며 자세하고도 사실적으로 묘사했다.

우리 모두는 대단한 카사노비스트들이다. 내가 카사노바에게 관심을 갖게 된 것이 그에 관한 고서를 갖고부터이기도 하지만, 이런 친구들의 이야기를 듣고 그에 대한 관심을 부풀려가기도 했다.

우리 네 사람은 함께 아메리고의 친구가 운영한다는 조그만 레스토랑에 갔다. 아메리고의 친구는 메뉴에는 없지만 특별히 우리를 위해 연어 스파게티를 맛있게 만들어주었다.

로마에서 마지막 밤을 애틋하게 보내고, 나는 친구들의 환송을 받으며 역으로 들어갔다. 아메리고는 이탈리아인 특유의 뺨 키스를 퍼부으며 눈물을 글썽였다.

늘 친구들이 있어 우리나라 시골에 온 듯이 편한 로마를 또 떠난다. 이제 난 파리로 갈 것이다. 피옴비 감옥을 탈출한 카사노바가 고향 베네치아를 떠나 새로운 삶을 시작한 곳이다.

밤 기차의 침대 칸에서 길고 긴 파리로의 여행을 시작했다. 두 사람씩 쓰는 침대 칸은 작은 세면기가 딸린 쾌적하고 깨끗한 공간이었다. 깔끔한 시트를 깔고 피곤한 몸을 누이니 제법 편안했다.

아주 오래 전 카사노바는 파리까지 몇날 며칠을 마차를 타고 가야 했겠지. 고향에서 추방당한 남자의 서러움을 무엇이 달래주었는지 모르지만, 카사노바의 애처로운 심정이 느껴지자 한동안 잊고 있던 집 생각이 났다. 다행히 밤 기차의 적당한 진동이 나를 꿈속으로 빨리 데려가 주었다.

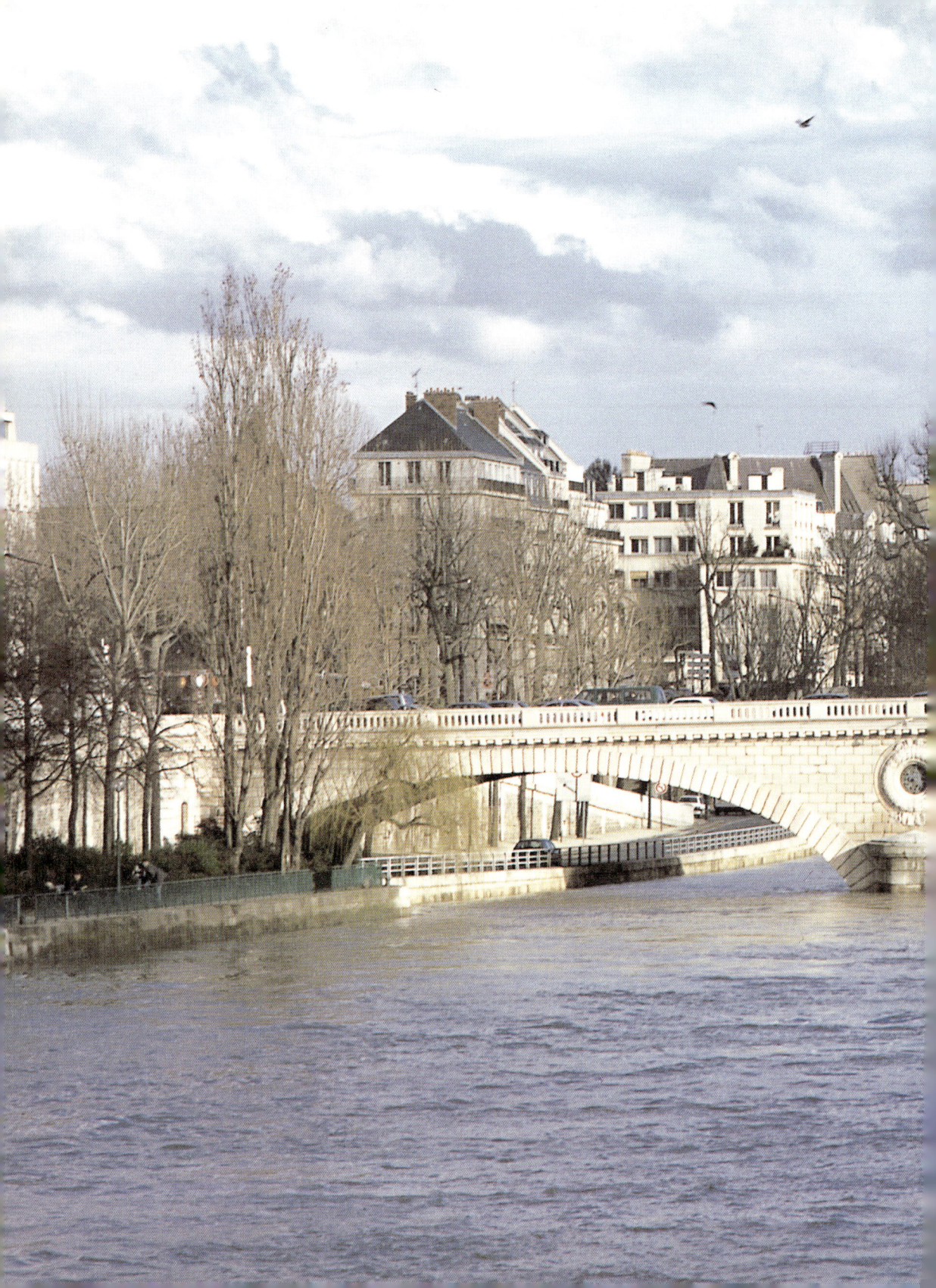

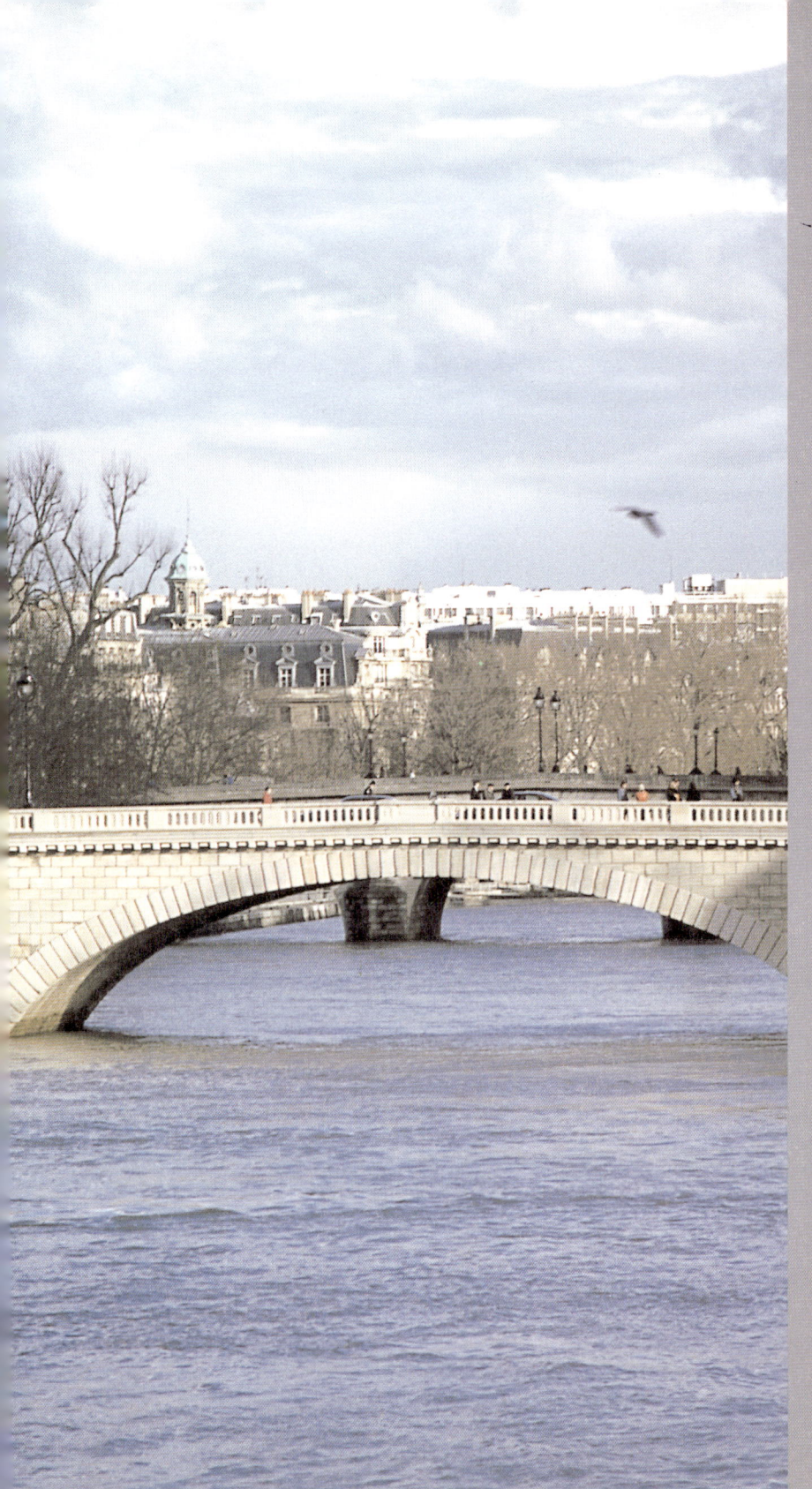

파리
⋯⋯
유랑하는 천재

밤 기차는 어느새 새벽 안개를 뚫고 리옹 역에 도착해서 어둠 속에 만날 사람도 헤어질 사람도 없는 나를 내려놓았다. 파리의 리옹 역은 이미 카페오레의 향기를 음미하는 사람들로 붐비고 있었다. 떠나는 사람과 돌아오는 사람들로 역은 늘 활기차다.

카사노바는 1750년에서 1752년까지 파리에 체류했다. 이후 베네치아의 감옥을 탈출해 도망자 신세가 되어 다시 파리를 찾기도 했다. 카사노바는 프랑스 문화의 열성적인 관찰자로 시간을 보내며 파리가 유럽 전체의 문화에 미치는 영향에 놀란다.

카사노바는 당시 도덕적 청렴성과 예술적 재능으로 명망이 높았던 연극인 가족 발레티 일가를 자주 방문했다. 그 일가의 일원인 마농 발레티와 유명한 여배우 실비아는 카사노바를 이탈리아 희극 배우들의 세계로 안내한다. 카사노바는 희극을 자주 보러 다니면서 배우와 작가들과 친해졌는데, 그중에서 특히 골도니와 담소를 즐겼다. 그들을 통해 프랑스의 저명한 극작가 크레비용을 소개받은 카사노바는 프랑스어 개인 교습에 열중했다. 베네치아를 탈출해 파리로 왔을 때는 그때 키워둔 프랑스어 능력이 큰 도움이 되었다. 또한 그는 마농 발레티와 마흔두 통의 편지를 주고받기도 했다.

1752년 10월, 카사노바는 동생 프란체스코와 함께 파리를 떠나 드레스덴으로 향했다. 카사노바의 어머니가 선제후 밑에서 배우로 일하고 있던 삭소니에서 카사노바는 자신의 첫 번째 문학 작품이라 할 연극 대본을 완성했다. 카사노바의 이런 예술적 감성과 문학적 소양으로 볼 때, 유명한 발레티 가와의 친분은 자연스러운 것이었다. 일정이 허락한다면 꼭 드레스덴에 가보고 싶었다. 드레스덴은 카사노바가 오페라 《조로아스트로》를 이탈리아어로 번역해서 1752년 2월에 공연한 곳이다.

파리는 개방된 박물관이고 온 도시가 예술 작품 전시장이다. 오가는 사람들은 세련된 감각으로 파리 스타일을 보여주는 모델이고, 레스토랑은 각국에서 몰려온 미식가들을 감탄하게 만든다. 남자들은 그들의 말투만큼이나 부드럽고, 여자들의 눈빛은 매혹적이다.

세월의 흔적을 고스란히 간직한 건물들은 차분히 가라앉은 색조로 고풍스런 건축미와 장식적 아름다움을 그대로 보여준다. 가로수만큼이나 오래되었을 센 강변의 다리들……. 파리는 여행객에게는 이토록 가슴 뭉클한 서정을 느끼게 하지만, 새로이 정착해야 하는 이방인에게는 낯설고 불안한 곳이리라. 특히 돈도 없이 도망자 신세로 온 카사노바 같은 사람에게는.

ZOROASTRO,
TRAGEDIA,
DA RAPPRESENTARSI NEL TEATRO REGIO
DI DRESDA, NEL CARNOVALE 1752.
PERSONAGGI

카사노바가 이탈리아어로
번역한 오페라
《조로아스트로》 대본.
1752년 독일 드레스덴에서
공연됨.

※ 복권의 역사

추첨을 통해 행운을 차지하는 방식의 복권은 인류의 시작과 함께라고 할 정도로 그 역사가 깊다. 트로이 전쟁 당시 그리스군 대장 아가멤논이 병사를 제비뽑기했는가 하면 성경에서도 모세가 요단강 서쪽 땅을 제비뽑기를 통해 나누었다는 기록도 있다. 이러한 추첨 방식은 로마 시대 황제들이 연회 때 추첨을 통하여 경품을 나누어주는 것으로 일반화되었으며, 네로는 제국의 영속성을 기리기 위해 매일 땅, 노예, 선박 등을 나누어주었다.

근대적 의미의 복권을 처음 도입한 나라는 이탈리아로, 1530년 피렌체 지방에서 현금을 상품으로 내건 국민복권이 시행되었다. '복권'을 의미하는 로터리(lottery)라는 단어는 '운'을 뜻하는 이탈리아어 로토(lotto)에서 유래하였다. 유럽에서는 1700년대에 복권 제도가 자리잡기 시작했는데, 영국에선 대영 박물관 건립과 식민지군을 양성하기 위하여 복권 제도를 이용하였고 프랑스의 루이 15세는 국가 채무를 줄이는 데 이용하였다.

복권 사업은 1800년대와 1900년대 초 불법화되는 시기를 거쳐 20세기에 들어오면서부터 활성화되어 2000년대에는 전 세계적으로 100여 개의 회사에서 70조 원의 규모로 활성화되었다.

상류 사회를 동경하는 벤처 사업가

해질녘 시내를 따라 상념에 잠겨 걷는데 '로토(LOTO)'라는 사인이 눈에 들어왔다. 아! 카사노바를 떠오르게 하는 사인이다. 오늘날에도 밤새 불이 꺼지지 않는 사인, 로토는 놀랍게도 카사노바가 파리에 처음으로 도입한 복권 사업이었다.

카사노바는 1757년 재정 문제로 곤란을 겪는 파리 시의 애로점을 파악하고 루이 15세에게 복권 제도를 도입하라고 건의했다.* 이러한 그의 제안은 받아들여졌고, 카사노바는 복권 사업을 관장하는 책임자로 임명되었다. 카사노바가 서른두 살 때였다. 루이 15세(1710~1774)는 이 복권 제도의 설립으로 국민 복권의 선구자로 인정받게 되었다.

당시 카사노바는 탁월한 수학적 지식을 바탕으로 많은 정부 관리들이 고민하던 문제에 해결 방안을 제시했고, 첫 번째 사업의 시행에서 2백만 프랑의 매출을 통해 무려 60만 프랑의 수익을 프랑스 정부에 남겨주었다. 개인적으로도 복권 사업소 다섯 곳을 운영하여 1만 프랑의 소득을 올렸다.

또한 1758년, 재정 문제의 전문가로 인정받은 그는 외무부 특사의 자격으로 네덜란드에 파견되어 프랑스 채권 판매 협상을 성공리에 마치고 돌아왔으며, 특히 유대교 신비주의인 카발라에 대한 지식으로 네덜란드 정부 관리들의 마음을 사로잡았다. 아마도 이 시절이 상류 사회를 동경하며 늘 부와 권력의 주변을 맴돌던 카사노바의 삶에서 가장 행복했던 시절이었을 것이다.

여기는 프랑스다. 삶의 가치를 느낄 수 있는 곳. 사람들이 그

파리 시내에 있는 복권 가게.
파리 시민들은 파리에서
최초로 복권을 발행한 장본인이
카사노바라는 사실을 알까.

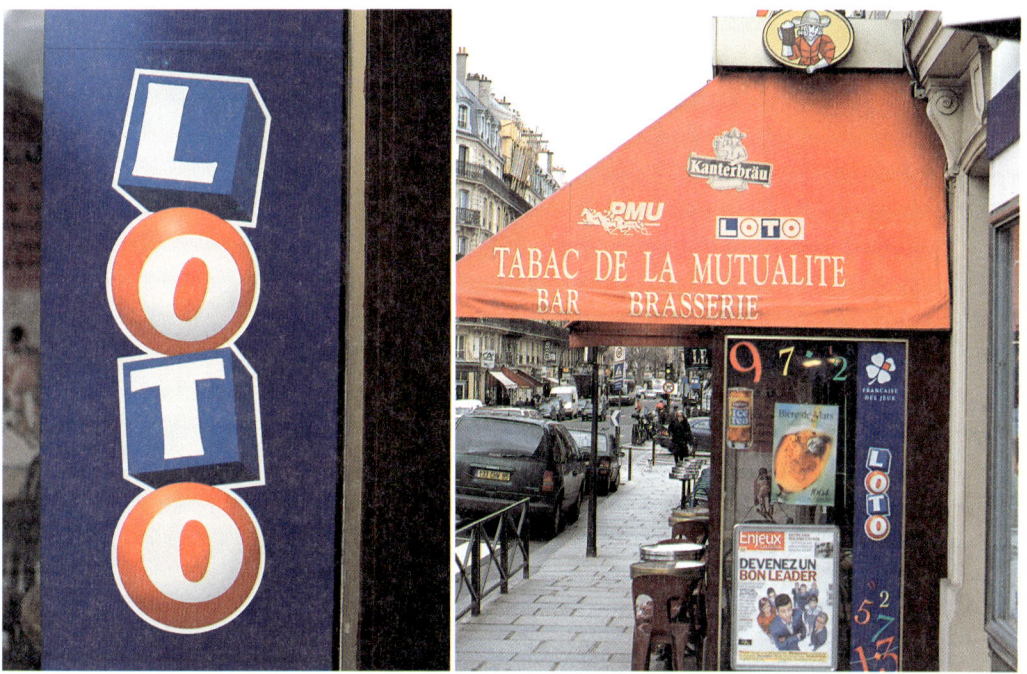

것을 충분히 즐기려 하는 곳. 우리는 기쁨을 사랑하고 그 즐거움을 만끽하며 행복하다고 생각한다.

카사노바를 좋아하는 많은 사람들은 그가 단순한 쾌락주의자가 아니라 비상한 두뇌를 가진 사업가였다고 말한다. 만일 그가 신분 계급이 없는 이 시대에 태어났다면 성공한 벤처 사업가가 됐을 거라고 입을 모은다.

1759년, 카사노바는 복권 사업을 통해 얻은 수익을 실크 프린팅 사업에 투자했다. 18세기의 사회적 혁명이 계몽주의 철학을 바탕으로 진행되었다면, 경제적 혁명은 방직 산업을 중심으로 한 산업 혁명에 기반을 두고 있었다. 또한 로코코 문화의 영향으로 휘황찬란한 무늬의 옷감으로 만든 화려한 의상이 유행했다.

그러나 옷의 가격이 너무 비싸 중산층 이하의 사람들은 인도의 사라사 날염 면직물같이 아름다우면서도 값싼 옷감을 애용하였다. 1715년까지 프랑스 정부에서는 자국의 산업을 보호하기 위해 사라사 옷감의 판매를 여러 차례 금지하였으나 아무 소용이 없었다. 당

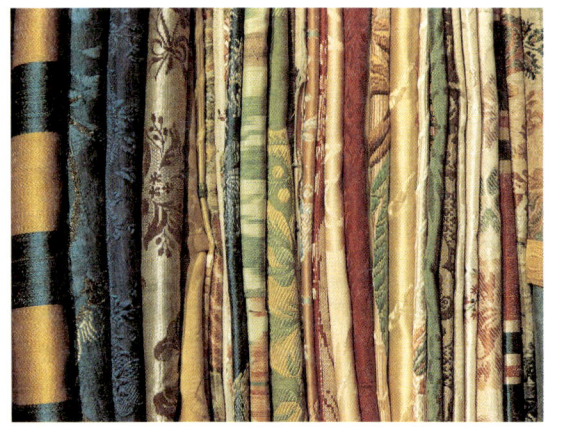
18세기의 화려한 옷감들.

시 루이 15세의 정부로 권력을 휘두른 퐁파두르 부인도 사라사 원단을 사용하여 본인 소유의 벨뷔 성 전체를 도배하자, 결국 프랑스 정부도 단속을 포기하고 1760년 금지령은 해제되었다.

카사노바는 이런 수요를 알고 염직물 가공 사업을 시작했다. 패션의 역사에는 카사노바를 초창기에 염직 산업을 부흥시킨 사업가로 기록하고 있다. 카사

노바는 시대적 상황을 예리하게 판단하고 경제 흐름을 잘 읽어내며 사업적 감각을 발휘했던 것이다.

그러나 카사노바의 뛰어난 사업 감각도 공장 설비를 훔쳐 달아난 한 종업원 때문에 고비를 맞았다. 이로 인해 카사노바의 사업 파트너와 후원자들은 카사노바를 의심하여 고발했다. 결국 인력 관리의 허점은 사업의 실패로 이어졌고, 그는 화려하고 로맨틱한 상류 사회의 꿈을 안겨주었던 파리를 떠나야만 했다. 1786년, 에스파냐를 방문한 카사노바가 이렇게 말한다.

리옹을 풍요로운 도시로 만드는 것은 고상한 취미와 값싼 물가이고, 유행은 이 도시에 번영을 가져다주는 여신이었다. 어느 해 신제품이란 이유로 30프랑이던 옷감은 이듬해 20프랑으로 떨어진다. 그런데 이 물건이 외국으로 보내지면 수입업자는 이 물건을 최상품으로 팔아먹는다. 리옹 사람들은 세련된 취향을 가진 디자이너들에게 비싼 급료를 주었다. 리옹에서 훌륭한 감각을 지닌 디자이너는 아주 비싸게 팔린다. 바로 이 점에 비밀이 있다. 훌륭한 상거래는 경쟁에서 오는데, 경쟁은 부의 원천이며 자유가 전제되어야 가능하다. 그러니 상업적으로 번창하기를 바라는 국가가 있다면 최대한 자유를 누리게 하라.

정말이지 카사노바의 식견은 오늘날에도 우리가 화두로 삼을 만한 것이 아닌가.

퐁텐블로 성의 정치적 탕아

　파리는 우리가 역사 속에서 배우고 알게 된 많은 인물들의 삶의 숨결이 고스란히 전해져오는 도시이다. 궁전과 박물관, 오래된 건물들과 조각상들이 거리 곳곳에서 나를 기다린다.

　파리로 온 카사노바는 베네치아에서 알고 지냈던 베르니스 공사를 만났다. 그는 카사노바에게 새로운 일자리를 주고 사교계에도 소개했다. 베르니스는 프랑스의 부르봉 왕가와 오스트리아 왕가를 화해시킨 인물로 유명하다.

　놀랍게도 베르니스 공사는 자신의 정부인 베네치아의 수녀 M. M.과 대단한 정사를 나눈 카사노바를 질투하는 대신 남자로 인정했다. 이 묘한 인연의 도움으로 당시 로코코의 화려함이 넘쳐나던 파리는 카사노바에겐 물고기가 물을 만난 듯 활력을 주는 곳이었다.

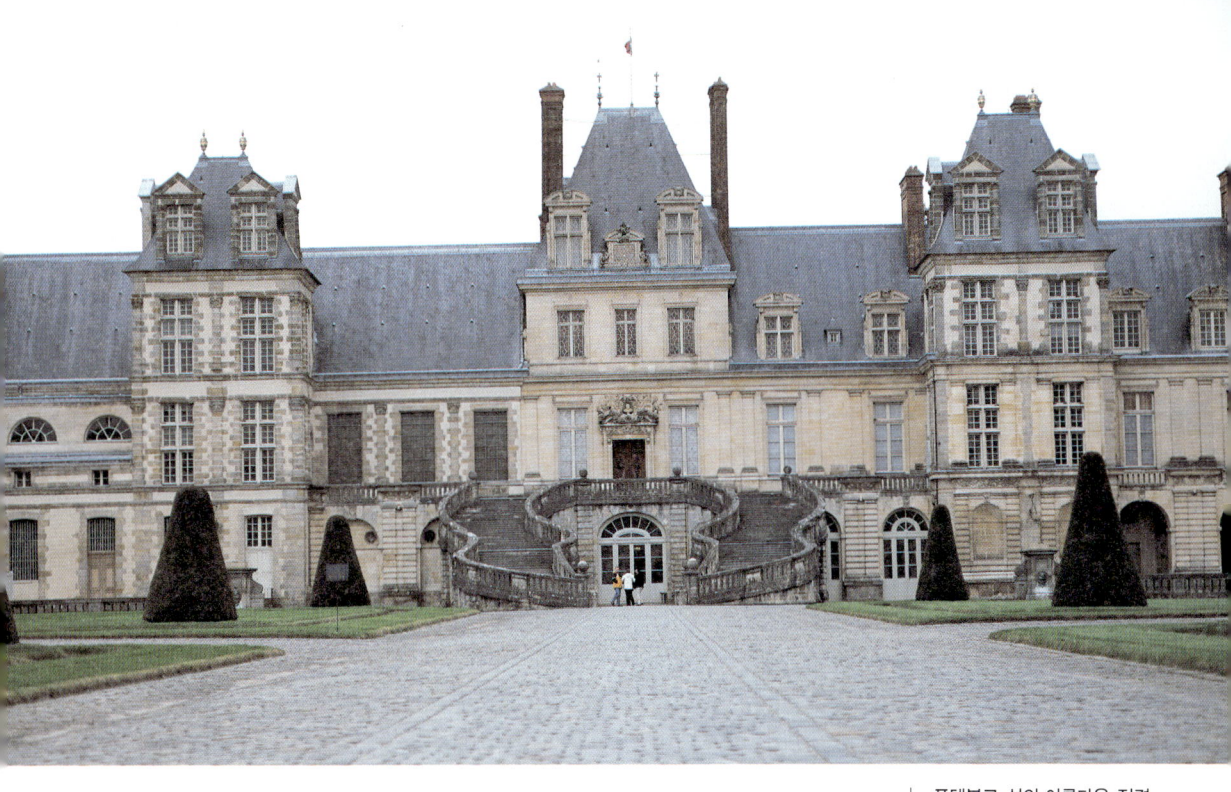

내가 평생을 통해 추구한 것은 감각의 즐거움이며, 나에게 그
보다 더 중요한 것은 없다.

카사노바가 파리에서 보낸 젊은 날은 그 누구보다도 행복했다.
그는 사랑하고 사랑받을 수 있었으며, 건강했고 경제적으로도 풍요
로웠다.

센 강변을 거닐면서 허름한 고서점들의 가판대를 구경하는 건 빼
놓을 수 없는 재미다. 센 강변의 고서적상들에게 카사노바에 관한
것이면 무엇이든 내놓으라고 했더니 다들 의아한 표정으로 없다고
한다. 난 할 수 없이 더 이상 묻지 않고 직접 뒤지기로 했다. 그곳

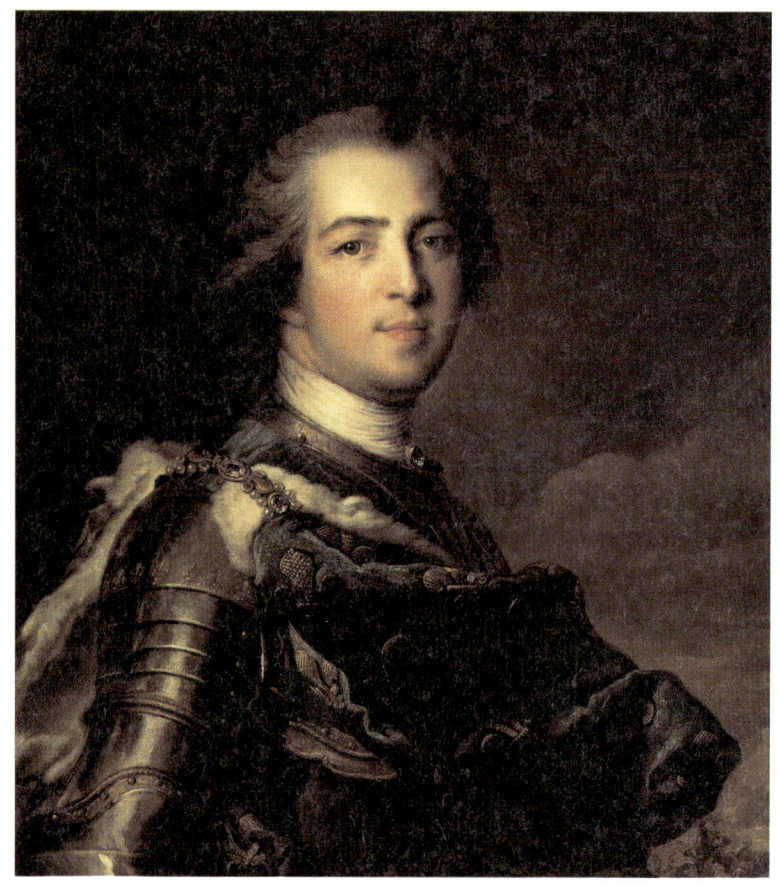

루이 15세의 초상화.

을 돌아다니다 18세기 퐁텐블로 성에서 귀족들이 파티를 하는 그림과 당시 카사노바의 옷차림을 고증해주는 귀한 그림들을 찾아냈다. 퐁텐블로 성의 파티 장면을 담은 그림은 귀족들의 사회로 발돋움을 하려고 애썼던 카사노바의 모습을 상상할 수 있게 도와주는 그림이다.

카사노바는 정치권 언저리에서 탈옥 무용담을 늘어놓으며 주목을 받았다. 루이 15세가 주최하는 퐁텐블로 성의 만찬에도 초대받았을

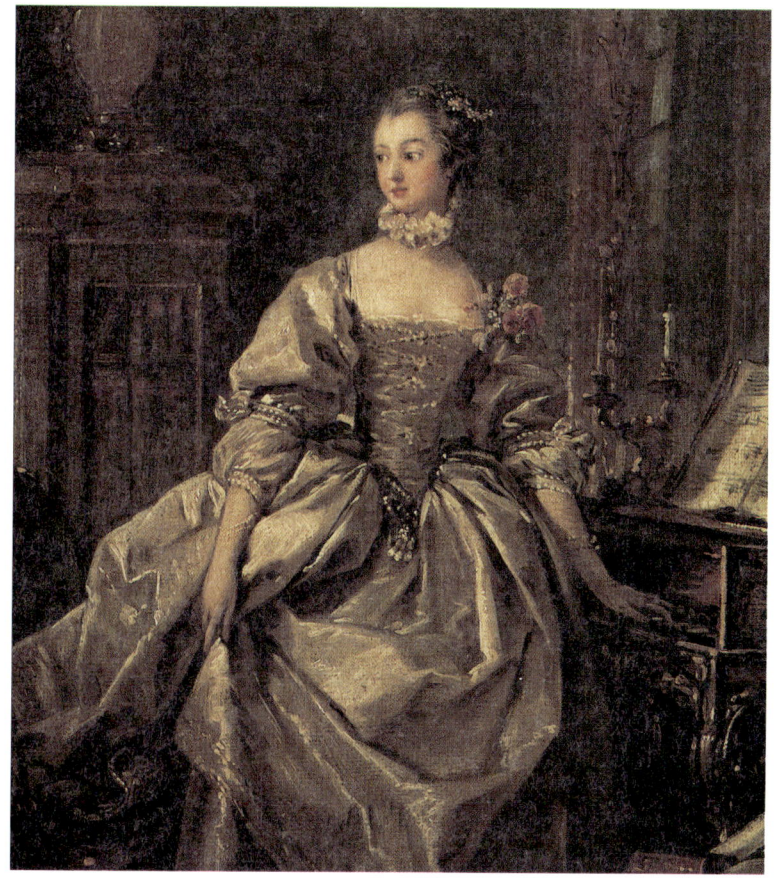

폼파두르 백작부인의 초상화.

때, 귀족들 앞에서 그의 언변과 박식함은 늘 빛났다. 그리하여 루이
15세의 정부 폼파두르 부인에게도 인정을 받게 되었다.

어느 날 오후 카사노바는 사저를 나서던 폼파두르 부인과 마주치
자 그녀가 가는 길에서 황급히 비켜섰다. 그녀는 매우 반가운 기색
으로 카사노바에게 말을 걸었다.

"나는 당신이 프랑스에 정착했으면 좋겠습니다."

"저 또한 그러고 싶습니다. 그러나 프랑스에서의 후견인이 필요

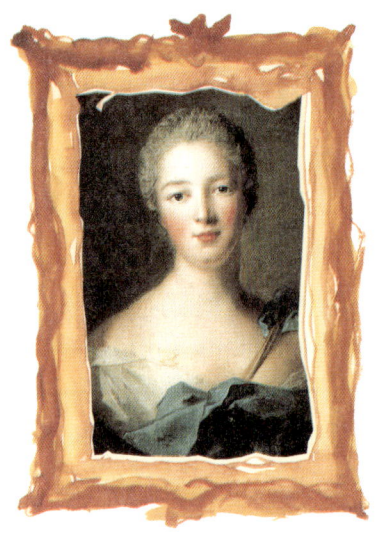

폼파두르 백작부인의 초상화.

(오른쪽 면)
퐁텐블로 성의 아름다운 전경.

합니다. 그런 후견인을 구하려면 재능이 있어야 하는데, 그 점이 걱정입니다."

"천만의 말씀. 당신은 좋은 친구도 많이 있고, 나 또한 기꺼이 당신의 후견인이 되어드릴 수 있습니다."

퐁파두르 부인이 가벼운 미소를 남기고 자리를 떠난 후 카사노바는 무언가 큰 자신감을 얻은 듯 혼잣말을 중얼거리며 그 자리를 떠나지 않았다. 베르니스 공사와 같은 든든한 후견인을 두고 있던 카사노바는 자신의 능력과 재능으로 당시 권력의 핵심에 있던 그녀의 환심을 확인하고자 했던 것이다.

이튿날엔 퐁텐블로 성에 가보기로 했다. 그곳에서 사교계의 화려함을 즐긴 카사노바를 만나보고 싶었다. 퐁텐블로 성에 가기 위해 파리에서 한 시간 남짓 기차를 탔다. 한적한 역에 내려 안내인의 도움으로 버스를 타고 퐁텐블로 성까지 찾아갈 수 있었다. 조그만 마을 한가운데 크고 장엄한 성이 모습을 드러냈다. 이런 거대한 성 주변에 호텔이며 레스토랑은 모두 그림처럼 조용하고 아담해 보이기만 했다.

루이 15세는 사냥에 빠져 가을이면 이곳에서 6주 가량을 머물다가 바람이 스산한 겨울이 시작되면 베르사유 궁으로 돌아갔다. 연극 배우나 오페라 가수들도 왕을 따라 이곳으로 왔다. 카사노바도 여배우 실비아의 남편인 발레티의 초청으로 그곳에 갔다. 당시 왕은 사냥에 미쳐 있었고, 왕비는 식도락에 빠져 있었다.

카사노바는 아주 우연한 기회에 루이 15세의 아내 마리 레시친스카—그녀는 폴란드 국왕의 딸이었다—의 식당에 들어가 왕비가 식

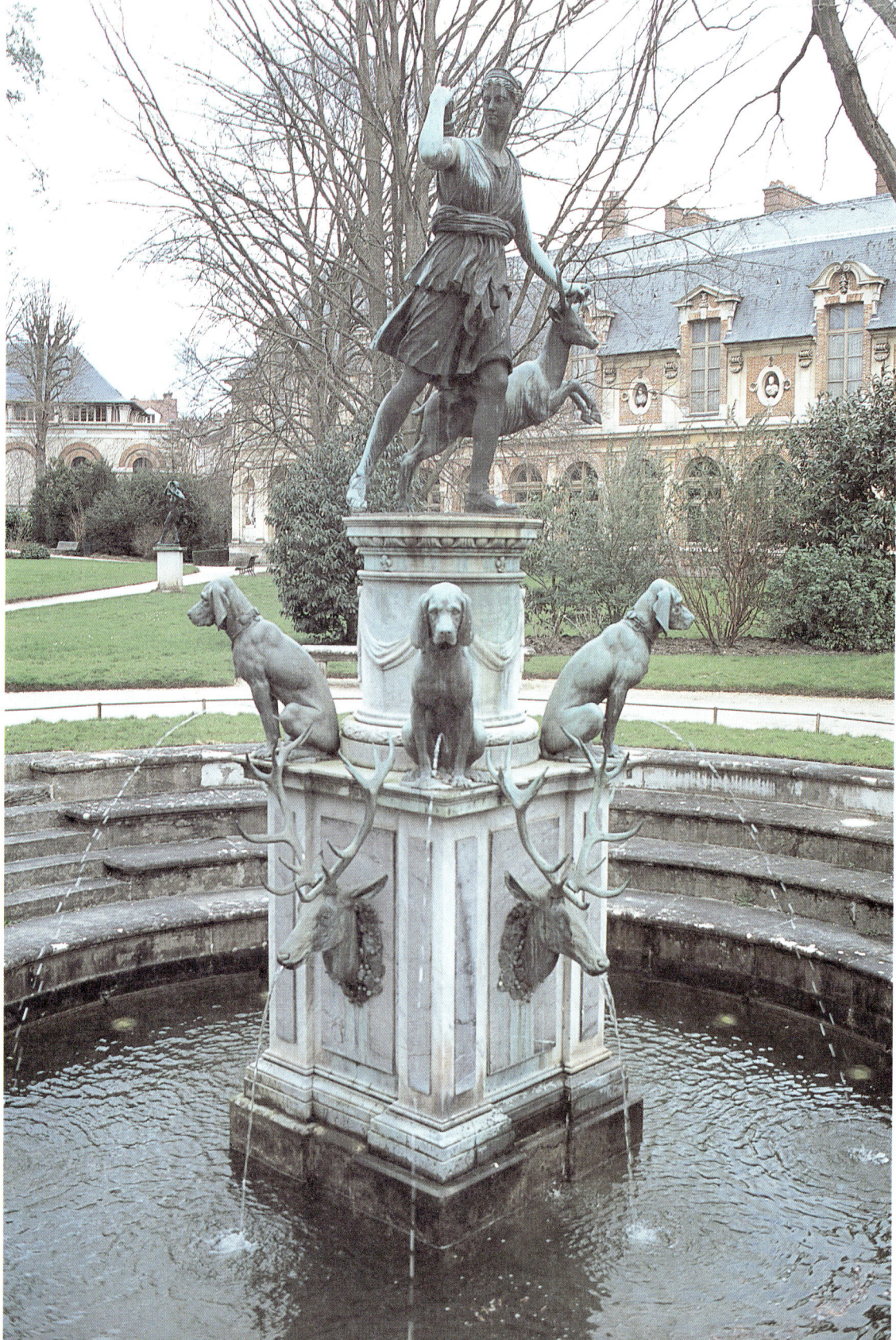

사하는 광경을 목격하게 되었다.

그녀는 남편의 부재에서 오는 외로움을 식탐으로 해소했다. 혼자 식사하는 왕비에게 조신들은 계급 서열에 따라 시중을 들었다. 그녀는 두 눈동자만 천천히 돌렸다. 왕비는 한 조신을 쳐다보며 "치킨 프리카세가 훌륭하구나"라고 했더니, 정중히 몸을 숙인 조신이 "저의 생각도 그렇습니다"라며 뒷걸음질쳤다. 조신은 한때 네덜란드군 진영을 장악한 폭군으로 전장에서 단호하게 군을 지휘하던 로벤달 장군이었는데, 그가 여왕의 음식 시중을 드는 것을 본 카사노바는 놀라지 않을 수 없었다.

카사노바는 이곳에서 한 달 정도 머물렀다. 13세기 왕과 귀족들의 거처였던 퐁텐블로 성에서는 연일 화려한 파티가 거행되었고 백성들은 지나치게 차려진 연회장에서 남은 요리를 싼 값에 사서 허기를 채웠다. 당시 왕은 수백 명의 여인과 기기묘묘한 사랑의 유희를 즐겼고 귀족들의 사치와 방종도 지나칠 정도였다. 카사노바는 이들의 특권을 선망하면서도 비정상적인 행태를 조롱했다.

> 프랑스 왕정 치하의 관리들은 다 한심할 정도로 나태하다. 그들은 권력을 휘두르고 백성을 짓밟는다. 허비되는 것은 돈이며 국가는 빚더미에 오른다. 경제가 붕괴되면 결국 혁명이 일어날 것이다.

카사노바는 이렇게 예견했다. 그러나 환락의 도시 파리에서도 아웃사이더일 수밖에 없었던 그는 사업의 실패로 인하여 파리를 떠나 유럽 전역을 떠돌며 새로운 일을 찾아야만 했다.

퐁텐블로 성의 아름다운 정원에는 한가로이 새들이 노닐고 있었다. 옛날 귀부인이 정원을 거니는 모습처럼 잘 다듬어진 정원수 사이로 공작새가 오간다. 띄엄띄엄 서 있는 조각상과 그림 같은 호수는, 이곳이 한때 영욕이 물결쳤던 곳이었나 싶을 만큼 고즈넉하다.

　나는 퐁텐블로 성을 뒤로 하고 파리로 돌아오며 깊은 생각에 잠겼다. 어느 시대를 막론하고 급진적 역사의 변화는 주류보다는 비주류에 의해 주도되어왔다. 카사노바의 다양한 변신도 부와 권력을 거머쥔 주류로 진입하고자 하는 처절한 투쟁이면서도 반동이라고 볼 수 있다.

독일 프리드리히 대왕.

　프랑스를 떠난 카사노바는 쾰른, 취리히, 아비뇽, 니스, 제노바 등 전 유럽을 돌아다니며 새로운 일을 구하고자 했고, 각 나라의 왕들과 권력자들을 만났다.

　변화무쌍한 감정을 감추지 못하는 프리드리히 대왕(1712~1786)을 만났을 때 카사노바는 자신의 능력에 맞는 자리를 구하고자 했다. 그러나 대왕과 만난 카사노바는 직설적인 그의 태도에 압도되어 변변히 대답도 못하고 그 자리를 떠나게 된다. 그때 프리드리히 대왕은 카사노바를 보고 아름다운 용모라고 칭찬했다. 이 말을 들은 카사노바는 대왕의 동성애적 기질을 간파하고 "제게서 발견하신 유일하고 소박하기까지 한 자질은 그뿐인지요?"라고 대답했다.

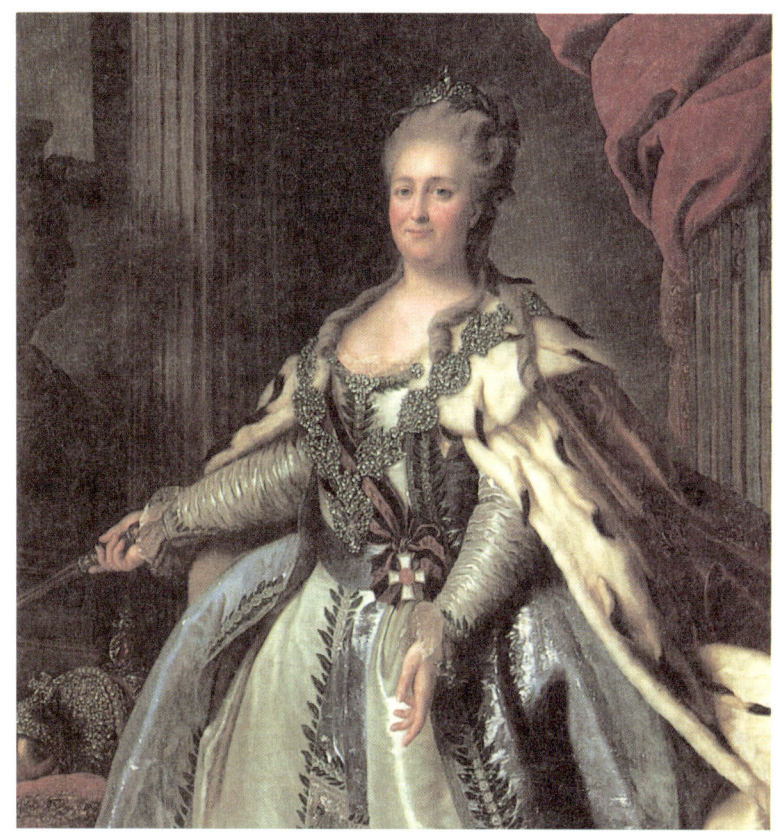

러시아 예카테리나 대제.

대왕은 카사노바에게 사관학교 교사 자리를 제시했으나 카사노바는 마다하고 떠났다.

그 후 카사노바는 러시아를 방문하여 예카테리나 대제(1729~1796)를 만났다. 카사노바는 예카테리나 대제에게 당시 유럽에서 통용되던 그레고리력의 사용을 권한다. 당시 러시아는 다른 국가와는 11일의 차이가 나는 율리우스력을 사용하여 경제, 외교 등 각 분야에서 많은 불편과 경제적 손실 등 불이익을 당하고 있었다. 그러나 그의 제안은 받아들여지지 않았다.

러시아에 머물 때 카사노바는 아무도 자신을 예카테리나 대제에게 소개해주지 않자, 대제가 산책하는 길목에 하루 온종일 기다리고 서 있다가 우연을 가장하여 만날 정도로 목적을 위해선 주도 면밀했다. 그는 제안서도 만들어 제출했지만, 유명인사의 추천서가 더 효력이 있던 당시의 정서 때문에 실패했다.

1765년, 카사노바는 폴란드 바르샤바에 간다. 당시 폴란드의 왕이었던 스타니스와프 아우구스트 포니아토프스키는 카사노바의 재능을 높이 평가하여 그에게 정치, 경제 등에 관해 자문을 구했으며 각별한 관심을 보였다. 카사노바도 궁정에 고용되기를 원해 여자도 도박도 멀리하려고 노력했으나, 결국 여배우와의 일로 인해 브라니키 백작과 결투한 후 폴란드를 떠나야 했다.

카사노바는 폴란드에서 가장 저명하고 고귀한 가문의 브라니키 백작과 여배우를 사이에 두고 벌인 결투 이야기를 월간 잡지《일 두엘로(Il Duello)》에 실었다. 1780년 1월부터 7월까지 실린 이 이야기는 온 유럽에서 화제가 되었다.

1774년에 카사노바는 안코나를 거쳐 트리에스테에서 2년간 머문 적이 있었는데, 여기에서 그는《폴란드 역사》를 집필했다. 이는 그가 폴란드에 머물던 1765년부터 66년까지 초고를 써두었던 것을 완성한 것이다. 그는 처음 총 7권을 기획했으나 재정적 후원자를 찾지 못해 세 권만 출간했다. 현대 판본은 1974년에 두 종류로 출간되었다.

한편 스페인에서 카사노바는 식민지 개혁가였다. 스위스와 독일의 이주민들을 부추겨 시에나 모레나를 식민지로 만들도록 계획했다. 그리고 자신이 대리 총독을 하려고 준비했다. 카사노바는 정치 관리로서도 많은 임무를 수행했고 새로운 자리를 얻고자 노력했다. 그는 박식하고 진취적이어서 어느 위치에서 무엇을 하든 잘 해낼 수 있는 인물이었다.

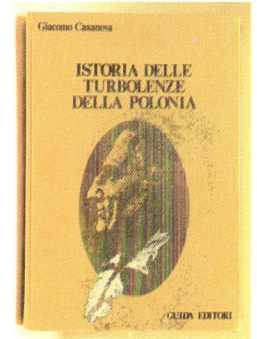

카사노바가 정리한 《폴란드 역사》 초고를 1974년 나폴리에서 현대 판본으로 출간한 책.

악덕과 미덕 사이

18세기는 신학이 중심이 되었던 시대를 벗어나 인간의 이성적 사고를 바탕으로 사물의 본질을 파악하고, 자유와 평등을 기치로 내걸며 개혁해나가고자 했던 계몽주의 철학의 시대였다. 하지만 동시에 속물적 향락욕과 신비주의에 대한 맹신 등 수많은 상이한 요소들이 혼란스럽게 공존하는 시대이기도 했다.

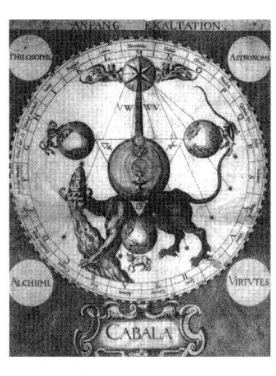

유대 신비주의 카발라의 상징.

이러한 사회 속에서 신비주의, 점성술, 연금술 등에 능통했던 카사노바는 상대방의 약점을 자신의 재능으로 활용하는 방법을 잘 알고 있었다.

마담 뒤르페처럼 자신의 환생을 위하여 맹목적으로 카사노바에게 의지한 여인이 있어 카사노바의 넉넉한 생활비를 보장해 주었는가 하면, 프랑스 정부의 특사 자격으로 네덜란드에 갔을 때는 카발로에 대한 카사노바의 지식에 매료된 왕족들이 순순히 협상에 응하기도 했다.

무인 탐사선이 태양계의 행성을 탐사하고 첨단 디지털 시스템이 삶의 변화를 가져오는 21세기에도 비이성적인 사이비 종교와 미신이 사회 저변에 깔려 있는 걸 보면, 늘 새로운 정신적 도피처를 찾고자 하는 불안한 인간의 바람만은 변함이 없는 것 같다.

카사노바는 자연과학에 대한 지식도 뛰어났다. 그는 18세기 연금술을 꽃피운 로젠크라이제의 비밀 결사 단원이 되었고, 이를 활용하여 본의 아니게 사기 행각을 벌여 여비를 마련하기도 했다.

사기는 악덕이다. 그러나 정직한 교활함은 신중함일 뿐이다. 그것은 미덕이다. 진실은 해를 끼치는 개구쟁이를 닮았다. 그걸 피할 수 없으며 신중히 행동하는 방법을 모르는 사람은 바보다.

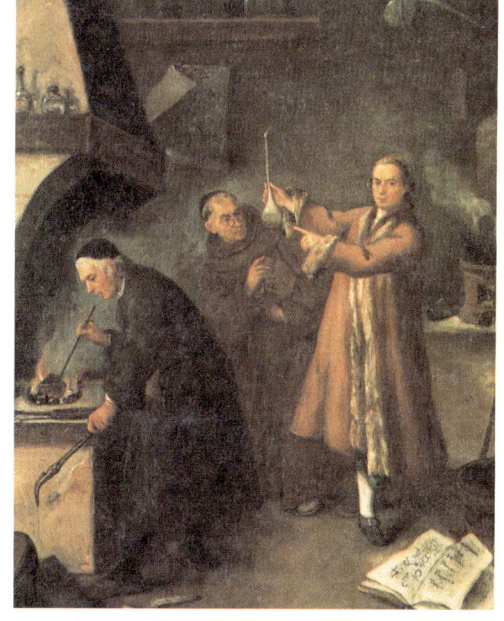

18세기 연금술사들.

그는 자신의 행동을 학문적 지식을 토대로 해명했기 때문에 의심받지 않았다. 루이 15세도 생 제르맹 같은 사기꾼 연금술사에게 자신의 성에 실험실을 지어주고 다이아몬드까지 만들어보라고 했을 정도니, 당시에 사기꾼들이 얼마나 활개를 쳤는지 짐작할 수 있다.

그러나 연금술이 오늘날 화학의 모태가 된 걸 생각해보면 문명의 발전은 선악의 반전을 포함하는 것 같다.

카사노바는 의술에도 재능이 있었다. 자신

이외에는 어떤 의사도 둔 적이 없는 카사노바였다. 사실 그는 의학을 공부하고 싶었는데, 가족들의 의견을 따라 법학을 전공했다. 그래서 카사노바는 시간이 날 때마다 혼자서 의학 공부를 했다. 그는 위급한 상황에서도 의사의 말보다는 자신만의 비법을 믿었다.

브라카니 백작과 여인을 사이에 두고 결투를 벌였을 때 총알이 손에 박힌 자리가 썩어갔다. 의사들은 내 손을 잘라야겠다고 결정했다. 나는 아침 일찍 이 나쁜 소식을 법원신문을 통해 들었다. 그 신문은 왕이 그 내용을 승인한 후, 밤에 인쇄되는 것이다. 나는 맘속으로 웃었다. 외과 의사 세 명이 내 침대로 왔다.

카사노바 : 왜 세 명이나 왔습니까?
의사 : 절단하기 전에 이 전문가들이 동의해야 하기 때문이오.

그는 부푼 상처를 살피더니, 라틴어로 황혼녘에 내 손을 자를 것이라고 말했다.

의사 : 부패는 더 심해질 것이고 내일이면 팔까지 번질 것입니다. 우린 그 팔을 잘라야만 하오.
카사노바 : 좋소. 하지만 내가 부패에 관해 아는 바로는 그런 증상은 일어나지 않을 것이오.
의사 : 당신은 이 분야에서 우리보다 더 지식이 많지는 않습니다.
카사노바 : 사라지시오!

이 의사들은 나의 의지나 동의와는 상관없이 피를 내려 한다. 내 혈관을 뚫을 피침을 쥔 남자를 보았다. 나는 '안 돼!'라고 소리쳤다. 그들은 나를 살리려 한다고 주장했다. 난 재빨리 피스톨을 집어들어 의사들이 그들 뜻대로 하지 못하도록 방아쇠를 당겨버렸다……. 4일 후 나는 내 방법으로 완벽히 회복되었다. 이 이야기는 빈 전역에 퍼졌다.

빈의 의사들은 내가 피를 많이 흘렸다면 죽었을 거라고 말했다. 그러나 나는 오페라 극장에 갔고 어느새 영웅처럼 되어 있었다. 피스톨을 쏴서 자신을 죽음에서 방어한 사람으로 말이다.

이 사건은 카사노바의 자부심을 높여주었다. 카사노바는 아픈 사람을 대하는 태도가 남달랐고 그가 의학적 지식을 바탕으로 말하기 때문에 사람들도 늘 그를 믿었다.

카사노바가 이렇게 사상가, 문인, 과학자 등 사회를 이끌어가는 엘리트 집단의 한 구성원으로 평생을 지냈던 바탕에는 천부적인 재능을 후천적으로 갈고 닦았던 젊은 날들이 있었다.

파리의 보물, 고서점
'셰익스피어 앤 컴퍼니'

사진을 찍으려고 센 강변을 거닐다 아주 오래된 고서점을 발견했다. 입구에는 셰익스피어의 초상화와 '셰익스피어 앤 컴퍼니'라는 낡은 간판이 힘없이 걸려 있었다.

서점 안으로 들어가보니, 낡은 책으로 가득 찬 조그마한 방들이 미로처럼 연결되어 있어 마치 보물을 찾아 헤매는 것 같은 기분이었다. 세계 각지에서 이곳에 온 사람들은 고서의 매력에 푹 빠져 떠날 줄을 모른다. 두 시간 남짓 책을 뒤적이다 주인 휘트먼 씨를 만났다.

"당신은 정말 좋은 직업을 가졌군요." 나의 인사에 그는, 사람들은 세계의 끝과 끝이 정보의 고속망으로 연결된 시대에 사는데, 언제까지 먼지 쌓인 선반에 한물 간 책을 쌓을 수 있을지 의문이라고 대답하며 한국에서 온 젊은 고서적상을 반갑게 맞아주었다. 그의

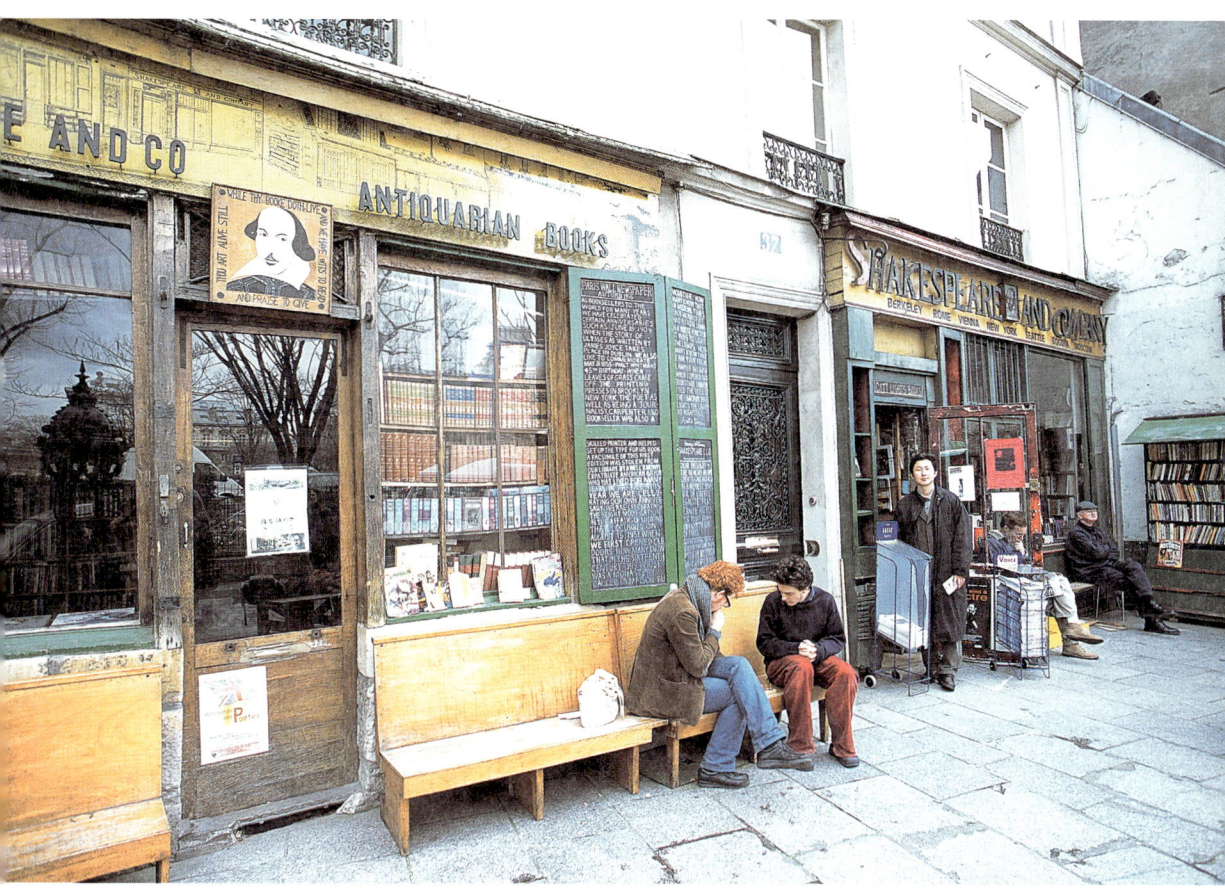

파리 센 강가에 있는
세계적으로 유명한 고서점
'셰익스피어 앤 컴퍼니'.

안내로 2층 집무실에 가보았다. 집무실 벽엔 50년 동안 이곳을 다녀간 세계 유명 문인들과 함께 찍은 기념 사진이 가득했다. 그들 중에는 헌 책을 뒤지며 담소하던 가난한 문인에서 나중에 노벨문학상을 타거나, 대부호가 된 작가도 있다고 했다.

1951년 그가 처음으로 이곳에 책방을 열었을 당시, 이 지역은 극장, 은행, 호텔, 술집, 세탁소 등이 밀집한 파리의 슬럼가였단다. 또 1600년경으로 거슬러 올라가면 일몰 후 파리 시내 거리에 램프를 지피는 수도사들이 있던 수도원 자리였다고 한다. 그도 50여 년의 세월 동안 수많은 젊은이들이 자신의 신념을 키워가기를 바라는 마음으로 그 옛날 수도사들처럼 램프에 불을 피우는 사람이 되고자 했던 것이다.

일전에 프랑스의 유명한 탐험가 미셸 씨가 서점을 방문했을 때, 휘트먼 씨는 미셸 씨에게 그가 쓴 여행서를 읽었고 꼭 한번 만나고 싶었다고 했단다. 그런데 뜻밖에 미셸 씨는 자신이 이미 오래 전부터 이 서점을 방문하면서 세계 탐험의 꿈을 키워왔고, 서점에서 받은 영감으로 18권의 책을 출판할 수 있었다고 이야기해 놀랐다고 한다. 이 작은 서점은 어린 소년의 영혼에 모험에 대한 꿈과 소망을 가득 채워준 왕국이었던 것이다.

과거 한때, 휘트먼 씨는 7년 동안 걸어서 세계를 여행했다. 멕시코에서 출발하여 미지의 수많은 늪과 사막 등을 지나 파나마까지 걸어갔다. 그곳은 지금도 길이 나 있지 않은 험준한 곳이다. 등불하나를 들고 진리를 찾아 정처 없이 사막의 밤길을 걷는 철학자와도 같이 그는 세상속에서 자신의 좌표를 찾고자 노력했으며, 그 결과 세 채의 가게와 아파트를 합쳐서 지금의 3층 짜리 서점을 만들수 있었다.

그리고 이곳은 이제 파리 시민이 세계적으로 자랑하는 보물이 되었다. 지금도 파리 시장을 비롯하여 수많은 문화계 인사들이 한 늙은 서점 주인의 안부를 걱정하며 많은 격려와 후원을 아끼지 않고 있다. 이곳은 단순히 낡은 책을 파는 곳이 아니라 세계 젊은이들의 영혼에 꿈과 희망을 심어주는 성지가 된 것이다.

그는 젊은 시절 무일푼으로 세계를 여행하며 받았던 많은 도움의 손길에 대한 보답으로, 수많은 세계의 젊은이를 초청하여 자신의 서점에서 숙식을 제공하며 그들이 많은 책과 다양한 문화를 접할 수 있도록 기회를 주고 있다고 했다. 서점에서 일하는 젊은이들이 바로 그들이었다.

"킴, 파리에 오면 이곳으로 와요. 여긴 당신이 늘 묵을 수 있는 침대와 당신이 찾는 보물이 책장에 가득해요. 파리에서 이보다 더 좋은 장소는 없소이다."

그는 낡은 양말 몇 켤레와 러브레터, 그리고 노트르담 사원이 바라다 보이는 자신의 창문을 제외하고는 그 무엇이든 자신의 소유라 생각해본 적이 없다고 한다.

고서의 매력에 대해 한참 이야기를 나눈 후 내가 카사노바의 흔적을 좇아 여행하고 있다는 말을 꺼

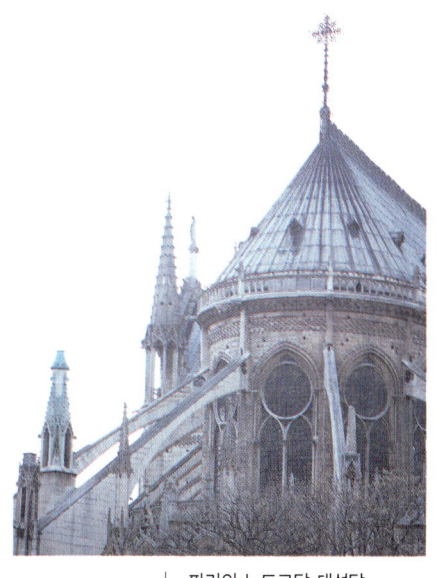

파리의 노트르담 대성당.

내자, 휘트먼 씨는 재밌다는 표정을 지으며 웃었다. 한국 사람도 카사노바를 알고 있다는 게 더 흥미로웠을 것이다.

"카사노바는 재미있는 인물이지요. 그는 계몽주의 사상가 볼테르를 반박하는 저서를 남겼을 만큼 자신의 철학을 가진 사람이에요."

백발의 부유한 고서적상이 카사노바에 대해 자못 진지한 이야기를 시작했다. 나는 그의 앞에 책 한 권을 꺼내 놓았다. 카사노바가 1779년에 쓴 볼테르 비평서의 영인본이다. 카사노바는 이 책에서 볼테르의 철학과 사상, 특히 종교관을 신랄하게 비판하고 있다. 희대의 바람둥이 카사노바가 말이다. 우리는 법학박사이자 이탈리아의 계몽주의 사상가였던 카사노바에 대하여 많은 이야기를 나누었다.

계몽주의의 지성 볼테르와의 만남

18세기 유럽에는 계몽주의 사상이 확산되고 있었다. 프로이센의 프리드리히 대왕을 비롯한 당대의 많은 사람들이 새로운 시대가 문을 두드린다고 외친 볼테르에 심취하였다.

당시 유럽의 지성인들에게 볼테르를 만난다는 것은 철학자로, 계몽주의자로 인정받기 위한 하나의 필수 과정과도 같았다. 카사노바도 1760년 스위스에서 볼테르를 만났다. 그러나 볼테르와의 만남에 대한 카사노바의 기억은 그리 썩 유쾌하지 못했다. 그들이 처음 나눈 대화를 보면 카사노바의 심정을 조금이나마 이해할 수 있다.

카사노바 : 제 인생에서 가장 아름다운 순간입니다. 드디어 저는 선생님을 만나게 되었습니다. 20여 년간 저는 선생님의 제자였습니다.

볼테르 : 앞으로 20년간도 제게 의무를 다 하시오. 그리고 그 때 가서 수업료 내시는 건 잊지 마시오.

카사노바 : 물론입니다. 저를 기다려만 주신다면야 꼭 약속드리죠. 약속을 지키지 못할 바에는 차라리 죽겠습니다.

겉보기에 두 사람의 대화는 우아한 것 같지만 속에는 가시가 들어 있다. 그들이 충돌한 건 그들이 인간을 보는 관점이 상반되었기 때문이다. 볼테르는 바람직한 인간형의 창출이 계몽주의적 이상이며, 이성적인 사고를 바탕으로 합리적인 교육을 할 때 인간의 행복도 상승될 수 있다고 보았다. 반면 카사노바는 인간을 충돌과 열정의 덩어리라고 보았다. 인간이 세계와 이성적인 교류를 한다는 걸 그는 우습게 생각했다. 그리고 볼테르가 부르짖는 인류에 대한 사랑을 '과잉'이라고 몰아붙이면서, 진정한 사랑은 인류를 있는 그대로 사랑하는 것이지 계몽하는 것이 아니라고 주장했다.

이후 카사노바는 볼테르를 공격하는 글을 쓰고자 했으며, 볼테르를 '비평하는 공장'이라고 비꼬기도 했다. 그는 볼테르가 프랑수아 마리 아루에라는 본명 대신 볼테르라는 필명을 씀으로써 은근히 그가 귀족 출신임을 과시하려 한다고 비판을 가하기도 하였다.

또 볼테르가 파도바 대학에서 어느 젊은이의 책을 비평해야 하는데 두 시간을 읽고는 "내 시간을 빼앗겼다."고 불평하자 카사노바는 "두 시간은 소비된 게 아니다. 어떤 문학도 소비되어 버린다고 말할 수 없다."고 반박했다.

휘트먼 씨는 자료도 없이 다독으로 얻어진 지식을 쏟아냈다.

"바람둥이가 꽤 유식했다오. 카사노바의 주장들은 가끔 상호 모순적이고 불균형하게 보였지만, 그럼에도 그에게서 일관된 것은 자유 의지에 대한 신념입니다. 심지어 카사노바의 생애를 점철한 끊임없는 애정 행각도 바로 이 자유 의지에 대한 그의 신념에 기인한 것이라 볼 수 있지요."

휘트먼 씨는 카사노바의 자유 의지에 대한 확실한 고백을 보여주겠다며 책장에서 고서 한 권을 꺼냈다. 그 책은 내가 소유하고 있는 1920년 영국에서 카사노비스트들을 위해 1,000부 한정 출판된 카사노바의 회고록 《나의 인생 이야기》 영문판이었다. 나도 그 책을 가지고 있다고 하자 휘트먼 씨는 매우 기뻐했다.

카사노바는 자서전 첫 부분에 이렇게 언급했다.

청년시절의 카사노바.

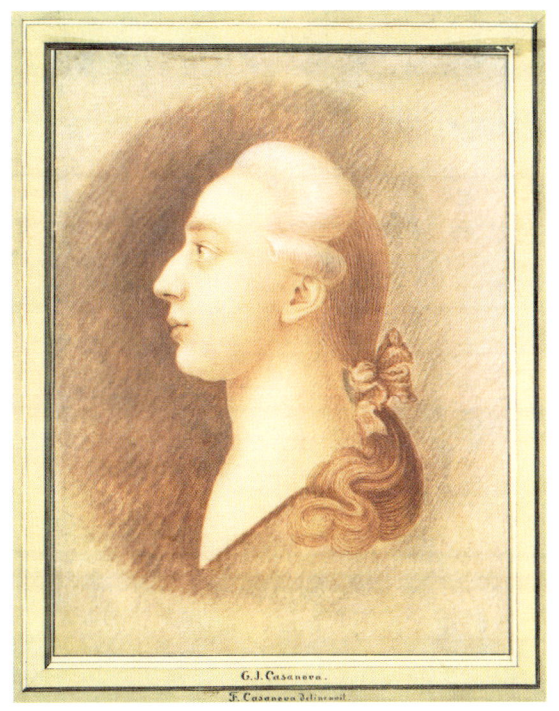

G.J.Casanova.
F. Casanova delineavit.

내 생애에 내가 했던 일은 그것이 선하든 악하든 간에 무엇보다 나의 자유 의지로 행해졌다. 나는 내 안에서 자유로웠다고 독자들에게 고백한다.

앞서 말했듯, 육체적 쾌락과 방탕함으로 점철된 삶을 살았던 그에게도 한때 서품을 받은 가톨릭 사제였던 시절이 있었다. 게다가 그는, 죽는 순간까지 자신을 크리스천으로 자처할 만큼 강한 신념을 갖고 있었다. 카사노바의 자유 의지는 종교적 신념을 바탕으로 한 것이었다. 카사노바는 인간의 삶과 문화, 심지어 이성조차도 신의 영향 하에 있다고 생각했다. 그의 이러한 종교관은 당시 계몽주의 철학자들과 구분되는 중요한 특징 중 하나이다.

그는 이렇게 말했다.

인간은 자유롭다. 인간은 자신이 자유롭다는 것을 의심할 때 자유를 상실한다. 운명의 힘에 의존한다면, 신이 인간에게 이성과 함께 부여한 자유 의지마저 상실하게 된다.

어떠한 삶의 원칙에도 얽매이지 않고 바람 부는 대로 살고자 했던 카사노바는, 그로 인해 겪었던 수많은 우여곡절에도 불구하고 언제나 자유로웠다.

나는 여자들을 미친 듯이 사랑했다. 그러나 여인과 자유 중 하나를 고르라면 난 자유를 택할 것이다.

카사노바는 내게, 삶은 인간이 가진 가장 큰 보물이며 각자의 자유 의지로서 삶을 사랑하고 다양한 색깔로 표현해나가라는 강한 메시지를 전해준 사람이다. 다양한 색깔의 표현이야말로 현대 사회가 지향하는 이상 아닌가.

난 휘트먼 씨에게 말했다.

"카사노바는 프랑스혁명의 태동기에 살았어요. 전 그의 삶에 나타난 여러 사건들이 늘 자유와 평등과 사랑이라는 주제로 설명된다고 보는데, 프랑스혁명이 사회적, 경제적 억압으로부터 인간을 해방시키려는 자유와 평등의 혁명이란 점에서 카사노바의 철학과 공통점을 찾을 수 있지 않을까요?"

"물론 이 책에도 카사노바가 프랑스혁명을 예견하는 듯한 부분이 있지요. '산업화 이전의 유럽에서 대부분 사람들이 허기로 고통받아온 것처럼 나도 굶주림 속에서 어린 시절을 보내야 했다. 불우한 시절을 보낸 나는 베네치아의 철옹성 같은 감옥을 탈출하여 파리에서 지낼 무렵, 왕정 치하에 있는 장관과 귀족들의 낭비벽과 어리석음을 꼬집으며 사치의 결과물인 경제 파탄이 혁명을 불러올 거라고 경고하였다.' 폴란드에서 추방당한 뒤 다시 파리로 왔을 때 그는 슬퍼했어요. '모두 다 비싸졌다. 모두가 가난해졌다. 비단길 같은 산책로에는 척박해진 백성들이 생활고를 잊으려 배회하고 귀족들은 화려한 마차를 타고 지나간다.' 귀족으로 태어나지 못한 카사노바는 평등을 지향하는 유토피아를 절실히 갈망했던 게 분명해요. 카사노바라는 인물이 겪은 삶은 프랑스혁명을 이끌어낸 시민들의 분노와 닮았으며, 산업화로 가는 길목에서 부르주아가 되기 위해 몸부림쳤던 이력에는 프랑스혁명이 일어나기 전 사치와 향락에 눈먼 왕족이나 궁정 측근들과는 달리 어디로 튈지 모를 불안함이 있었죠. '베르니스는 베네치아를 떠나며 내가 프랑스에 있었다면 궁정에 소개했을 것이고 나는 반드시 출세했을 거라고 말했다. 그럴 수도 있다. 하지만 지금 생각해보면 그게 무슨 소용인가. 다른 사람들처럼 대혁명의 제물이 되었을 텐데……' 카사노바의 자유 의지와 분방한 삶은 늘 금기를 뛰어넘었어요. 마치 선동가 같지 않나요? 이런 선동가가 많을 때 우리는 시대가 변하고 있다고 말하지요. 사회학자 앤서니 기든스는 카사노바를 '친밀성의 혁명가'라고 평가했습니다. 그 이유는 이렇소. 카사노바는 중세 내내 집이라는 울타리에 갇혀 있던 여자들의 성과 사랑을 해방시켰다는 점에서 혁명적이며, 또한 그는 내적인 사랑의 감정을 언어화했고, 모든 여자를 진심으로 사랑했으며, 그들을 재산이나 소모품이 아닌 진정한 파트너이자 인간으로 대했다는 것이에요. 인간이 근대에 와서야 이성과 감정을 지닌 주체로서 '개인'을 발견했다고 할 때, 카사노바는 바로 그 근대적 인간의 출발선에 있었고 주변 여자들 역시 그를 통해 근대적 인간의 대열에 합류할 수 있었다는 게 앤서니의 평가였소."

한 시대가 장엄한 역사의 막을 내릴 때, 거기에는 굶주린 시민들뿐만 아니라 귀족 사회의 아웃사이더였던 카사노바도 있었다. 카사노바는 역사의 과도기에 있었던 당시 유럽 상황을 누구보다 잘 이해하고 있는 한 사람이었다. 나는 그가 통합 유럽의 메신저로서의 역할을 했다고 본다.

프랑스혁명이 끝나고 근대 시민 사회가 시작된 후, 세상은 급속도로 변했다. 그러나 정작 시대의 아웃사이더로서 늘 자유와 평등의 시대를 꿈꾸던 카사노바는 프랑스혁명의 열매들을 채 거두기도 전에 생을 마감했다. 그리고 자유와 평등, 사랑을, 온몸으로 부딪혀 가며 얻고자 했던 그의 삶은 오늘날 불멸의 신화가 되었다.

그가 가면을 벗어 던졌을 때, 그것은 권위적인 중세에서 자유로운 근대로 나아가는 하나의 신호탄이 아니었을까. 휘트먼 씨와 난 이 점에서 생각이 일치했다. 한 개인의 독특한 삶이 역사의 흐름에 얼마만큼 영향을 주느냐 하는 문제는 항상 흥미 있는 테마이다.

휘트먼 씨를 만난 건 내 삶에 큰 행운이었다. 그가 지닌 고서적상으로서의 투철한 직업의식과 지적 세계에 대한 감동은 오래도록 잊혀지지 않을 것이다. 한 시간쯤 더 서점을 구경한 뒤 아쉬운 작별 인사를 나누었다.

샹티이에서 보낸 하룻밤

승용차를 타고 샹티이로 갔다. 파리에서 40여 분 걸리는 거리지만 러시아워에 출발했더니 한 시간이 넘게 걸려 도착했다.

이곳에 살고 있는 프랑스 친구 커티스의 2백 년 된 고풍스런 저택에 초대를 받았다. 그의 집은 방이 수도 없이 많았고, 넓은 마당에서 뛰노는 닭과 돼지는 손님들을 위한 요릿감이었다. 마치 중세의 어느 귀족의 저택에 와 있는 듯한 느낌이었다.

커티스는 가족들에게 집으로 일찍 들어오라고 해 두고 가정부에게 마당에서 기르는 닭을 잡아 요리를 하게 했다. 각각 중학생, 고등학생인 그의 딸과 아들은 식탁에 촛불을 켜고 손님인 나에게 직접 음식을 날라주었다. 그들은 어린 나이인데도 손님이 하는 말에 조용히 귀를 기울였고, 딸은 식사 후 피아노를 연주해주었다.

그들의 대접에 감격한 나는 가져간 복주머니와 다기를 주고는 그들에게 녹차 마시는 법을 가르쳐주었다. 우아한 자태로 정신적 여유를 즐기며 차를 마셔야 하는 다도를 신기한 듯 배우는 그들 가족을 보면서 우리만의 아름다움을 잘 알리는 것도 나의 임무라는 생각이 들었다.

다음날 아침, 새들이 지저귀는 소리에 잠을 깨 창문 너머 집 마당을 가로질러 흐르는 시냇물을 보고 있는데, 커티스가 오래된 저택들이 많은 아름다운 동네를 보여주겠다고 한다.

그 동네에는 장자크 루소가 살던 아담하고 정갈한 집이 있다. 지붕이 둥글고 소박한 옛 집 그대로였다. 마치 영화 세트장 같은 정갈하고 고요한 풍경에 할 말을 잃었다. 카사노바도 루소를 만날 기회가 있었다. 카사노바는 후견인이 된 뒤르페가 루소와 친교를 맺고 싶어해 그녀를 데리고 몽모랑시로 갔다. 그때 뒤르페가 루소에게 간 건 악보 복사 일을 맡기기 위해서였는데, 그런 단순한 일을 시키기 위해 루소를 찾았다는 게 의아하다. 카사노바는 회고록에 루소를 사리 분별이 명확하지만, 소박하고 단순한 인물이라고 썼는데, 《에밀》에서 성을 수치심의 그림자로 숨기던 루소를 생각하면 카사노바의 판단이 맞는 듯도 하다.

커티스의 안내로 말을 몹시 사랑했던 어느 귀족의 성을 구경했다. 사람의 거처인 성보다 말을 위해 지어졌다는 성이 더 크고 웅장했다. 한 사람의 취향이라고는 믿기 어려울 만큼 장엄한 건축물이었으나 말도 그 귀족도 영원히 살 수는 없는 법, 고풍스럽고 웅장한 성채만이 들판에 우뚝 서서 관광객들을 맞이했다. 훗날 언젠가 이곳을 다시 찾게 될 때, 그때도 지금 그대로 그림 같은 모습이라면 좋으련만.

우리는 그 아름다운 마을을 빠져나와 장이 열리고 있는 장터로 갔다. 난 장터 옆 카페에서 카페오레를 마시고 커티스는 가족들을 위해 장을 보았다. 대저택에 사는 그가 야채와 과일 등 꼼꼼히 장을 본 것을 봉지에 들고 걸어오는 모습을 보니 보수적인 우리나라 남자들의 모습이 떠올랐다. 별난 사람도 아닌 보통 남자들이 못 하는 것도 많고 안 하는 일도 많다. 그래서 우리나라 아내들은 늘 사소한 불만에 웃음을 잃어가는 것일까.

샹티이에서 하루를 묵고 나니 거기서 며칠 더 보내고 싶었지만, 난 다시 기차를 타고 파리로 향했다.

카사노바는 1785년경 동생 프란체스코와 함께 마지막으로 석달 동안 파리에 머물면서 벤저민 프랭클린을 만나기도 했고 마다가스카르 섬 탐험을 기획해보기도 했다. 또 프리메이슨 단원들과 자주 접촉하던 시기였는데, 이를 두고 카사노바가 프리메이슨의 비밀 첩보원이었을 거라는 추측도 있다.

카사노바는 늘 안정된 자리를 얻고자 최선을 다했다. 그의 치열한 노력을 보면 그가 단순히 무위도식하며 쾌락이나 즐기던 자가 아니었다는 걸 알 수 있다.

그러나 경제적 기반을 상실하고, 그나마 유지해오던 상류 사회와의 인연이 멀어지면서 그의 삶은 하루아침에 귀공자에서 그의 본래 자리인 마이너리그로 돌아가고 말았다.

패션에 탐닉했던 유행의 선구자

파리는 패션의 도시이다. 상젤리제 거리를 지날 때 남자는 두 번 서글퍼진다. 한 번은 화려하고 값비싼 드레스를 입어줄 여자가 없다는 것에, 또 한 번은 그걸 살 돈이 없다는 사실에 슬퍼진다. 상젤리제의 밤 거리에 가로등이 켜지고 화려한 불빛이 이 아름다운 거리를 장식하면, 더는 18세기의 파리를 상상하기 어렵다. 카사노바가 휘젓고 다녔을 거리를 느끼게 해주는 건 더 이상 남아 있지 않다.

반면 베네치아의 상점들은 1년 내내 축제 의상과 마스크를 진열하고 관광객을 맞이한다. 18세기 베네치아는 향락의 천국이었고, 감각적 자유를 추구했던 카사노바에게 패션은 그의 자존심을 지켜주고 성적인 신호를 보내는 삶의 중요한 요소였다. 카사노바가 즐겨 입었던 검은 토가는 상인, 귀족 누구나 입었지만 그 안에는 신분을 나타내는 화려한 의상이 숨겨져 있었다.

마스크는 카니발이나 공공 축제에서뿐 아니라 군중 속에 익명으로 숨어들어 다른 사람의 시선을 피하고 싶을 때도 이용할 수 있는 도구다. 마스크를 쓰고 나면 모든 사람들이 다 평등해진다. 신분의 구속에서 벗어나, 그때만은 자유로운 시간을 만끽하는 것이다. 카사노바도 이를 즐겼다. 카페 플로리안 근처에서는 도박을 즐기다가 돈을 다 잃은 귀족들이 마스크를 쓰고 구걸하기도 했다는 이야기를 들은 적이 있다. 예카테리나 대제가 모스크바에서 개최한 가장무도회에서는 남자는 여장을, 여자는 남장을 하고 모두 가면을 쓰고 있었다고 한다.

해마다 열리는 축제와 늘 열리는 가장무도회는 유럽 전역을 사치로 빠져들게 했다. 고급 의상실은 군대보다 더 빨리 유럽을 점령해 나갔으며, 부르주아들은 귀족들의 생활 방식을 흉내내고 싶어했다.

루이 15세의 정부 퐁파두르 백작부인의 패션 감각은 유행을 선도했으며 의장 마차는 너무나 화려해서 파리 시민은 궁정의 감각을 모방하고 싶어했다. 과시적이고 사치스런 화려함이 경쟁적으로 더해가면서 귀족들이 사랑을 위해 지출하는 비용은 상상할 수 없을 만큼 어마어마했다.

나의 탁월한 외모와 화술, 두둑한 돈지갑을 들고 있는 손은 장미꽃 향기보다 매혹적인 향기를 내뿜는 향수병이었다.

후대 사람들은 카사노바의 회고록을 사랑에 관한 백과사전, 혹은 유행 잡지라고 말하기도 하는데, 카사노바 역시 당대 귀족의 멋을 뛰어넘는 멋쟁이로서 18세기의 유행을 선도한 화려한 남자였다.

카사노바는 돈이 생기면 먼저 멋진 의상을 마련했다. 그는 회고

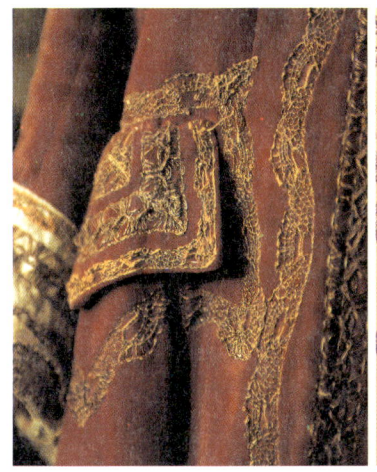

금장식과 금단추를 이용한
18세기의 화려한 의상.

록에서 "언제나 잘 차려 입고 깔끔한 집에 묵는 것, 대도시에서는 무엇보다 겉치레가 중요한 법이다"라고 했는데 이런 가르침은 탈무드에도 나온다.

어느 도시에서 카사노바가 등장하는 모습을 상상해본다. 독특하고 화려한 의상과 가발, 마스크, 손수건, 모자, 그리고 마차. 그를 치장한 모든 것은 사회적 신호를 전달하고, 딸을 둔 부모나 사랑을 기다리는 여인들은 이 신사의 치장에 먼저 반하고 만다.

카사노바는 그렇게 자신을 완벽하게 연출하여 상품화시킨 사람이다. 그는 둑스에서 보낸 초라한 말년에도 주변의 비아냥거림에 아랑곳없이 젊은 시절 그대로 하얀 깃털 장식을 하고 벨벳 조끼와 금사로 수놓은 양복을 입었다고 하는데, 섬세한 자기애가 아니라면 그렇게 하기는 힘들었을 것이다.

오늘날 신세대는 의상으로 자기를 표현하는 데 열중한다. 자신을 감각적으로 연출할 줄 아는 능력이 사회적으로도 인정받는 시대이다. 또한 자기 연출 능력이 뛰어난 청년들이 여자들의 호감을 사는 건 카사노바 시대나 요즘이나 마찬가지인 모양이다. 예나 지금이나 사랑은 눈으로 먼저 오는 것 같다.

인산의 자유와 감성을 중시한 로코코 풍의 프랑스 의상을 보면, 여자는 목과 가슴을 드러내 관능미를 과시하고 남자는 넓적다리의 곡선을 드러내서 육감적 남성미를 과시했다.

사람들은 자신이 다른 사람들보다 우월한 존재라는 걸 과시하고자, 과장된 옷차림을 즐기는지도 모른다. 카사노바의 화려한 차림은 귀족들 사이에서 비웃음의 대상이 되기도 했다.

> 요란하게 꾸민 카사노바가 내 옆에 앉아 있었습니다. 그는 마부가 딸린 마차를 타고 있었는데 최고급 장식이 수두룩한 화려한 의상을 입고, 눈부신 다이아몬드 반지를 두 개나 끼고, 금으로 만든 담배 케이스를 지니고 있더군요. 그는 최고위층과 어울리려고 그토록 요란하게 치장한 듯했습니다.

어느 귀족의 편지에서 묘사된 카사노바의 이런 모습은, 요즘 최고급 승용차를 타고 강남을 오가는 오렌지족들과도 비슷하다. 사치를 향한 욕망은 습관이 되어버리고, 결국 그 사람을 추락하게 만든다는 걸 우리는 안다. 당시 유행의 첨단을 걸었던 카사노바도 그렇게 많은 돈을 낭비했고 추락했다.

사치와 쾌락을 위한 기행(奇行)

    파리의 몽마르트르 언덕은 나처럼 홀로 정처 없이 길을 가는 사람이 길벗을 만나기 좋은 장소다. 무명의 화가들이 그림을 팔고 있는 이곳은, 술 한 잔 마시기에도 좋은 곳이다. 몽마르트르 언덕에서 나는 툴루즈 로트레크의 그림을 보았다. 로트레크의 그림에서 만나는 무희는 물랭루즈가 아니라 길을 가다가도 마주칠 것처럼 친근해 보였다. 카사노바가 살던 당시, 여배우는 귀족이나 돈 많은 자들이 얼마든지 쉽게 가까이 할 수 있는 여자였다.

    각 극장의 휴게실은 열정가들이 그들의 재능을 시험하고 사랑의 행위를 시도하는 고상한 장터이다. 나는 이렇게 즐거운 학교에서 어떻게 이익을 잘 낼 수 있는지 알고 있었다.

나는 몽파르나스의 모퉁이에 있는 카페 라쿠폴에서 대학의 건축학 교수였던 톨랑 씨를 만났다. 커티스 사무실의 여직원 남편인 그는 아직도 부인과 탱고를 기가 막히게 추는 멋쟁이다. 카사노바를 너무도 잘 안다는 그는 마치 카사노바가 지금 자기의 친구인 양 이야기를 해서 착각을 일으키게 했다. 후에 들은 이야기지만 그는 카사노비스트라 자처할 만큼 그에 대한 연구를 많이 했단다.

카사노바가 룰 호텔을 드나든 이야기는 그에게서 들었는데, 그는 내가 베네치아에서의 첫 날 산 책의 표지 그림인 〈뫼르피〉에 대해 아주 재미있게 설명해주었다.

어느 날 카사노바는 친구 파튀와 한 여배우 집에 놀러갔다. 그녀와 파튀가 노는 동안 카사노바는 그녀의 동생 뫼르피와 얘기를 나누다 뫼르피의 침대를 사기로 하고선 그녀에게 벗은 몸을 보여달라고 했다. 그녀가 더러운 누더기를 벗자 믿기 어려울 만큼 아름다운 육체가 드러났다. 카사노바가 이를 친구 파튀에게 말했다. 파튀는 카사노바의 말을 듣고도 믿지 않다가 실제로 보고는 어떤 조각가도 이보다 더 정교하게 다듬을 수 없다며 감탄했다. 카사노바는 여인의 미에 대해서는 훌륭한 감식관이었다.

이 훌륭한 몸매를 그림으로라도 간직하고 싶었던 카사노바는, 그녀에게 매일 12프랑씩 주면서 훗날 프랑스의 수석 궁정화가이자 퐁파두르 부인의 회화 교사가 된 프랑수아 부셰의 누드모델이 되어달라고 부탁했다. 팔과 가슴을 베개에 묻고 비스듬히 누워 있는 고혹적인 자태는 화가의 손에서 완벽한 작품이 됐다. 카사노바는 이 생생한 그림의 제목을 〈뫼르피〉라고 써두었고, 이 그림을 본 파튀도 똑같은 그림을 갖고 싶어 화가에게 작업을 맡겼다.

그런데 어느 날, 화가가 베르사유 궁에 들어가게 되었다. 이 그림은 왕에게까지 보여졌고, 왕은 그림의 주인공을 보고 싶어했다. 소녀는 성장을 하고 궁으로 가서 왕을 알현했다. 그림을 옆에 두고 실물을 보며 왕은 "이렇게 꼭 닮은 그림은 처음이도다!"라고 하자 순진한 소녀는 "당신은 6프랑 짜리 은화의 그림과 꼭 닮았어요."라며 웃었다.

교수는 점점 흥분해서 말했다.

"왕은 반했어요. 바로 이런 천진함에 말이에요. 왕은 뫼르피를 궁에 머물게 했고, 뫼르피는 1년 후 아들을 낳았어요. 그리고 그 아이는 어디론가 사라졌지. 마리 왕비가 살아 있는 동안에는 루이 15세의 사생아들이 이렇게 어디론가 사라졌답니다. 복숭앗빛보다 아름다운 그녀의 엉덩이도 3년 만에 총애를 잃었지 뭡니까. 어쨌든 난 카사노바의 그 식견이 놀랍다는 얘길 하고 싶군요."

뫼르피의 그림이 표지로 장식된 카사노바의 책을 산 날, 잠을 설쳤던 나는 새삼 아무리 고운 꽃도 그 향기와 빛깔이 열흘을 넘기지 못한다는 옛말을 떠올렸다.

우리는 계속해서 카사노바식 사랑에 대해 이야기했다. 사랑을 적극적으로 찾아 나선 카사노바는 새가 물고기를 채가듯이 여인들이 방심하는 틈을 호시탐탐 노렸다.

교수는 카사노바를 바람둥이의 전형으로 보았다. 여인들을 보면 그녀가 누구의 아내든 상관없이 지나친 자신감으로 다가가 그들의 속마음을 읽어냈고, 마음에 드는 여자가 있으면 환심을 사기 위해 수도 없이 그녀의 마음의 문을 두드렸고, 결국 육체의 빗장을 열게 했다. 카사노바의 애무는 여인이 허락하지 않아도 계속됐으며 여인들은 이로 인해 당혹해했다. 카사노바는 이게 사랑의 고백이라고

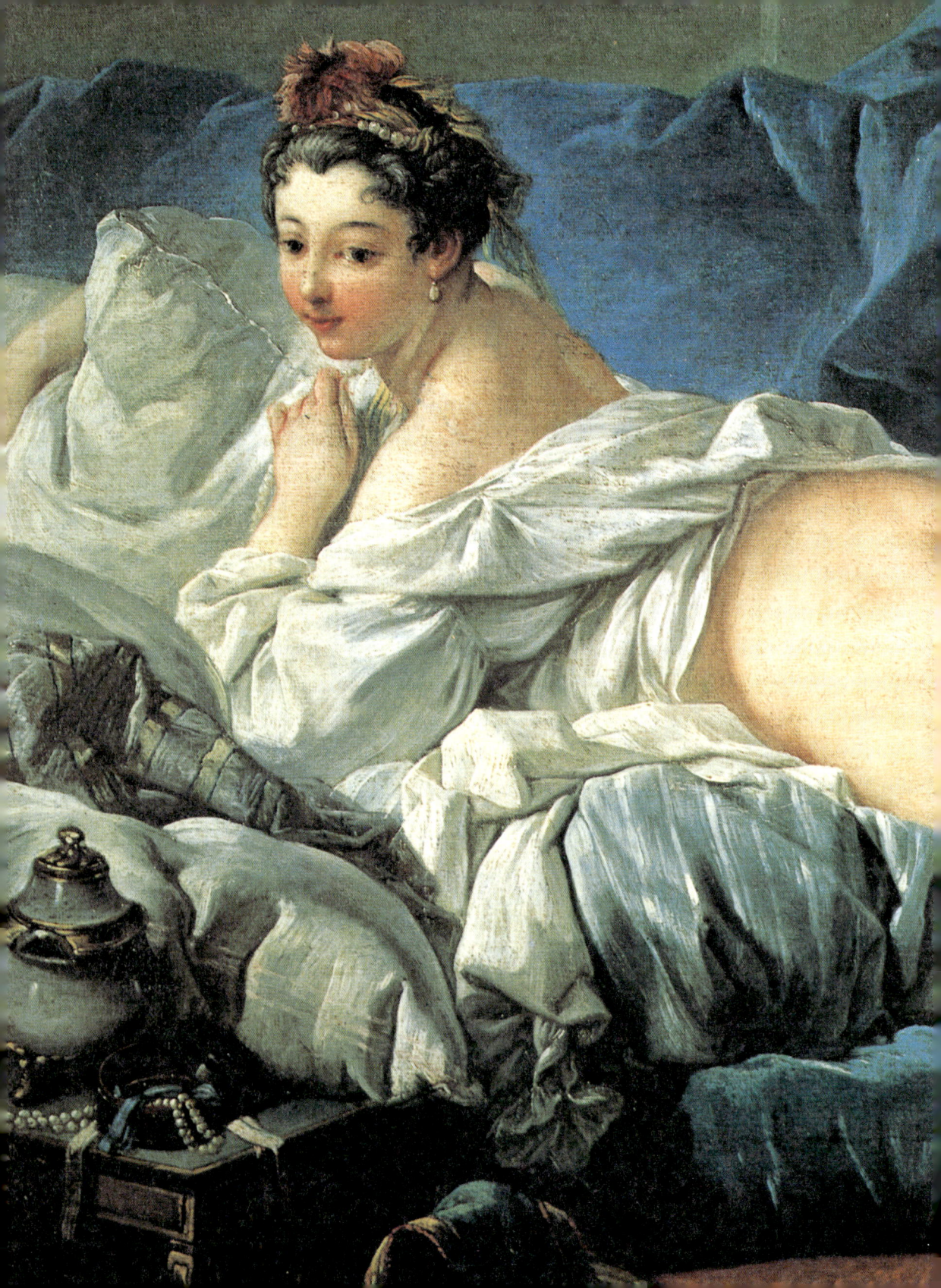

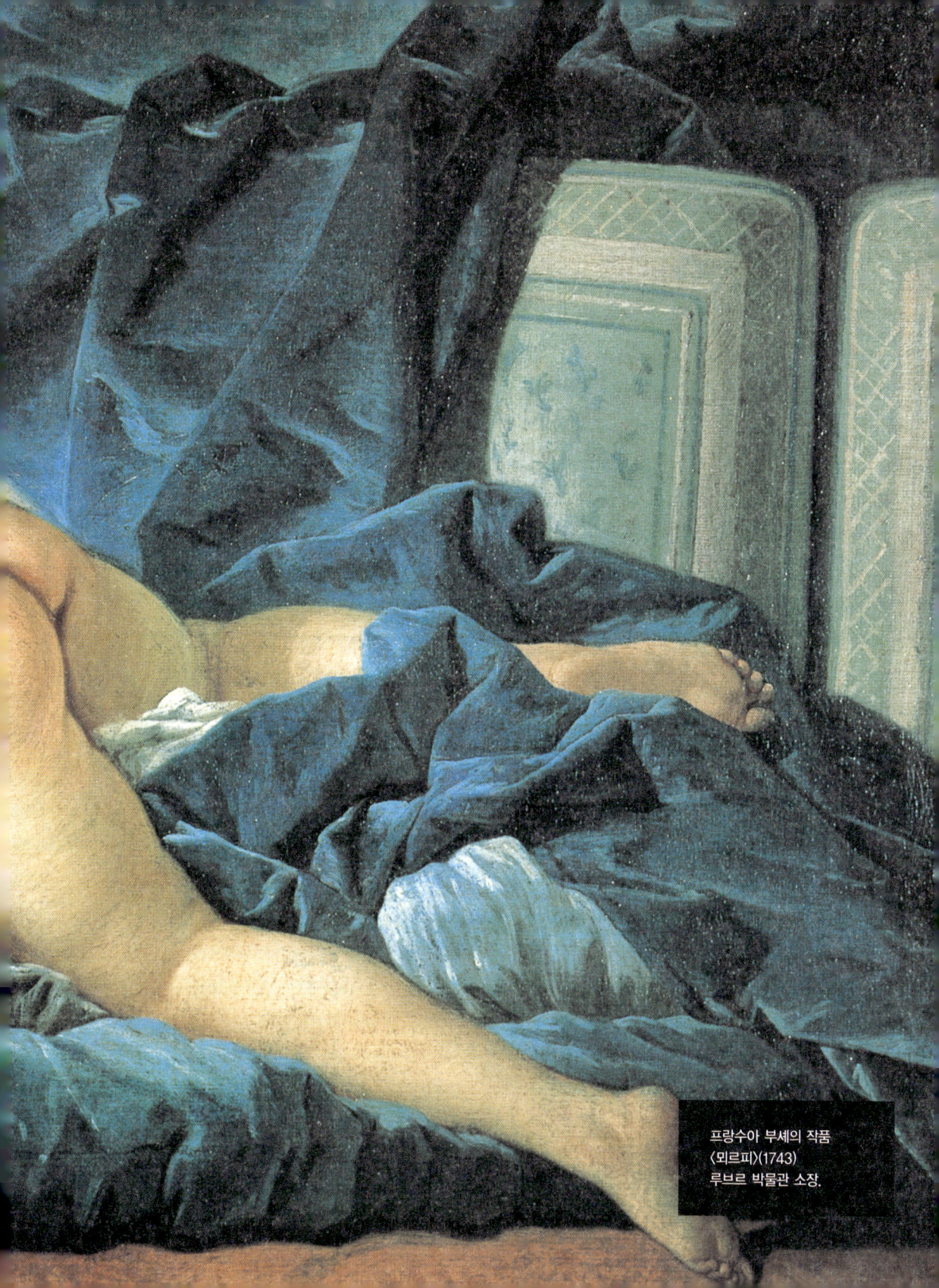

프랑수아 부셰의 작품
〈뫼르피〉(1743)
루브르 박물관 소장.

했지만 하룻밤의 정사를 위해 혼신의 힘을 기울인 적도 많았다는 게 그의 의견이다. 바람둥이의 기질대로 말이다.

"계몽의 시대였던 18세기에 부르주아 계급의 아내들은 정숙치 못한 정사를 즐겼답니다. 카사노바는 아내의 부정에 관대한 나폴리의 변호사들과 베네치아의 관리들, 파리의 가게 주인들, 독일의 유명 인사들을 항상 만날 수 있었다고 자크 솔레*가 말했듯이, 시대가 그를, 그의 취미를 부추겼죠. 그러나 카사노바는 파리로 와서 물질 만능인 당시의 결혼 풍속이나 애정관에 개탄했지요. 카사노바가 회고록에 이렇게 썼어요. '많은 여자들은 사랑하지 않는 사람과 결혼하면서도 별로 유감스럽게 생각하지 않는다. 그녀들이 결혼하는 것은 안정과 지위를 위해서다. 파리에도 그런 생각이 퍼져 있고, 그 때문에 타산적인 결혼이 많이 이루어지게 된다.' 카사노바가 수녀원에서 갓 나온 뫼르 양을 만났을 때도 그는 처음부터 음탕한 장난을 쳤어요. 그녀의 예쁜 손을 잡고 바지 속으로 끌어들여 처음에는 조용히, 그러다가 힘차고 빠르게 움직여 일을 마치자 부끄러움과 놀라움의 얼굴을 하고 손을 빼며 그녀가 물었지요. '이게 뭐예요?'라고. 카사노바의 대답이 나를 웃겼습니다. '이 세상에서 가장 소중한 거지요. 이 세상을 새롭게 할…….' 뫼르 양이 이 말을 듣고 카사노바에게 말했죠. '당신은 참 엉뚱한 분이군요.'라고. 그런데 사나흘 후 뫼르 양은 카사노바에게 이상한 제안을 했어요. 자기는 어차피 돈 많은 의원에게 시집가야 할 운명이니, 자기를 사랑한다면 결혼하자고 말이에요. 카사노바는 그녀의 고결함을 욕보인 자신의 장난도 후회했지만, 결혼이라니, 생각만 해도 몸이 떨렸지. 그러나 그녀를 그냥 둘 리가 없지. 포도주를 마시고 침대를 구경하고 싶다는 핑계로 침실로 가서는 그녀의 봉긋한 가슴과 코르셋을 자연스럽게 넘나

* 자크 솔레
프랑스의 저명한 역사학자이자 종교문제 전문가. 《성애의 사회사》(1996)를 통해 르네상스 시대부터 프랑스 대혁명까지(16~18세기) 유럽지역의 다양한 계층이 향유한 성애를 역사적 사회적 관점에서 고찰했다.

들었어요. 그러니 여인들은 항상 카사노바의 작업을 순조롭게 도왔던 거지요. 18세기의 여인들이 말이에요."

"당시 파리의 여관은 러브호텔이었나요?"

"손님들의 성적 만족을 채워주는 직업적인 뚜쟁이의 집이었겠지. 그런데 여기 등장하는 여자들이 여염집 아내들이라면 믿겠어요?"

"어떻게 그럴 수 있었나요?"

"자신의 매력을 돈과 바꾸려고 했지요. 궁전의 귀부인에서 프랑스의 얌전한 평민 여성들까지 '색정의 시대'의 주인공인 양, 시대 상황이 그랬어요. 그러나 카사노바는 천만금을 주어도 싫은 상대와는 할 수 없었던 남자였답니다. 카사노바가 뤼펙 공작 부인을 보필해 신분 상승을 노린 적도 있었는데, 그녀의 인상이 이랬다고 써 있습니다. '주름에도 아랑곳하지 않고 하얀 파우더와 루즈를 바르고 눈썹을 검은색으로 염색했다. 늘어진 가슴은 반쯤 노출시키고 혐오스러운 틀니는 두 개씩이나 하고 다닌다. 머리는 이마와 관자놀이에 보기 싫게 달라붙은 가발로 장식했다. 그녀는 요염한 냄새를 풍기면서 내게서 매력을 발견했음을 알려주려 노력하는 듯 선웃음을 친다. 게다가 옷차림은 20년 전의 구식이었다. 시간이 그녀를 시들게 하기 전에 많은 애인을 유혹해야만 하는 늙어가는 것에 대한 두려움을 갖고 있었다.' 뤼펙 공작 부인이 카사노바를 가까이 불러 그를 안으려고 했으니 역겨운 순간이었을 거예요. 돈도 좋지만 카사노바는 자기가 거세된 남자라고 속이고 그 순간을 간신히 모면했죠. 하하하. 그런데 이 바람둥이는 사랑을 할 때면 곁에 누가 있어도 상관 없었어요. 누군가가 있어 사랑이 방해받는다면 그건 사랑이 아니라 관계일 뿐이라고 카사노바는 생각했지. 지금의 젊은이들은 이럴지 모르나 내가 살아온 시대만 해도 쉬운 일이 아니었답니다."

그렇다. 카사노바식 사랑은 거침없었다. 로마에서는 루크레지아와 안젤리카 자매를 하룻밤에 만족시켰고, 무라노 섬의 카지노에서는 수녀 C. C.와 M. M.과 아랑곳없이 애정을 표현했다. 더 이상 아름다울 수 없는 서로의 빛나는 육체를 혀로 조각해가는 그들 셋은 밤이 새도록 쾌락의 늪에서 허우적거렸다.

"이런 카사노바의 성향을 '퇴폐적이라기보다는 시민 계급의 상냥한 감정을 표현하고 있다'고 말하는 학자도 있는데, 당신도 그렇게 생각하십니까?"

난 내가 카사노바식의 사랑에 대해 어떤 견해를 갖고 있는 건지 혼란스러웠다. 다만 그가 자신의 감정에 솔직했기 때문이라고 생각했기에 그렇게 말했다. 이때 나는 섬뜩하리 만치 기이한 그의 기행에 대해 듣게 되었다.

"1757년 어느 날, 카사노바는 한 인간이 이슬로 사라지는 공개 처형대가 잘 보이는 카페의 자리를 3루이를 주고 빌려서 여자를 초대했어요. 여자가 네 시간 이상 진행된 그 소름끼치는 장면에 넋이 나가 있을 때, 카사노바는 그녀의 치마를 능숙한 솜씨로 들어올렸어요. 카사노바는 색다른 전율에 사로잡혔겠지만, 여자는 그 짜릿함은 어디에서 오는 건지 불분명했을 거예요."

교수는 얼굴을 찌푸리며 말했다.

"언제 어디서건 자신의 욕정을 채우는 데 어려움이 없었던 그였지만 제아무리 멋진 남자도 돈 없이는 사랑을 할 수 없는 법이에요. 많은 직업을 전전하며 자신의 능력을 인정받고 싶어했던 카사노바는 상류 사회의 벽을 넘지 못하고 좌절할 때가 많았답니다. 그런 그에게 10여 년 동안 재정적 후원을 아끼지 않은 한 여인이 있었는데, 그녀가 바로 마담 뒤르페요."

누런 봉지에 무언가를 싸서 들고 왔던 그가 봉지를 열었다. 아주 낡은 그 책에는 《뒤르페》라는 제목이 쓰여 있었다. 마담 뒤르페에 관한 책이다. 그는 이 책을 12년 전 헌책방에서 발견했다며 즐거워했다. 그 책에는 뒤르페가 당시 만난 역사적 인물들과 그녀 가문의 놀라운 부와 기이한 인생 여담이 가득했다. 특히 책 중간 중간에 유명인들의 초상이 들어 있어 마담 뒤르페의 지인들이 상당했다는 걸 짐작할 수 있었다.

서른두 살에 카사노바가 프랑스 귀족 사회에서 만난 마담 뒤르페는 프랑스 최고의 귀족 가문 출신이었다. 뒤르페의 집에는 어마어

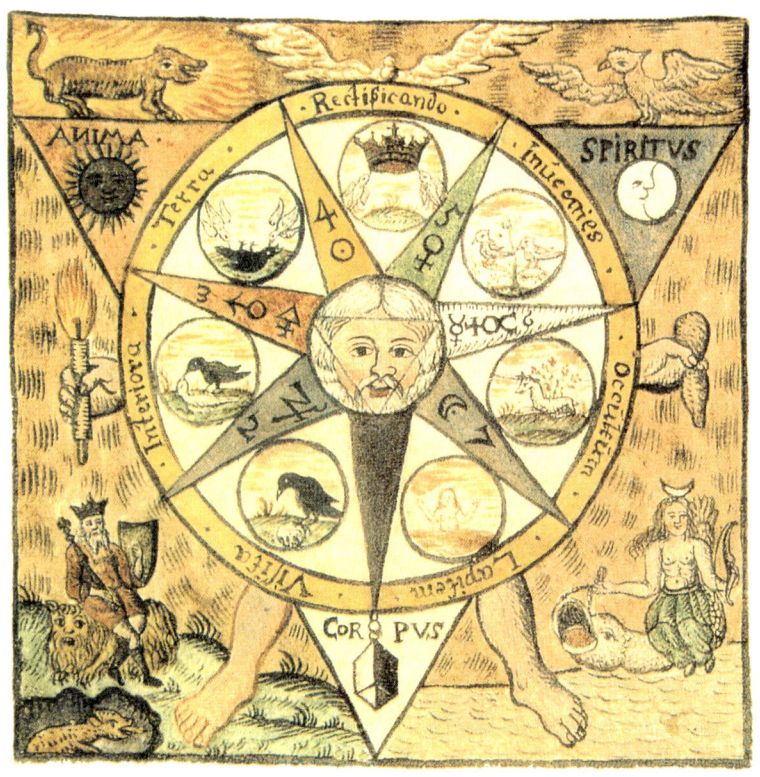

연금술의 상징. 18세기
연금술서에서 발췌한 수채화.

마한 서재와 연금술 작업장이 있었다. 카사노바의 책에도 커다란 세필화로 그려진 그 연금술 작업장의 모습이 담겨 있다.

카사노바는 당시 신비주의에 푹 빠져 있던 뒤르페 후작 부인을 그녀의 뜻대로 환생시켜주겠다고 설득해 재정적 후원을 얻어냈다.

진실로 유식하고 양식 있고 사리 밝은 여자가 불시에 떠오른 나의 생각들을 믿어주다니, 놀라운 일이다. 하지만 그녀의 광기를 짓밟지 않고 오히려 내게 이익이 되도록 하는 게 낫겠다. 그녀는 내 말이라면 거절할 수 없을 테니까. 그녀의 재산을 장악할 계획을 구체적으로 세운 적은 없지만, 이런 기회를 포기하기에는 내가 충분히 강하지 못하다고 느꼈다.

재탄생 의식의 공모자는 카사노바의 형제 게아타노와 비서 파사노였다. 게아타노의 애인 마르콜리나의 도움으로 이 사기극은 계속될 수 있었다. 재탄생 의식을 거행하기 위해 카사노바는 늙은 뒤르페와 성(性) 의식을 해야 했는데, 발기가 되지 않자 마르콜리나에게 엉덩이를 보이게 함으로써 그녀의 성적 매력으로 가까스로 의식을 행했다. 카사노바는 마담 뒤르페에게 임신이 되었다고 말했다. 그리고 아이가 태어나면 그녀는 죽어서 아이의 육체를 통해 다시 태어나게 될 거라고 말했다. 그러나 뒤르페는 자신이 임신하지 않았다는 것을 알게 되고 카사노바의 마술적인 힘을 더 이상 믿지 않게 되었다.

카사노바는 매우 지적이고 합리적이던 이 여인을 능숙하게 속여 7년 동안이나 백만 프랑에 가까운 돈을 사취하여 화려한 삶에 유용했다. 마담 뒤르페가 죽자 그 조카가 이 문제로 소송을 걸어 루이

15세는 추방령을 내렸고 카사노바는 황망히 파리를 떠난다.

이는 카사노바의 명예에 흠이 된 이야기다. 계급주의의 타파와 평등을 부르짖는 계몽주의자였던 카사노바가 상류 사회의 일원이 되기 위하여 이런 치사한 환생의 쇼를 벌였다는 게 얼마나 큰 모순인가. 이를 두고 구체제의 종말 즈음에 사회의 붕괴가 빚어낸 인간 유형이 카사노바라고 말하는 이도 있지만, 카사노바의 화술에 넘어간 이들 중에는 대공과 대공비도 있었으니 그를 단순한 사기꾼으로 치부하기는 어려우리라.

"이 바람둥이에겐 예언자의 능력이 있어 사람들의 마음을 얼마든지 움직일 수 있었어요. 카사노바가 모랭 부인의 조카 로망 쿠피에의 열정과 아름다움에 반해 그녀의 사랑 없이는 무덤에 들어갈 때까지 가장 불행한 남자로 남을 것이라고 속인 일이 있었지. 카사노바는 그녀를 가족으로부터 도망치게 하기 위해 '로망 양은 파리에 가야 행운을 만날 수 있다. 그래야 국왕의 눈에 들 것이다. 그리고 열아홉이 되기 전에 국왕을 만나야 하며 그 나이가 넘으면 운명이 바뀌게 된다'고 예언해 주었어요. 카사노바는 모랭 부인이 그녀를 파리까지 데려가 달라고 부탁하기를 기다린 것이죠. 그러나 그녀는 거절했고, 카사노바는 결국 포기했소. 그런데 참 묘한 일이에요. 로망은 실제로 1760년부터 1765년까지 루이 15세의 애첩이 되었잖습니까. 그녀를 도망치게 해서 자신의 사랑을 이루고자 파리로 보내야 한다는 점괘를 말해주었는데……. 하하하. 카사노바의 예언은 장난스럽게 시작하지만 때로는 무섭도록 잘 맞아서 스스로도 놀랄 때가 있었답니다. 의학 지식을 이용한 예언에 얽힌 일화들도 많구요."

카사노바의 사생아

　우리는 벌써 두 시간 여를 카사노바의 기행에 열을 올리고 있었다. 아마도 이 교수는 카사노바의 개성을 도저히 용납할 수 없는 모양이었다. 그는 말을 끝맺을 즈음에 카사노바가 결혼은 안 했지만 사생아는 남겼다는 이야기를 덧붙였다.

　"이런 기행의 결과로 카사노바는 온 유럽에서 자신의 2세들과 마주치게 됩니다. 카사노바가 암스테르담에서 음악회에 갔을 때 트렌디 부인을 만났어요. 그녀는 베네치아 말리피에로 씨의 조카 테레사였습니다. 테레사는 딸 소피아를 데리고 다녔는데, 카사노바는 소피아가 유난히 자기를 많이 닮았다고 느꼈지요. 짐작대로 소피아는 카사노바의 딸이었습니다. 또 1762년, 피렌체에서 카사노바가 벨리노―테레즈의 예명―를 극장에서 재회한 이야기를 기억하세요? 그곳에서 벨리노가 동생이라고 소개한 소년 세자리노는 실은 카사노바의 아들이었어요. 그녀는 출생 증명서까지 보여주었는데, 카사노바는 이때의 일을 '벨리노와 사랑을 나눈 옛날이 스쳐갔다'고 적고 있습니다. 그런데 카사노바의 여인들은 그와의 사랑의 징표인 사생아를 그의 분신인 양 소중하게 키웠답니다. 카사노바는 자신의 아이를 만날 때마다 자기가 키울 수 있게 해달라고 했지만, 여인들은 삶의 기쁨을 주는 아이라며 거절했죠."

카사노바는 자신의 아이를 발견했을 때마다 왜 자기가 아이를 키우겠다고 했을까. 교수는 지금까지와는 달리 이를 두고 그의 '휴머니티'라고 너그럽게 말했다.

"스페인의 전설적인 가공의 인물 돈 후안과 카사노바의 차이를 아세요? 츠바이크*는 이렇게 비교했습니다. 카사노바와 쾌락을 누리다 헤어진 뒤에도 여성들은 그에 대하여 그리움을 추억으로 간직했지요. 그러나 돈 후안은 금기와 윤리적인 제약 속에 갇힌 여인을 정복하는 것 자체에 승리자의 쾌감을 느꼈으며 그 과정에서 여인의 쾌락 여부는 관심 밖에 있었어요. 당연히 여인들은 후에 돈 후안을 증오와 공포의 대상으로 기억하게 되죠. 재미있는 예를 하나 더 들어보면, 슈니츨러**는 《3인의 자전 작가》에서 톨스토이, 스탕달, 카사노바 셋을 다루고 있는데, 여기서 바람둥이 카사노바는 쉰두 살로 몸이 쇠잔해져 귀향하는 모습으로 나타납니다. 그리고 인상적인 것은 카사노바의 집념이 다른 여인에게로 쏠리고 있는데도 옛 여인은 여전히 카사노바에게 그 절정의 순간을 다시 갖고자 일생을 기다렸노라고 거듭 고백하고 있다는 것이에요."

그것만큼은 카사노바에게서 발견할 수 있는 장점이라고 교수는 말했다.

카사노바는 평생 유럽 전역을 돌아다녔다. 이렇게 많은 곳을 다

* 스테판 츠바이크(1881~1942) 오스트리아 빈 출생으로 20세기의 3대 전기작가로 손꼽힌다. 역사 속에 묻혀 있는 인물들을 골라 그들의 생애를 추적하고 내면과 심리적 갈등을 입체적으로 그려냈다.

** 아르투어 슈니츨러 (1862~1931) 오스트리아 빈 출생으로 극작가이자 소설가였다. 의학 학위를 지닌 그는 정신의학에 깊은 관심을 보였고 사랑의 이기주의, 죽음에 대한 두려움, 애욕적인 삶의 복잡함 등에 관한 작품을 남겼다.

니다 보면 만남의 기회도 얼마나 많았겠는가. 그는 가는 곳마다 직업과 신분과 생활 형편과 여자가 바뀌었다.

"카사노바는 어디서나 늘 긍정적이고 낙천적이었으며, 다정다감하고 열린 마음의 소유자였죠. 게다가 항상 동정심을 베풀었으니 불쌍한 처지의 여인들을 돕기 위해 여행하는 사람 같았지요. 배짱이 좋고 너그러웠으며 정이 많아 가난하고 무식한 사람들에게 따뜻했던 남자였습니다."

우리는 이어 카사노바라는 성(姓)을 가지고 있지 않은 카사노바의 후예들에 대해 이야기를 하고는 그 절정인 장면을 떠올렸다. 바로 프라하에서 아들과 조우하는 장면이었다.

카사노바는 레오닐다가 로마에서 사랑을 나누었던 루크레지아의 딸임을 모르고 결혼을 하려고 했다. 그러나 레오닐다가 바로 그녀 어머니와 자기의 사랑 가운데 태어난 딸임을 알고 결혼을 포기했던 날, 셋이 함께 밤을 보냈다. 그러다 훗날 카사노바는 말년을 보내던 프라하에서 한 소년을 만나게 되는데, 그는 바로 레오닐다의 아들이었다. 그쯤 되자 우리는 역겨운 표정을 감출 수 없었다. 지금 이 세상 어디에선가 카사노바가 조상임을 모르고 사는 그의 후예들이 있지 않을까.

우리는 카페를 나와 길을 걸었다. 어느덧 길 위에 땅거미가 드리워지고 오밀조밀 붙어 있는 건물들이 하나 둘 등을 켜 무겁게 내려앉은 밤을 밝혔다. 파리의 밤은 지저분한 좌판과 소음으로 얼룩지기도 한다. 그 틈에서 거리의 악사들은 잠시나마 이방인들의 마음을 달래준다. 지하철 역사에서는 가슴을 헤집는 색소폰의 선율이 들려왔다.

거리의 좌판에서 새들은 새점을 치기 위해 기다리고, 점성술사는 알 수 없는 그림들을 늘어놓고 손님을 맞는다. 좌판에서 운세를 점치는 사람들은 대부분 불빛이 현란한 카지노로 두둑한 지갑을 가지고 가는 사람들이다. 카사노바도 도박으로 여인들의 환심을 사고 남자들에게는 미움을 샀던 도박꾼이었다. 그는 여인과의 은밀한 파티를 앞두고 설레는 마음을 도박으로 해소하곤 했다.

난 무슨 일을 앞두고는 미친 듯이 도박에 매달리곤 했다. 그건 어쩔 수 없는 버릇이었다. 도박에 대한 내 열정은 뿌리깊은 것이었다. 삶과 도박은 똑같은 것이다. 사람들은 물을 테지. 내게 원하는 만큼 충분히 돈이 있는데 왜 도박을 하냐고……. 그건 내가 돈 쓰는 걸 좋아하기 때문이다. 낭비하는 사람이란 말이다. 그러나 도박에서 딴 돈이 아닌 멀쩡한 돈을 써야 할 때 가슴이 찢어지는 걸 아는지.

대부분의 유럽 도시에는 도박장이 있다. 그곳에는 늘 지갑을 연체 큰돈을 만들어보겠다는 사람들이 모여 있다. 그러나 당시 대부분의 도시는 도박을 금하고 있었기 때문에 카사노바는 정부 관리의 눈을 피해 도망을 다니기도 했고, 때로는 자신의 죄를 사면받기 위하여 도박장을 감시하고 고발하는 스파이 노릇도 했다. 1767년에는 빈에서 도박 금지법을 어긴 죄로 고소당하기도 했고, 파로마, 볼로냐, 피렌체, 로마, 나폴리를 전전하며 도박사로 활동하면서 막대한 돈을 잃거나 땄다.

카사노바는 스스럼없이 이렇게 고백했다.

나를 도박으로 강하게 이끄는 것은 탐욕의 감정이다. 난 돈 쓰
는 것을 좋아한다.

2미터의 훤칠한 키에 승마, 펜싱 등의 운동을 즐기고 정력을 위한
요리를 스스로 개발해 즐긴 카사노바는, 무절제한 사람은 아니었
다. 언제나 사랑의 성공이 가져다주는 육체적 쾌락을 위해 늘 자기
몸을 잘 단련했다. 그는 건강한 육체야말로 즐거움과 기쁨을 느낄
수 있는 통로라고 생각했다.

"유머러스하고 문학, 정치, 경제, 예술, 요리, 그 모든 방면에 경
험과 지식이 풍부했던 카사노바는 누구라도 지루하게 놔두지 않는
남자였어요. 그게 카사노바의 매력이지."

교수가 저녁 약속이 있다며 서둘러 헤어지며 던진 말이다. 교수
는 카사노바를 아주 싫어하면서도 아주 좋아하는 듯한 묘한 뉘앙스
를 남기고 아쉬운 작별을 했다. 난 그에게 커티스 사무실로 가는 길
을 물었다. 그곳에 맡겨둔 짐을 찾으러 가야 했기 때문이다.

커티스 사무실에 가려면 사창가를 지나야 했다. 이미 여자로서의
아름다움이 사라진 나이 많은 여인이 쪼글쪼글하게 주름진 얼굴로
행인들을 유혹한다. 지나치게 볼륨을 강조한 흑인 여성이 멍한 눈
빛으로 가게 앞에 서 있다. 파리의 뒷골목은 이랬다. 남자는 돈으로
욕정을 해소하고 여자는 마음도 없이 몸을 주고 필요한 돈을 얻었
다. 이들은 모두 사랑을 찾지 못한 나그네이다.

카사노바는 늘 사랑을 찾아 헤매었으나 외로웠다. 카사노바가 영
국으로 갔을 때 암스테르담에서 옛 사랑 테레사와 조우했는데, 그
여인은 이름을 바꾸고 귀족을 위한 큰 행사를 맡고 있었다. 그런데
그녀는 그 옛 사랑을 홀대했고 카사노바는 자존심에 상처를 입었다.

검소한 영국식 생활 방식에 적응하기도 힘들고 외로웠던 카사노바는 침대와 식탁을 함께 쓸 세입자를 구하는 광고를 냈다. 이 광고를 보고 런던 사람들이 얼마나 비웃었을까. 결국 애인이 되어줄 세입자를 구하긴 했지만 얼마 못 가서 그는 다시 외로워졌다.

카사노바는 영국에서 음식 때문에 고생도 했다.

> 영국인들은 수프와 후식에 들어가는 비용을 아끼는 걸 알뜰하다고 한다. 결국 그들의 알뜰함 속에 영국식 식사는 시작도 끝도 없는 것이 되어 버렸다. 나는 맥주에 익숙해지려고 노력했지만 그 쓸쓸한 맛을 도저히 참을 수가 없었다.

사랑과 돈은 함께 일어서고 함께 스러지는 법인가. 벌이도 처세도 마음대로 안 될 때 카사노바는 매춘부를 찾았다. 1763년 당시 런던은 창녀들의 소굴이나 다름없었다. 이곳에서 서른여덟 살의 바람둥이 카사노바는 매춘부 샤필론에게 푹 빠졌다. 샤필론에게 걸려든 카사노바는 막대한 돈을 쓰고 그녀의 사기극으로 그나마 얼마 안 되는 재산까지 몽땅 날리게 되었다. 굴욕감을 안겨준 사건이었다. 카사노바는 절망해서 납덩이를 몸에 달고 템즈 강에 뛰어들려고 했다. 20여 년간 화류계에서 풍부한 경험을 다진 카사노바가 당한 것이다.

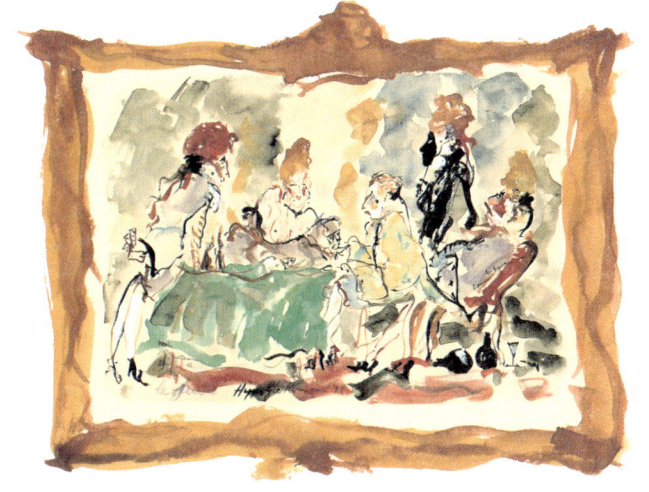

이때 한 번만 유흥을 즐겨보고

죽으라는 친구의 권유로 카사노바는 자살의 결심을 유보한다. 그날 밤 카사노바는 익사하는 대신 난교를 통해 황홀경을 경험하고 그날을 계기로 다시 삶을 이어가지만, 카사노바는 성병과 파산이라는 이중고를 안고 가까스로 영국을 떠난다. 이때부터 카사노바의 삶은 내리막길로 치닫기 시작했다.

카사노바의 마지막 여인

새 도시에서 경험했던 기쁨, 불운, 슬픔, 음모, 고통에 난 지쳤
고 현기증을 느꼈다.

쉰 살에 고향 베네치아로 돌아왔을 때, 카사노바는 삶의 마지막
동반자 프란체스카 부스키니를 만났다. 이미 성적 능력도 경제력도
쇠진한 그를 3년간이나 헌신적으로 품어준 여인이었다. 미천한 재
봉사 출신이지만 카사노바는 헌신적인 이 여인 곁에서 가장 오래
머물렀으니, 남자의 속성이 들여다보이지 않는가. 프란체스카 부스
키니가 1779년부터 1787년까지 남긴 편지는 카사노바의 삶에 대한
보기 드문 자료로 평가되고 있다.
　프란체스카 외에 한 여인이 더 있긴 한데, 그 여인은 당시 유명한
서정 시인이자 여행 작가였던 엘리사 폰테어로, 죽음을 앞둔 마지

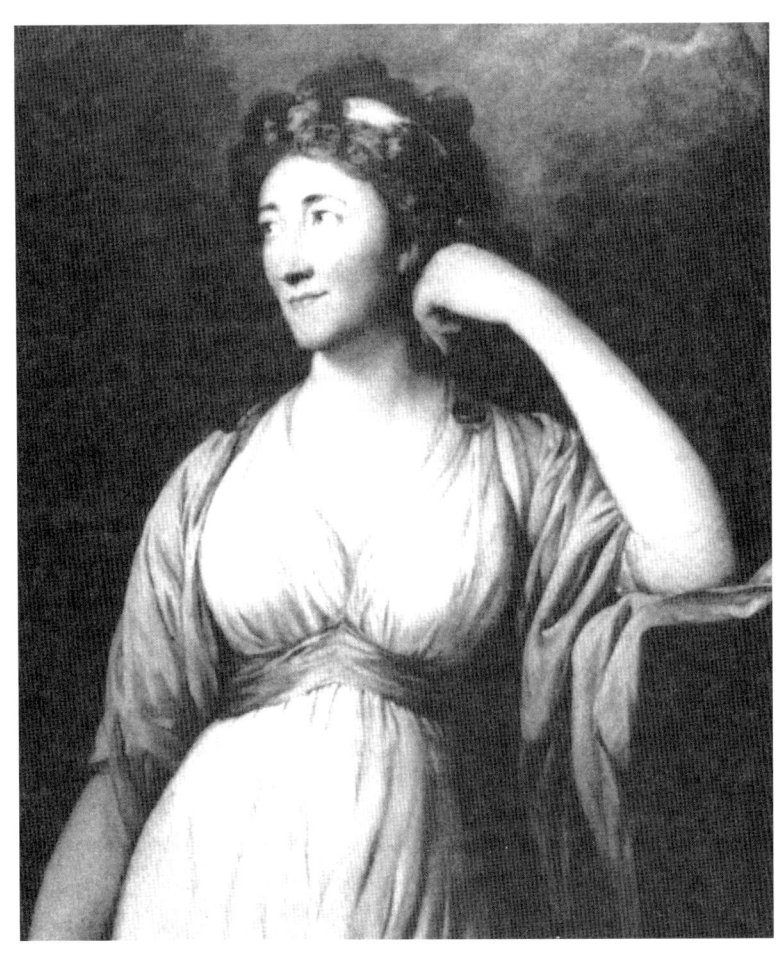

말년의 카사노바에게 위로가
되었던 여인 엘리사 폰테어.

막 1년 동안 편지를 주고받으며 정신적 교감을 나누었던 사람이다.
이 서신 모음집은 책으로도 나와 있다.

　카사노바의 마지막 이 두 여인은 정신적 사랑과 동정이 얼마나 깊
었는가를 잘 보여준다. 카사노바는 그의 사랑이 정신적인 세계로
옮겨갔을 때에야 비로소 안정을 찾을 수 있었다.

　그러나 부인할 수 없는 것은, 그가 삶의 현장에서 온몸으로 드러

낸, 다방면에 걸친 기질과 깊이 있는 지식과 예술적 재능이야말로 시대의 아웃사이더인 그를 역사적인 인물 중 하나로 만들었다는 점이다. 그것은 물론 서양에서 보는 관점이지 우리나라에서 지금껏 알려진 카사노바와는 거리가 멀다.

파리를 떠난다고 생각하니 모든 게 아쉬웠다. 카사노바가 이방인으로 떠돌던 곳이라 그의 흔적을 좀처럼 찾아보기 힘든 도시였기에 더욱 그랬다. 어디선가 그의 영혼의 울림을 듣고 싶었는데 들을 수가 없었다. 다만 너무도 가벼운 카사노바의 기행들을 잘 설명해준 건축학 교수와, 결코 가볍지 않는 카사노바의 철학을 두고 긴 대화를 나누었던 휘트먼 씨만은 잊을 수가 없다.

이곳에서 화려하고 야심에 찬 나날을 보냈던 카사노바였지만, 파리를 떠날 때는 귀족들 주변에서 기이한 사랑을 했던 추억도, 궁정에 머물며 사치와 향락을 즐겼던 자부심도 상심한 마음에 썰물처럼 쓸려보냈으리라. 먼 훗날 회고록을 쓰기 위해 기억을 되살릴 때에야 파리의 추억은 다시 밀물처럼 그의 가슴에 밀려와 쓸쓸한 노인을 우수에 젖게 했겠지. 나도 이런 추억들을 끌어안고 프라하로 떠나는 기차를 타야 한다.

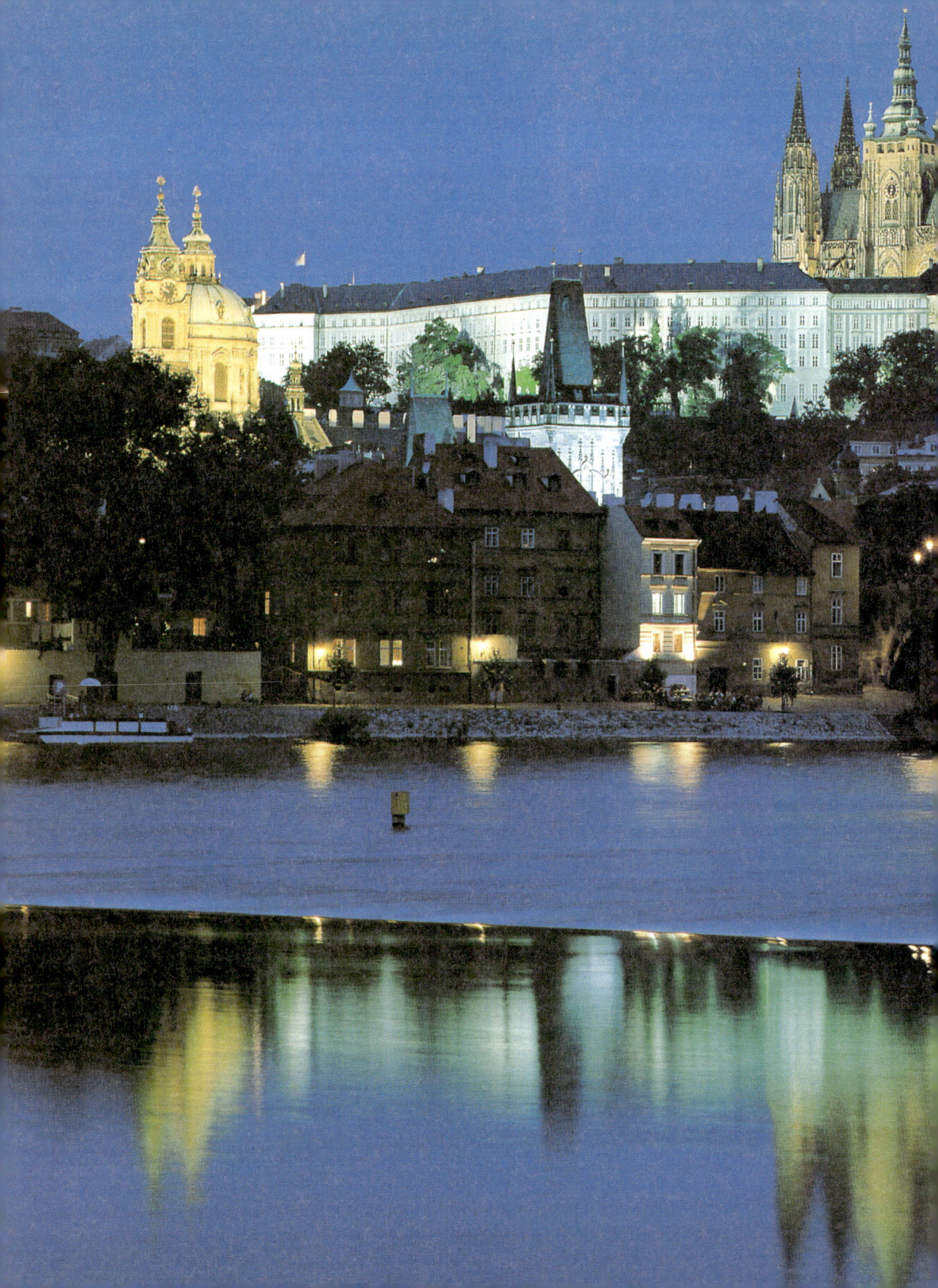

프라하
......
카사노바를 추억하다

밤 기차의 창문은 조명이 꺼진 무대처럼 더 이상 보여줄 것이 없는 듯했다. 커튼을 치고 잠을 자는 동안 기차는 국경을 넘어 체크로 갔다. 같은 칸에 탄 체크인이 옷 매무시를 가다듬는 걸 보고 나도 내릴 준비를 했다. 지난밤에 파리에서의 일들을 생각하느라 늦잠이 들어서인지 피곤했다.

파리는 '카사노바는 이미 이곳을 떠났어요' 라고 말해주는 도시 같았다. 파리에서 섭섭함을 느낀 만큼 체크에서는 카사노바의 흔적을 만날 수 있을 거라고 기대했다. 드디어 기차가 프라하에 도착했다. 프라하의 아침은 안개 속에서 피어나고 있었다.

굳은 표정의 사람들이 오가는 길에 서서 약간은 두려운 마음으로 택시를 잡았다. 나를 기다리던 친구 토니는 나를 반가이 껴안으며 짐을 실어주고는, 프라하는 예술적 감흥을 샘솟게 하는 도시라고

(오른쪽 면) 안개 속의 프라하.

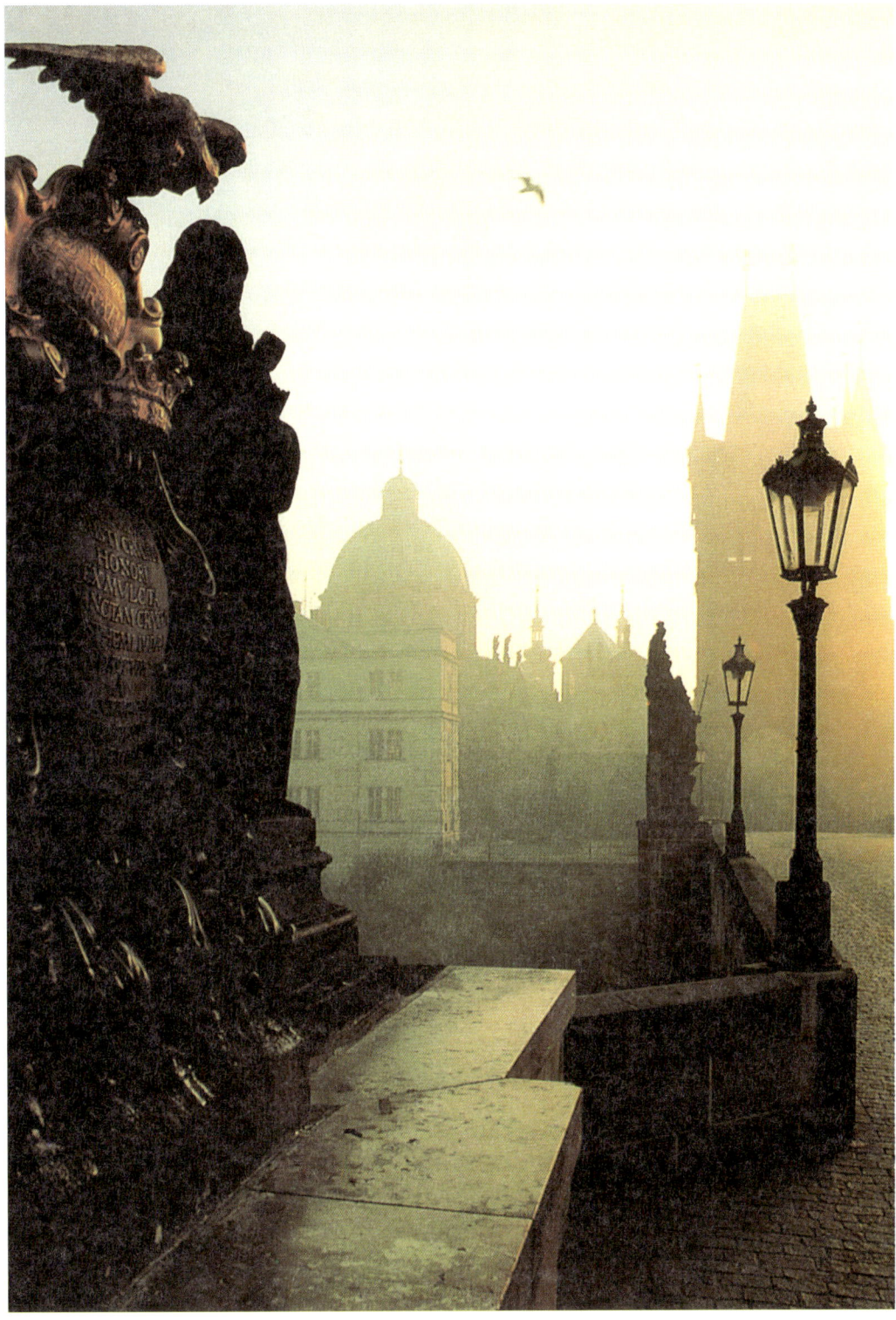

소개했다. 나는 그의 집에 짐을 두고 햇살이 따사로운 시내를 이리 저리 쏘다녔다. 중앙역 앞에는 엄청나게 많은 사람들이 있었는데 현지인보다는 관광객이 더 많은 듯했다. 바츨라프 광장을 거닐며 나는 세이페르트*의 '프라하의 봄'이라는 슬픈 시가 생각나 이상하게 마음이 안정되지 않았다.

눈에 익은 햄버거 가게에 가서 앉아보았다. 카사노바가 처음 프라하에 왔을 때도 이런 기분이었을까. 둑스 성에 가려고 발길을 옮겼을 때 카사노바도 지금의 내 마음처럼 만감이 교차했을까. 사제, 작가, 사업가, 외교관, 음악가였던 그는 마지막 직업으로 사서를 택해 둑스 성으로 출발했다. 거기서 카사노바는 어떤 모습으로 나를 기다리고 있을까.

나는 프라하가 예술적 감흥을 샘솟게 하는 도시라는 토니의 말을 며칠 후 그곳을 떠날 때쯤에야 이해하게 되었다.

* 야로슬라프 세이페르트
(1901~1986)
체크의 시인이자 저널리스트.
1984년 체크인으로서는 처음으로 노벨 문학상을 받았다.

카사노바의 예술적 재능과 감성

프라하에서 가장 먼저 찾은 곳은 모차르트 박물관이었다. 막상 그곳에 도착해보니 예상과 달리 아주 작은 규모의 박물관이었다. 단아한 건물 옆에 펼쳐져 있는 정원은 모차르트의 광기가 뿜어져 나오는 파티가 열리던 곳이었다.

1787년, 카사노바는 둑스 성을 떠나 여행하던 중 이곳 프라하에서 모차르트를 만나 그가 오페라《돈 조반니》를 개사하는 걸 도왔다. 그가 죽기 5년 전의 일이다. 감각적 쾌락을 즐겼던 두 사람의 공감대는 작품의 완성도를 높이는 데 크게 기여했을 것이다.

박물관 벽에는 온통 모차르트의 악보 필사본들과 모차르트 주변 역사적 인물들의 초상화가 걸려 있었다. 중앙에는 악기들이 전시되어 있었는데, 오래된 하프시코드는 명장의 손끝에서 탄생한 가구처럼 아름다웠다.

모차르트 박물관에 카사노바의 초상화가 걸려 있다는 사실에 사람들은 의아해할지 모른다. 그러나 카사노바의 예술적 감성을 아는 이들이라면 고개를 끄덕이게 된다.

난 예술과 문학 분야에서 명성을 떨치고자 하는 희망을 포기할 수 없다.

프라하에 있는 모차르트 박물관.

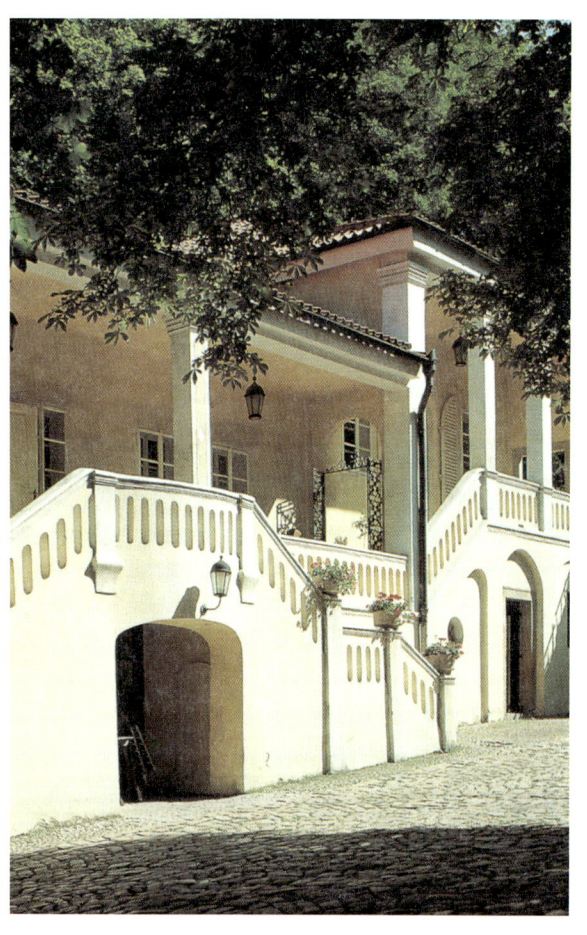

이것은 카사노바의 진심이었다. 산 사무엘 극장의 배우였던 부모의 영향으로 카사노바와 그의 형제들은 모두 예술적 재능을 타고났다. 그의 동생 프란체스코 카사노바는 유명한 전쟁 화가였고 장 카사노바는 드레스덴의 제후 프레드릭 아우구스트 3세 밑에서 왕립 화가 아카데미의 책임자로 일했다. 카사노바 역시 그림, 음악, 춤 등 모든 분야에서 만능 탤런트였다. 이러한 그의 예술적 재능은 태어나면서부터 온갖 특혜와 기득권을 점하고 있는 지배층으로부터 소외된 그에게 사랑과 부를 얻게 해준 원동력이었다. 특히 바람둥이 카사노바에게 예술적 재능과 감성은 사랑을 쟁취하고 마음껏 욕망을 펴는 데 촉매제가 되었다.

카사노바는 인생의 황홀기를 맞은 1791년에도 자기 생애의 한 에피소드를 바탕으로 3막극짜리 연극 대본을 프랑스어로 집필하였다. 이 대본은 이후 1886년 10월부터 12월까지 《보그》지에 처음으로 수록되었고 피에로 치아라가 이탈리아어로 번역한 대본을 바탕으로 1971년에 아레조의 페트라카 극장에서 연극이 상연되었고, 번역본은 《드라마》지에 수록되었다.

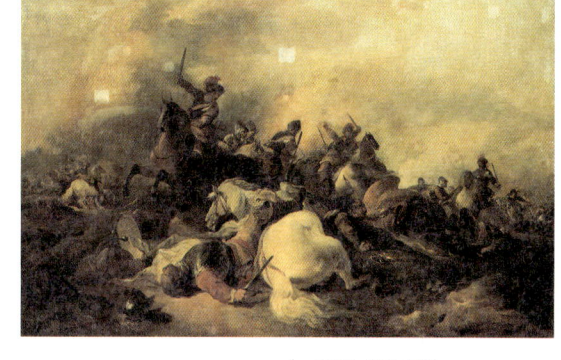

카사노바의 동생
프란체스코 카사노바가 그린
〈전투〉(1765~1770).

카사노바는 미술적 재능을 이용하여 사물에 대해 깊은 관찰력이 돋보이는 소묘를 많이 남겼다. 그가 러시아의 예카테리나 대제의 초상화를 그렸다는 사실도 흥미롭다. 그런데 그가 왜, 어디서 이 그림을 그렸는지는 알려지지 않았다.

카사노바는 1750년 로마에서 동생 프란체스코와 함께 화가 라펠 맹그스, 예술사가 요한 빙켈만과 만나 예술사 전반에 관한 의견을 나누기도 했다.

모차르트 박물관의 고요한 정원에 앉아, 카사노바의 후예일지 모르는 무명의 예술가들이 세상을 아름답게 그려내고 있을 거라는 상상을 해본다. 내 마음 깊은 곳에서 연극 대본과 저서를 남기고 그림까지 그린 카사노바에 대한 가여움이 밀려왔다. 그 모든 예술적 재능은 뒷전으로 밀려나고 여인들과의 연애담만이 카사노바의 신화가 되었다. 그것도 예술이라면 예술일까.

둑스 성의 위대한 기록자

아침부터 비가 온다는 말을 듣고 심란했다. 오늘은 그토록 가고 싶었던 둑스 성에 가는 날이다. 서둘러 도착한 렌터카 기사는 나이가 지긋한 아저씨였다. 토니는 바쁜 와중에도 이런 준비를 다 해두었다. 차를 타고 떠나는데 장대비가 쏟아지기 시작했다. 렌터카 기사는 차를 돌려 자기네 회사로 갔다. 잠시 의아했으나 내게 우산을 주려고 했다는 걸 알고 그의 배려에 감동했다.

프라하 시내에서 차로 두 시간 남짓 달려 '둑스'로 갔다. 시내를 빠져나가 숲을 지나고 한적한 마을에 다다랐을 때 초로의 렌터카 기사가 이정표를 가리켰다. '카사노바 거리'라고 써 있었다. 조금 더 가니 이번에는 카사노바 여관이 나왔다. 호기심 어린 표정으로 환호성을 지르자, 기사는 이름만 그렇게 붙였을 뿐 운치도, 역사도 없는 곳이라고 말했다.

드디어 둑스 성에 도착했다. 둑스 성은 보헤미아 북쪽 산악지대 중간에 우뚝 솟아 있었다. 조그만 광장을 앞에 두고 둑스 성은 부슬부슬 봄비가 내리는 시골에 장엄하게 서 있었다.

기사는 우선 조금 떨어진 방문객 센터로 나를 안내했다. 그곳에는 둑스 성에 관한 안내서들과 카사노바 박물관에 대한 자료들이 있었다. 필요한 걸 다 사고 나서 성의 안내인을 만났다. 그녀는 카사노바의 흔적을 찾아 먼 이국에서 온 동양인을 반갑게 맞아주었고 특별히 안내를 해주었다.

기록자로서의 카사노바를 알지 못하는 사람들이라면 정숙함이 느껴지는 이 성에 '웬 카사노바?'라고 의아해했을 것이다. 바로크 풍의 그림과 조각들로 잘 정돈된 성은 카사노바의 기념관을 만들어놓고 관광객을 맞이했는데, 거기엔 광기 어린 천재의 기행 흔적이나 호색한의 추함은 어디에도 없었다. 다만 질풍노도와 같이 번져나가던 계몽주의의 중심에서 격변의 세기를 고뇌하며 살다 간 기록자로서의 카사노바와 그 주변 인물들을 잘 기리고 있었다.

발트슈타인 가문의 성이 훗날 카사노바 박물관이 되리라고는 꿈에도 생각지 못했을 테니 세월의 변화는 짧은 생을 살고 가는 우리 인간들이 감히 알지 못하는 영역이다. 한낱 사서로 온 카사노바가 오늘날에는 이 성의 주인공이 되어 있으니 말이다. 가슴 가득 밀려오는 이런 감흥에 떨며 2층으로 올라가 벽면 가득 고서가 꽂혀 있는 서재에 들어서자마자 나는 눈이 휘둥그레졌다. 저게 다 카사노바가 남겼거나 그가 보던 책이란 말인가. 사방에 고서가 가득 꽂혀 있는 서재였다. 내 표정을 재빨리 읽은 안내인은 '이 책들은 다 데코레이션이다. 귀중한 고서라면 이렇게 꽂아두겠냐'라고 말하며 웃었다.

그리고 얼른 책꽂이를 쓱 밀어냈다. 순간 난 비명을 지를 뻔했다.

한쪽 책장 뒤로 숨겨진 방에 카사노바가 앉아 있었다. 마치 실제처럼 생생한 모습으로. 카사노바는 이곳 서재 골방에서 2백 년 전의 모습과 똑같은 모습으로 책상에 앉아 펜을 들고 무언가를 쓰고 있었다. 난 심장이 멎는 줄 알았다. 너무도 생생한 밀랍 인형이 아닌가. 마치 카사노바를 실제로 만난 듯 가슴이 두근거렸지만 몇 걸음 가까이 가자 곧 서글픔이 밀려왔다. 얼굴 가득한 생생한 주름살에 낡은 옷을 걸친 이 남자가 세기의 로맨티스트 카사노바라니……. 유한한 삶을 끝 모르고 미친 듯이 뛰어오다 삶의 뒤안에서 가슴시리는 추억만을 되새기며 조용히 세상과의 이별을 기다리는 카사노바의 모습이었다.

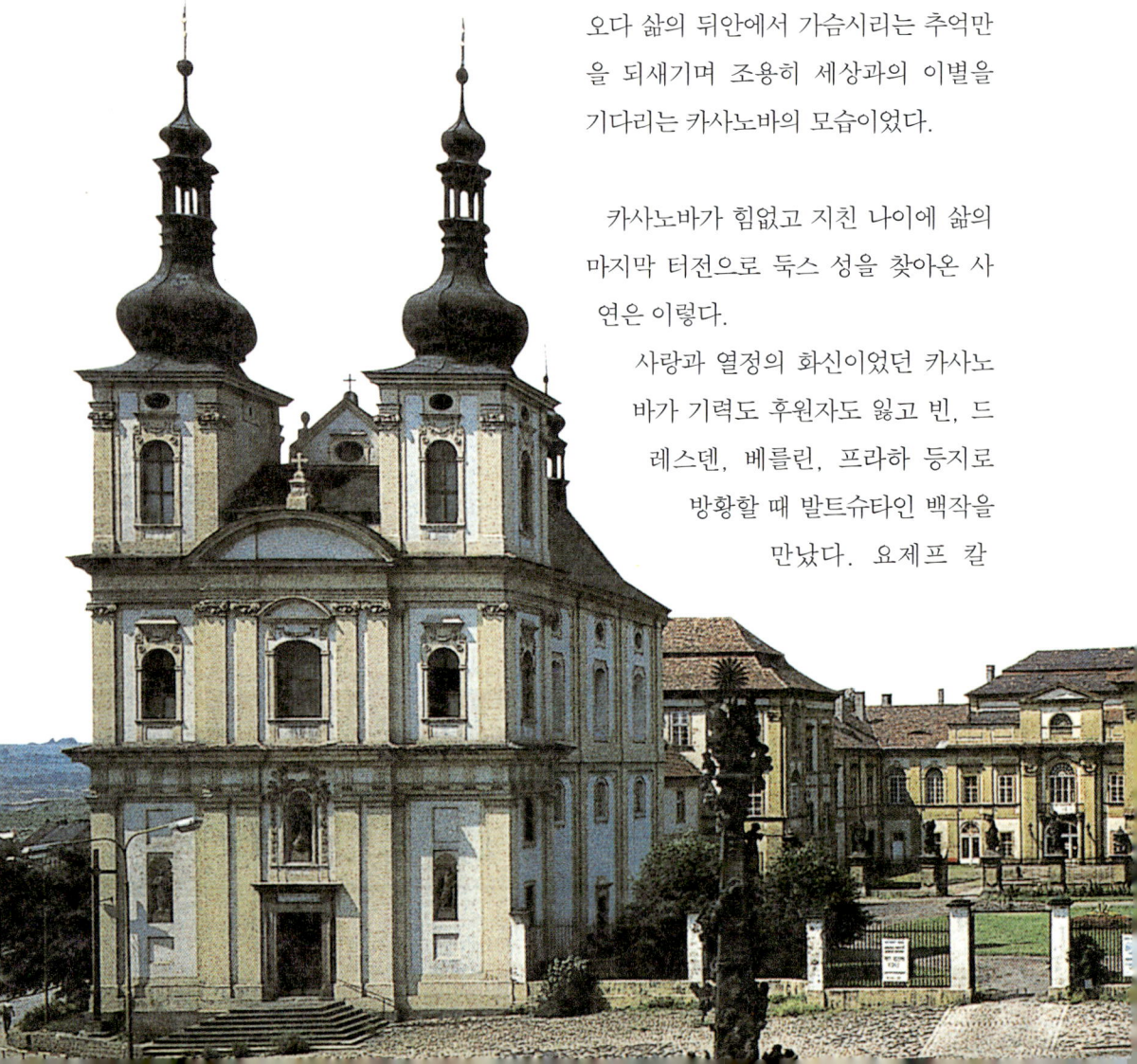

카사노바가 힘없고 지친 나이에 삶의 마지막 터전으로 둑스 성을 찾아온 사연은 이렇다.

사랑과 열정의 화신이었던 카사노바가 기력도 후원자도 잃고 빈, 드레스덴, 베를린, 프라하 등지로 방황할 때 발트슈타인 백작을 만났다. 요제프 칼

이마누엘 폰 발트슈타인은 카사노바와 마찬가지로 프리메이슨 단원이었으며 마술에도 관심이 많았다. 그는 카사노바에게 둑스에 있는 자신의 성에서 사서로 일할 것을 권했다. 당시 카사노바는 빈 주재 베네치아 대사 세바스티노 포스카리니의 비서로 일하다가 포스카리니가 죽은 후라 별다른 대안이 없었다. 그는 발트슈타인의 제의를 받아들여 1784년 2월, 이곳에 온 것이다.

도서관 사서 일이 부담되지 않았기 때문에 카사노바에게는 글을 쓸 수 있는 시간이 충분했다. 카사노바는 이곳에서 4천 권의 책과 벗하여 살며 많은 책을 써냈다. 그러나 둑스 성에서 카사노바의 생활은 행복하지 못했다. 말도 통하지 않는 이곳에서 하인들이 초라해진 자신을 비웃는 소리를 참아내며 하루 13시간씩 글 쓰는 일에 몰두했던 당시의 일화는 회고록에도 남아있다.

우리는 소위 우리 운명의 작가다.

카사노바의 어록에 있는 말이다.

발트슈타인 백작은 이 재능 있는 천재에게 자서전을 비롯해

체크 둑스 성.

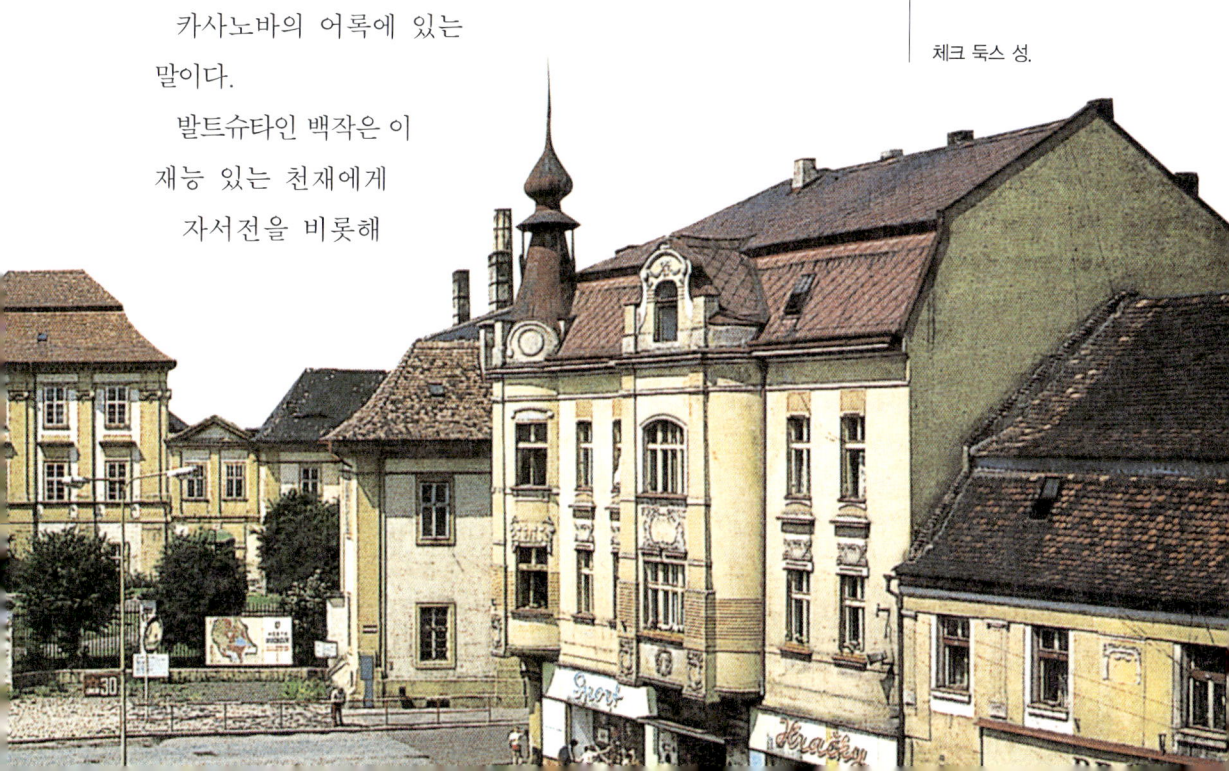

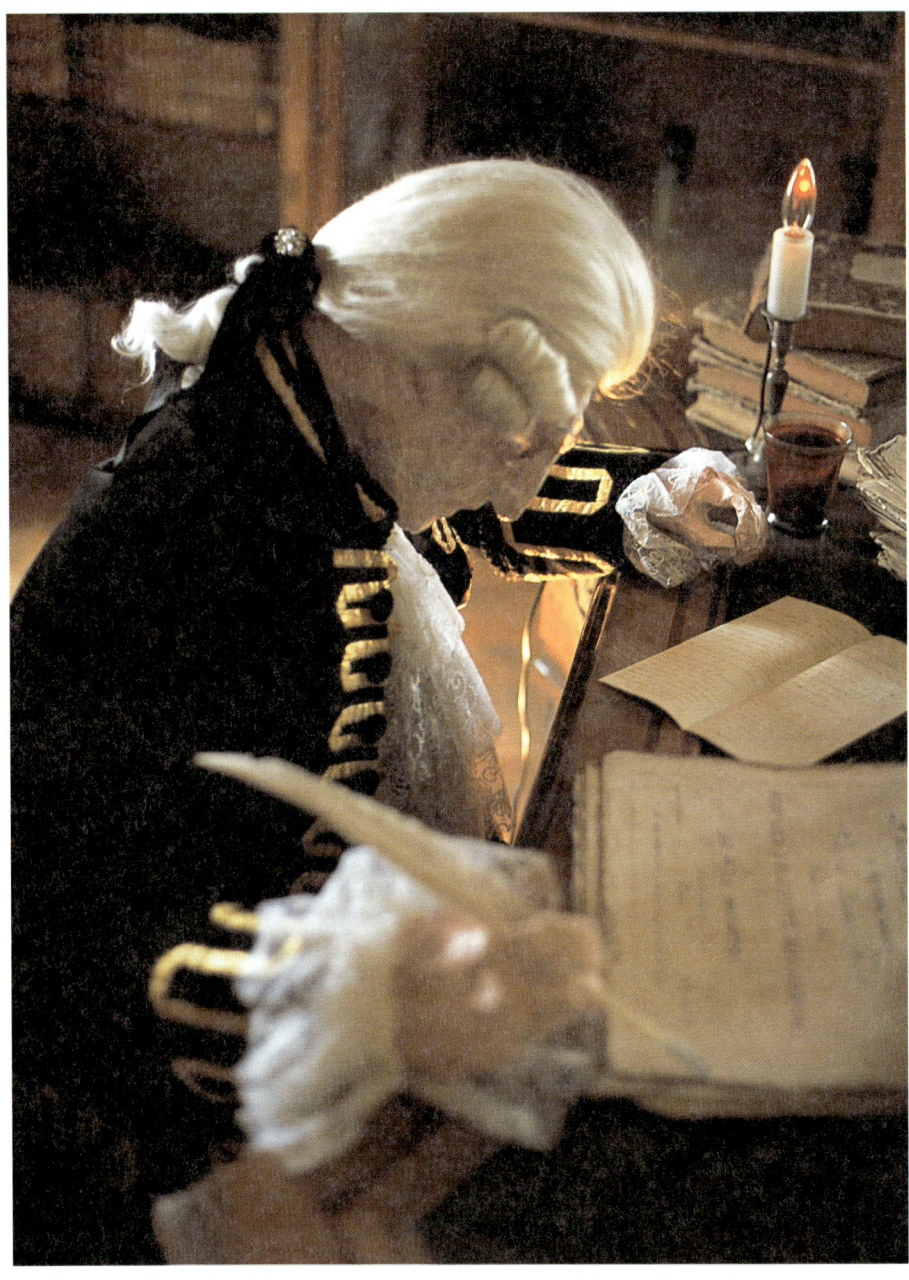

많은 저서를 남기고 일생을 마치게 해준 은인인 셈이었다. 그렇지만 카사노바는 이곳에서 자신이 고립되어 있다고 느꼈고, 그보다 다른 사람들이 자신을 오해하고 배척하는 것 때문에 괴로워했다.

자신을 유명하게 해주리라는 기대로 출판한 책은 실패했고, 발트슈타인 백작이 성을 비우는 동안에는 성을 관리하는 사람들이 노골적으로 자신을 무시했기 때문에 참을 수가 없었다. 그들은 카사노바가 신사로 자처하는 것을 못마땅하게 여겨 가능한 모든 수단을 동원해 이 나이 지긋한 사서를 괴롭혔다. 형편없는 요리와 낡은 마차는 카사노바를 슬프게 했다. 그들은 심지어 카사노바가 집필해 출간한 책에 실려 있는 초상화를 찢어 화장실에 걸어놓기도 했다. 그런 일을 주도했던 고약한 집사 펠트키르슈너를 향해 카사노바는 이렇게 말했다.

당신과 나 사이엔 공통점이 없는게 당연하다. 당신은 현재의 과학 지식으로는 구원받을 수 없다. 그러나 과학은 지식의 범위를 확장한 사람들에 의해 발전될 것이고, 그렇게 되면 조직적인 독서로 당신의 성품에 품위를 부여하거나 당신에게 사람을 존경하는 태도와 도덕성을 가르쳐주는 것도 가능해질런지 모르겠다. 난 가난하고 미천한 출신이지만 당신을 동정한다. 나를, 적어도 당신보다는 더 높은 곳에 둘 수 있게 해준 운명과 행운에 감사한다.

카사노바는 부치지 않은 편지를 펠트키르슈너에게 20여 통이나 남겨놓았다. 그 편지들은 사후에 발견되었는데, 편지 내용을 통해 카사노바 말년의 괴로움이 드러난다.

(왼쪽 면) 말년에 둑스 성에서 집필에 열중했던 카사노바의 모습을 재현한 밀랍 인형.

둑스 성에서 판매하고 있던 카사노바의 포스터.

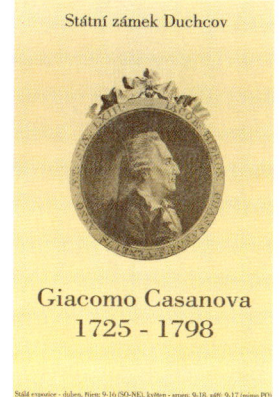

Státní zámek Duchcov

Giacomo Casanova
1725 - 1798

Stálá expozice - duben, říjen: 9-16 (SO-NE), květen - srpen: 9-18, září: 9-17 (mimo PO)

둑스 성에서의 생활은 도처에 적들이 진을 친 것 같은 생활이었다. 시장, 의사, 집사, 요리사, 문지기 등이 모든 방법을 동원해 늙은 카사노바에게 상처를 입혔다. 그래서 카사노바는 심한 우울증에 빠졌다. 그러나 진짜 적은 늙음과 외로움이었으리라. 그는 프라하, 빈, 드레스덴, 라이프치히를 여행하며 옛 친구들을 만나고, 과학자나 문인들과 소식을 교환했다. 세상 돌아가는 이야기를 듣고 친구들을 통해 새로운 의욕을 가지려 했다.

그리고 이런 우울한 생활에서 벗어나기 위해 카사노바는 1790년부터 자기의 인생을 회고하는 《나의 인생 이야기》를 집필하기 시작했다.

과거으로의 여행은 옛 사람들과 사건들을 다시 만나는 즐거움을 맛보게 했다. 뜨겁고 자신만만하게 사랑했던 여인들을 그는 회상 속에서 다시 만났다. 그는 모든 걸 생생히 기억했고, 무얼 먹었는지도 확연히 추억했다. 삶의 한 장면 한 장면을 잘 그려내기 위해 그는 그리스의 작가 호라티우스의 고전을 인용해 수려한 문장을 써내려갔다.

1792년, 마침내 초고가 완성되었다. 카사노바는 그것을 극소수의 친구들에게 보여주었고, 계속 수정 보완하면서 기억을 되살렸다. 살맛이 통 나지 않는 둑스 성의 처지를 잊기 위해 자유분방하고 파란만장했던 젊은 날의 추억의 힘으로 하루하루를 견뎌야 했다.

여인들과 나눈 사랑의 묘사가 너무나 대담하고 노골적이어서 당시는 출판되지 못했지만, 18세기 당시 유럽의 난행을 그대로 기록해 놓아 오늘날 당시의 사회 풍속을 연구하는 데 좋은 자료로 인정받고 있다.

그의 자서전은 1822년에 와서야 독일의 빌헬름 폰 슐츠에 의해 처음 출판된 이후 140년이 지난 1960년에 무삭제 원본이 출판될 수 있었다. 그 속에는 그의 출생 배경과 성장 과정, 삶의 철학, 정치적 활동, 다양한 사업 경력, 문화 예술 활동, 유럽 전역을 떠돌며 나누었던 사랑 등 그의 삶이 파노라마처럼 펼쳐져 있다. 카사노바는 어떤 의미에선 자기 자서전을 완성하지 못했다. 자서전은 베네치아로 돌아왔던 1774년에 끝나고 있기 때문이다. 카사노바에게는 그 이후의 일이 기억조차 하기 싫었던 모양이다. 그 시기의 이야기를 정리하는 것은 노쇠해진 카사노바가 아니라 외조카 카를로 안지오리니의 몫이 되었다.

안내인은 책상 앞에 앉은 카사노바 곁에서 상념에 젖어 있는 나에게 이 방은 원래 공개하지 않는 방이니 나가자고 했다. 안내인을 따라 집필실 옆방으로 갔다. 책꽂이로 둘러싸인 서재이다. 그곳에는 그의 서신과 자료 일부를 귀하게 전시 보관해놓고 있어 엄숙함마저 느껴졌다.

정면에 있는 유리 박스 안에 자필 사인이 들어 있었다. 《쟈코사메론》이었다. 이 책은 놀랍게도 세계 최초의 공상과학소설이란다. 안내인의 설명으로는 이 책은 이곳 둑스 성에서 썼으며 이곳에 원본 표지와 친필 원고가 전시되어 있다고 했다.

《쟈코사메론》의 속표지.

이 소설은 쥘 베른*의 《해저 2만리》의 선구로 일컬어지는 5부작 과학소설로, 항해하던 배가 폭풍에 난파되어 침몰한 후 지구 속으로 빨려 들어가게 된다는 이야기이다. 이 소설은 1788년에 프라하에서 출판되었는데, 이 책의 출판을 맡은 라이프치히의 출판인이 별 관심을 보이지 않았다. 조나단 스위프트**가 《걸리버 여행기》에서 그랬던 것처럼 카사노바는 이 작품에서 자기 시대의 사회를 직접, 혹은 간접으로 비평 풍자하기 위해 가상의 문명 '메가미크레스(Megamicres)'의 다양한 풍속과 면모를 상상력을 동원해 그려냈다.

카사노바는 자신의 소설이 상업적으로 성공을 거두기를 간절히 바랐으나 실패하고 만다. 결국 그가 꿈꾼 불멸의 작가로서의 명성은 얻지 못하고, 카사노바는 적지 않은 비용만 떠안게 되었다. 사실 이 작품은 양이 너무 방대해서 완역이 없으며 아직도 번역중이라고 베네치아의 출판인 가르딘 씨가 했던 말이 기억난다. 아직도 공개되지 않은 카사노바의 미완성 육필본은 일부가 소실된 채로 체크의 카사노바 관련 문헌 보관소에 혹은 소장가가 보관하고 있다고 한다. 이 작품의 실패로 낙담한 카사노바는 결국 《나의 인생 이야기》를 쓰며 '추억 여행'을 했다. 지난날을 돌이켜보며 심신의 고통을 조금이나마 덜어보려 했을 것이다.

카사노바의 명민한 두뇌는 이곳 둑스 성에서 여러 수학 연구서와 의학 책을 쓴 것으로 증명된다. 1790년에 쓴 《입방체의 수학적 문제(Solution du probleme deliague)》는 《쟈코사메론》의 실패를 극복하기 위해 쓴 연구 논문 세 편 가운데 첫 번째 것이다.

카사노바는 볼로냐에서 의학에 관한 소책자를 내기도 했다. 그리고 피옴비 감옥 탈출기는 이곳 둑스 성에서 1787년에 썼다. 《납이라 불리는 베네치아의 감옥으로부터의 탈출 내력》은 피옴비 감옥 탈출

* 쥘 베른(1828~1905)
프랑스 낭트에서 태어나 법률을 공부하였으나 문학에 빠져 《80일간의 세계일주》을 발표하여 명성을 얻는다. 이후, 과학모험소설에 전념하였고, 인류 문화의 미래를 예언하기도 했다.

** 조나단 스위프트
(1667~1745)
아일랜드 더블린에서 태어나 신학을 공부했다. 목사였으나 정치계에 입문하여 정계와 문단의 배후 실력자가 되었다. 이후 정치와 종교계의 모순을 풍자하거나 인간의 추악한 삶을 빗댄 여러 작품을 출간했다.

의 유명한 일화를 담은 최초의 저작이고 그 이야기는 나중에 회고록《나의 인생 이야기》에서 다시 한번 자세히 묘사된다.

그리고 1786년에는 당시 유럽에서 스캔들을 몰고다녔던 어느 유명한 사람을 비난하는 글을 팜플렛에 싣기도 했다. 카사노바는 이 팜플렛을 당시 신성로마제국 및 보헤미아 헝가리 황제였던 요제프 2세(1741~1790)의 호의를 얻기 위해 작성했으나 뜻을 이루지는 못했다.

카사노바는 창작서와 학술서를 저술했을 뿐 아니라, 방대한 고전을 섭렵한 자로서 많은 번역서를 남긴 번역가이기도 했다. 우리는 호메로스의 《일리아스》를 이탈리아 사람들이 모국어로 읽게 된 것이 카사노바 덕택이었다는 사실을 모른다. 베네치아에서 카사노바 클럽의 회원인 출판인 가르딘 씨를 만났을 때, 그는 카사노바가《일리아스》를 최초로 이탈리아어 옥타브 운율로 번역했다는 걸 너무도 진지하게 설명했다.

카사노바가 많은 지인들, 혹은 사랑을 나누었던 여인들과 주고받은 편지들도 남아 있다. 그 서신들은 그에게는 정신적 오아시스였는데, 서신 모음집도 그가 죽은 후에야 카사노바 연구가들에 의해 편집, 출판되었다.

카사노바는 자서전말고도 소설 다섯 편과 희곡 단편과 콩트 20편을 남겼다. 2백 년 전 누군가가 40편이 넘는 저서를 남겼다면 후세의 사람들은 그를 두고 대단히 창의적이고 열정이 많은 지식인이었다고 할 것이다. 만약 그가 본능적 감각을 좇은 방탕한 사람이 아니었다면 말이다.

누군가가 당대에, 혹은 후대에 훌륭한 사람이라고 인정받았다면 그의 여성 편력은 에피소드가 된다. 모차르트의 음악과 괴테의 문학 뒤에, 그들의 광적인 사랑은 가려졌다. 그러나 루이 15세도 아니고, 위대한 사상가도 아니며, 불후의 명작을 남긴 예술가도 못 되었던 불운한 카사노바의 애정 행각은 미화될 수 없었다. 그는 오히려 자기 경험과 생각을 너무나도 솔직하게 고백했기 때문에 추락했다.

그러나 오랜 세월이 흐른 뒤 카사노바의 책들은 더 귀중한 자료로 평가될 것이다. 한 줌 재로 흩어진 카사노바의 인생이 지금 여기 체크의 둑스 성에서 되살아나는 것처럼.

나는 내 생의 마지막에 내가 행복을 찾을 수 있는 곳이 어디인
지 알고 있다. 그곳은 오직 도서관밖에 없다.

정숙한 분위기의 서재를 구경한 후 또 다른 방, 그가 늘 생활했던 방에 가보았다. 그곳에는 카사노바가 프랑스, 독일, 러시아 등 온 유럽을 다니며 교제했던 인물들의 초상화가 빽빽이 걸려 있었다. 그들은 모두 서양사에 한 획을 그은 왕이나 사상가, 예술가, 혹은 권력 가까이에 있던 여인들이다. 대부분 카사노바처럼 노력하지 않아도 풍요롭고 안정적인 삶을 누릴 수 있었던 사람들이었다. 나와 안내인은 고향을 떠나 평생 객지를 떠돌며 권력의 언저리에서 자신의 존재를 부각시키려고 노력하며 살았던 카사노바의 왕성한 활동에 놀라워했다. 그는 유럽의 국경이 사실상 의미가 없어진 시대를 코스모폴리탄적 삶으로 화려하게 수놓은 사람이었다.

그 방에서 나는 볼테르, 루소, 벤저민 프랭클린, 루이 15세와 퐁파두르 부인, 프리드리히 대왕, 발레티 가 사람들과 마농 발레티, 예카테리나 대제, 마담 뒤르페, 브라가딘, 발트슈타인, 교황 클레멘스 13세, 부스키니, 파튀, 모차르트, 테레사 란티(벨리노), 생 제르

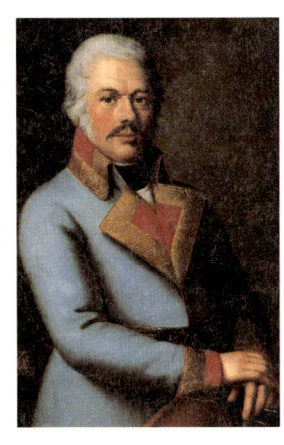

발트슈타인 백작의 초상화(1812).

맹, 베르니스 공을 만났다. 모두 카사노바의 삶에 크고 작은 영향을 미친 사람들이었다.

그 인물들 하나하나마다 카사노바와 얽힌 일화들이 떠올랐다. 내가 친절한 안내인의 설명에 덧붙여 그 일화들을 들려주자 그녀가 웃으며 말했다.

"당신 정말 카사노비스트군요."

카사노바와의 마지막 대화

안내인을 따라 카사노바가 실제로 생활했던 방으로 갔다. 그곳에 들어서자마자 햇살이 쏟아져 들어올 것 같은 창문이 눈에 들어왔다. 그 앞에는 허름한 의자가 하나 놓여 있었다.

난 조금 전 책상 앞에 앉아 있던 카사노바를 마음으로 불러와 이 의자에 앉게 했다. 낡은 옷을 입은 노인이 마지막 자존심을 끌어안고 앉아 있다. 사람은 생의 마감이 임박했을 때 예전과는 다른 생각을 갖게 된다고 한다. 회한에 젖어 지난날을 후회하거나 젊은 시절 큰소리치던 것들을 슬그머니 감추기도 한다. 추억 속에 둔 사랑을 고백할 때가 왔다면 인생은 저물었다는 얘기다. 카사노바가 슬픈 얼굴로 거기에 앉아 나를 바라보았다.

'인생을 불운의 연속이라고 말하는 사람들의 말이 옳다면, 죽음은 기쁨이오. 하지만 진정한 기쁨은 삶을 통해서 느낄 수 있을 테지. 물론 불운도 존재하지. 그러나 불운은 기쁨이 그보다 더 위대하다는 걸 증명하기 위해 존재하지. 나는 어두운 방에 있는 것도 좋아하고 넓은 창문을 통해 들어오는 빛도 좋아한다오.'

빛 바랜 의자에서 카사노바가 마지막 숨을 고르고 있을 때 내가 물었다.

'카사노바, 당신의 젊은 날은 진정 행복했나요?'

'난 내가 행복했다고 자신 있게 말할 수 있소. 이 세상에 진정한 행복은 없다고 말하는 멍청한 니힐리스트를 비웃으며 말이오.'

'그럼, 카사노바 당신이 맛본 쾌락은 어떤 건가요?'

죽음을 눈앞에 둔 이 남자에게 내가 마지막으로 듣고 싶은 이야기였다.

'쾌락이란 현재를 즐기는 것이오. 자신이 갈망하는 모든 것에 대한 완벽한 만족이지. 그리고 그 감각이 지치고 피로하여 새로운 도약을 위해 휴식을 필요로 할 때, 쾌락은 상상의 나래를 편다오.'

현재를 즐기는 것이 쾌락이라. 명쾌한 대답이었다. 나는 또 묻는다. 다시 태어나도 카사노바로 살겠다고 말할 수 있는지를.

'나는 나 자신에게 내가 만약 여자로 다시 태어난다면? 하고 물어보았소. 대답은 싫다는 거요. 나는 남성으로서 느낄 수 있는 충분한 기쁨을 누렸고, 그것에 만족하오. 그러나 다시 태어날 수 있는 특별한 권리를 갖게 된다면 나는 행복할 것이고, 여자뿐 아니라 짐승으로 태어난다 해도 기쁠 것이오. 물론 내 기억을 가진 채로 다시 태어난다면 말이오. 내 기억을 갖고 있지 않다면 난 더 이상 내가 아니기 때문이지.'

내 삶의 여정 중간인 서른여덟 살에 사랑이 내게로 왔다. 그것은 내 삶의 1막이었다. 2막은 내가 베네치아를 떠났던 1783년에 끝났다. 3막은 여기—둑스—에서 끝날 것이다. 내가 옛 추억들을 기록하며 즐기고 있는 이곳에서…….

끝이 없는 인생은 없다. "나는 느낀다. 고로 존재한다."고 했던 카사노바가 마침내 전립선 비대증에 걸려 일흔세 살에 죽음을 맞이했다. 1798년 6월 4일의 일이다. "나는 철학자로서 살다가 크리스천으로서 죽는다."라는 유언을 남기고. 당시 귀족들의 수명에 비하면 온 유럽을 떠돌아다닌 이 감각의 전도사로서, 미식가로서 카사노바는 꽤 장수한 편이다. 카사노바를 주연으로 하여 사랑이라는 광기를 그린 연극은 이렇게 막을 내렸다.

우주의 한 구성원으로서 나는 허공에 말을 하고 있다. 사람이 죽을 때에야 비로소 자신의 주인이 된다더니, 나 또한 이제야 또렷이 이해할 수 있게 되었다.

카사노바의 묘는 둑스 성 근처 세인트 바바라 교회 포도밭에 있었다. 영국 작가 앤드루 밀러는 영국에서 샤필론과 카사노바의 행적을 소설로 썼는데, 책 뒤에 이런 글이 있다.

카사노바의 무덤 위에 녹슨 십자가가 있었는데, 지나가던 젊은 여자가 그 십자가 위에다 스커트를 걸쳐 두었다.

카사노바의 묘는 그 후 둑스 성을 재정비하면서 소실되었고, 다

만 둑스 성의 책자에만 사진으
로 남아 있을 뿐이다. 살아서
늘 자유를 외쳤던 그는 죽어서
도 자유로워졌다.

삶은 유한하기 때문에 두렵고
또한 매력적이다. 카사노바와
의 상상의 대면에서 빠져나와
현실로 돌아왔을 때, 방안에 놓
여진 침대와 옷장, 그리고 평소
그가 쓰던 세면 도구와 소박한
세면대가 눈에 띄었다. 가구와
집기들이 아직도 카사노바의
체온을 지니고 있는 듯했다. 외로운 노인 카사노
바는 때론 이곳 침실에서 울기도 했을 것이다.
홀로 사는 남자의 말로란 아내의 품에서 평안한
노년을 보내는 남자와는 사뭇 다를 테니까.

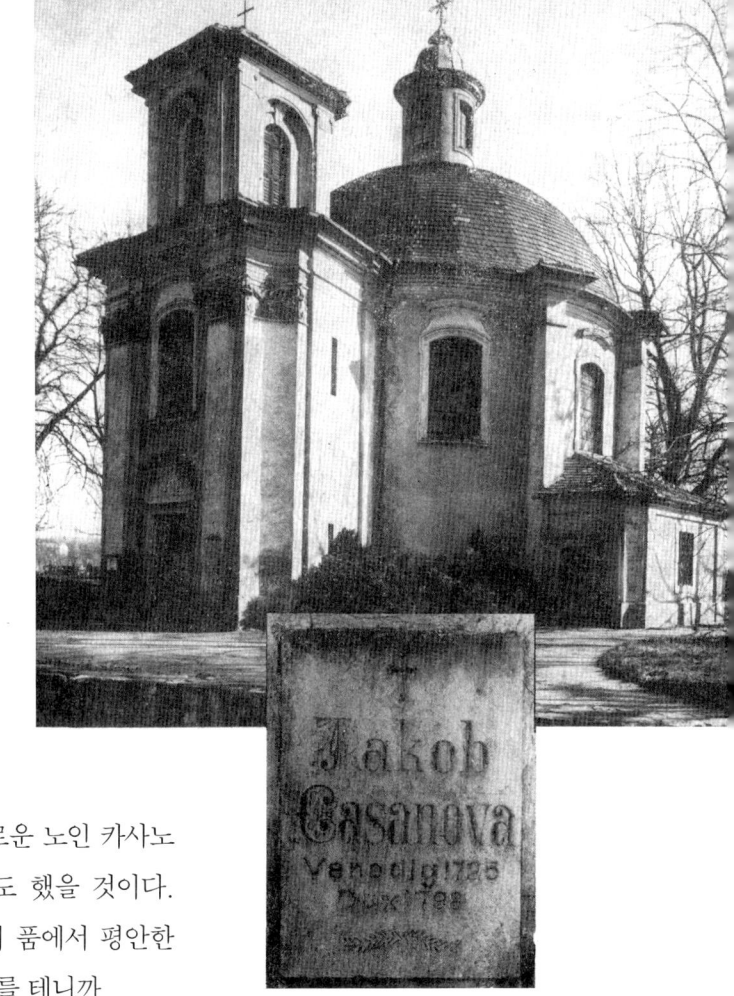

둑스 성 안내 책자에 실린
세인트 바바라 교회와, 지금은
사라진 카사노바 묘비의 모습.

세월의 썰물 앞에선 어느 것이든 무력해진다.
썰물이 쓸고 간 뒤 모래톱에 드러난 조그만 생명들이 허둥대듯 삶
의 편린들이 꿈틀거리며 마음을 긁어대면, 서글픔이 밀려온다. 회
고록을 쓰면서 그는 스스로 위로해야만 했다. 카사노바는 행복한
시절도 한순간이라는 걸 언제쯤 깨달았을까.

쉰일곱 살이 되자 나는 내가 행운이 경멸하는 나이에 와 있다
는 것을 알았다.

쾌락에 인생을 소비한 남자는 이런 음울한 반성이 내키지 않았을 것이다. 꽃으로 만발한 젊은 날이 결실도 없이 사라졌다는 걸 인정해야 하니까.

내 나이 쉰여덟이다. 걸어서 돌아다닐 수가 없다. 갑자기 겨울이 찾아왔다. 거울 속의 내 모습을 보다가 다시 내가 모험가가 될 수 있다는 생각이 들면 웃음이 났다.

나는 늙어가고 있음을 느낀다. 잠자리에 들 때면 이대로 영영 잠들어버리는 게 아닐까 싶을 때도 있다. 옛날의 왕성한 식욕과 성욕은 다 어디로 갔나. 나는 이제 내 라이벌들이 나보다 우월하다는 걸 인정해야만 한다. 누구나가 말하겠지. 그는 늙어가고 있다고. 그런데 이 사실이 나를 화나게 한다.

쾌락은 신이 선물한 최고의 미덕

"1998년, 이곳 둑스 성에서 세계 도처에 있는 카사노비스트 2백 명을 초대했죠. 그들은 카사노바 사후 2백 주년 기념 세미나와 행사를 거대하게 치렀답니다."

뜰로 나와 안내인과 함께 카사노바가 살았던 방을 밖에서 바라보았다. 그다지 장식적이지 않은 이 성의 조그만 창문을 통해 그는 회상에 잠겼을 것이고, 볕을 쪼기도 했을 것이다.

"나는 느낀다. 고로 존재한다"고 말했던 감각의 전도사 카사노바는 온 유럽을 떠돌며 쾌락에 탐닉했다. 그리고 많은 저서를 남겼으며, 산업화의 길목에 기발한 아이디어로 왕성한 활동을 했으며, 예술적이고 감성적인 기질로 음악, 연극, 패션, 요리에 자신만의 역량을 발휘했다. 그는 늘 살아 있는 감각을 통해 자신의 존재를 확인했다.

내가 불멸인지 아닌지 알기 위해서 죽는 것이 필요하다면 나는 그 길을 택하지 않을 것이다. 삶의 희생으로 얻어지는 진실은 너무 비싸기 때문이다. 그러나 내가 죽은 후에도 감각을 여전히 가질 수 있다면 내가 죽었다고 말하는 것에 동의할 수 없다.

둑스 성에서는 카사노바의 선정적인 이미지에 이끌려 이곳을 찾는 관광객들을 위해, 카사노바 디너 파티를 상품으로 마련해 두었다. 아름다운 석양녘의 둑스 성 가든에서 옛 로코코식 복장을 한 진행요원들은 여행객들이 카사노바식의 감각적인 파티를 즐길 수 있도록 도와주었다. 그리고 사람들은 사랑하는 연인들을 더욱 행복하게 만드는 맛있는 저녁 식사를 하면서, 그 다음 열정으로 치달을 후식을 기다린다.

인터뷰를 했던 체크 라디오 방송국 피디와 함께.

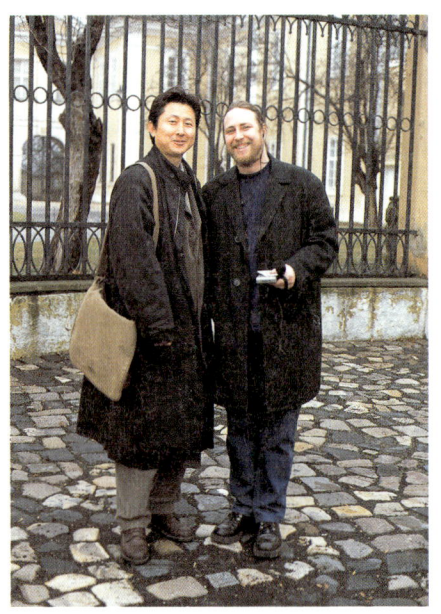

안내인에게 감사의 포옹을 한 후 성 문을 나서는데, 한 남자가 기다렸다는 듯이 마이크를 들고 나를 붙잡았다. 이곳 라디오 방송국 피디인 그는 이미 렌터카 기사에게 내 얘기를 들었는지, 어떻게 한국인이 카사노바를 취재하러 왔는지 인터뷰를 하고 싶다고 한다. 나는 고서적상인데, 카사노바가 호색한이기도 하지만 많은 책을 쓴 저술가라는 걸 알고 그의 흔적을 따라 다른 모습을 찾아보고 싶었으며, 또 이곳 유럽에서는 카사노바를 어떻게 평가하는지도 알고 싶어 왔다고 말했다. 한국의 카사노비스트가 맘에 들었는지 그는 나와 기념 촬영을 한 뒤 껴안고 웃었다. 이를 지켜보던 렌터카 기사는 더 신이 났다. 그는 숲을 지나 프라하로 돌아오는 길에 자기가 더 좋은 자료를 발견하면 이메일로 보내주겠다고 말했다. 프라하로 돌아왔을 때 나는 파김치가 되어 버렸다. 둑스 성에서 늙은 카사노바와 그의 임종을 직접 본 듯한 기분 속에 어느덧 하루해가 저물었다.

프라하는 밤이 낮보다 더 아름다운 도시이다. 이곳에 오면 예술적 감성이 살아난다는 친구의 말을 이제야 어렴풋이 이해할 수 있을 것 같았다. 프라하의 밤 거리에 불이 켜지면 아름다운 중세식 건물들은 모두 무대 세트 같다. 프라하 시내의 건물들은 제각기 다른 아름다움을 지녔다. 토니는 친절하게도 프라하의 아름다운 건물들을 하나하나 보여주었다. 나는 좀 피곤했지만 그 좋은 구경거리를 놓칠 수는 없었다.

카를 교의 가로등은 오늘 밤 큐피드의 화살을 맞은 남녀 주인공의 사랑의 교태를 비추고, 지나가는 행인들은 그들의 입맞춤을 보며 자기의 옛 사랑을 추억하는 듯하다. 카사노바의 어느 날처럼 집시의 바이올린 선율은 애절하기만 하고 무명의 화가들은 자기의 그림 속에 프라하가 있다고 손짓을 해댄다.

프라하의 밤에 취해 이리저리 쏘다니다 국립 극장의 뜰에 다다르니 카사노바가 속이 훤히 들여다보이는 블라우스를 입고 구애를 하는 사진이 조명을 받고 있었다. 뮤지컬 《자코모 카사노바》의 공연 포스터다. 환상적인 현대적 무대 세트와 조명 아래 카사노바가 여인과 황홀하게 춤을 추고 있는 모습의 또 다른 포스터도 있었는데 그것은 바라보는 이를 흥분시키기에 충분했다. 그러나 아직 공연이 시작하지 않아서 볼 수 없다는 게 안타까웠다. 사람들은 뮤지컬로 환생한 카사노바의 사랑의 열정을 엿보려고 극장 앞에 줄을 서

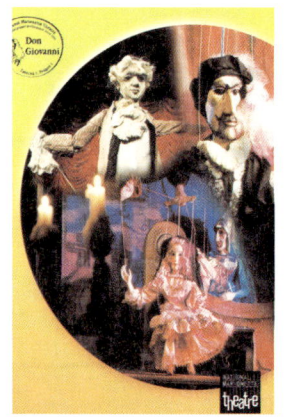

프라하에서 공연 중이었던
인형극 《돈 조반니》의 포스터.

겠지.

지금까지 카사노바를 소재로 만들어진 영화로는 알렉산드르 볼코프의 《카사노바》(1927), 카사노바의 어린 시절을 주로 묘사한 루이기 코멘시니의 《베네치아의 젊은 카사노바》(1969), 마르첼로 마스트로야니의 《바렌느의 밤》(1982) 등이 있다. 그중에 1976년에 페데리코 펠리니가 만든 《카사노바》는 그의 작품 가운데서도 큰 비중을 차지한다. 펠리니는 카사노바의 일생을 연극적인 기법으로 그려냈다. 그가 M. M.과 정사를 나누는 장면은 광기의 연극이었다. 템즈 강변에서는 꺼억꺼억 울며 인생무상을 시조처럼 읊조리던 장면도 기억난다. 그때 짙은 화장을 한 카사노바의 눈가에 마스카라가 검게 번졌다. 그리고 알랭 들롱이 주연한 에두아르 니에르망 감독의 《카사노바》도 기억난다. 1992년 45회 칸 영화제 입선작인 이 영화 포스터에는 "쾌락은 신이 선물한 최고의 미덕"이라는 카사노바의 독백이 실려 있다. 마르콜리나를 유혹하는 알랭들롱의 열연이 아직도 생생하게 떠오른다.

인파로 붐비는 카를 교 인근의 한 극장에서는 카사노바가 개사를 도운 모차르트의 오페라 《돈 조반니》가 인형극으로 연중 내내 공연하고 있었다.

프라하의 밤을 즐기고 토니의 집에 돌아오자 내게 소포가 와 있었다. 베네치아에서 만난 파도바 대학 음악 교수 파올로에게서 온 음악 CD였다. 그는 카사노바를 주제로 현악 4중주를 작곡해서 프랑스에서 발표한 사람이고, 그의 아내는 베네치아 바르바리고 요리학교 주임으로 카사노바 요리책을 낸 사람이다. 일전에 그녀가 내게 그 CD를 주고 싶어했는데, 그때는 가지고 있는 게 없었다. 나는 너무나 갖고 싶어 그걸 프라하에 있는 토니 집으로 보내달라고 부탁했는데 그녀가 잊지 않고 보내준 것이다. 우리는 방안 가득 촛불을 켜고 그 현악 4중주를 들었다. 카사노바의 사랑에 대한 영감을 담아낸 곡이다. 사랑과 삶의 우여곡절을 아름다운 선율로 노래한 음악에 젖어들었다.

요한 슈트라우스 2세의 오페라《심플리시우스》3막에 나오는 〈내 즐거움의 여왕이여〉는 카사노바의 사랑에 대한 오페레타이다. 이날 나는 이 음악까지 동원해서 카사노바를 느껴보고 싶었다.

최근에는 미국 디킨슨 대학의 에모리 교수를 중심으로 세계의 카사노비스트들이 함께 모여 그의 문학, 철학, 음악, 의상, 미술 등 각 분야에 걸쳐 폭넓고 깊이 있는 대화의 장을 마련하고 정보를 교환하고 있다.

카사노바는 오늘날 이렇게 음악, 뮤지컬, 번역서, 축제, 관광 상품, 인터넷 동호인 사이트 등 도처에서 등장한다. 각국에서 카사노바 협회를 만든 카사노비스트들은 카사노바를 사랑하고, 그처럼 자기 감정에 충실하기를 원하며, 또한 자기 자신을 삶의 중심에 두고 열정적으로 살 수 있기를 원하는 사람들일 것이다. "난 존경받기를 원하지 않으나, 내 역할을 하기를 원한다."고 카사노바는 말했다. 이들은 1993년, 카사노바를 시로 노래한 시집을 내기도 했다.

문인, 화가, 언론인, 교수, 사업가 등 다양한 사람들로 구성된 이 단체 속에서 사람들은 카사노바의 삶의 철학과 그의 기록물들에 대한 정보를 늘 교환한다. 그들은 카사노바를 연구해서 박사 학위를 받거나 그의 저서를 구해 번역서를 내는 등 카사노바라는 인물을 하찮은 바람둥이라는 부당한 선입견에서 구해주고 그 대가를 크게 얻기도 한다. 나도 그런 일에 동참한 한국의 유일한 카사노비스트

아름다운 나의 태양/
열정에 들뜬 내 목소리가 들리오/
신의 아름다운 선물인 몸짓과
말들로/ 당신을 그리고 있는 걸
보고 있구려/ 그 사랑의 불꽃이
나를 불태우고 서서히 내 몸을
녹인다오/ 부드러운 애무와
달콤한 포옹으로/ 가장 확실한
증거를 당신에게 남기오/
욕정의 바다에서 쾌락에
사로잡혀 뜨겁게 불타올랐다/
웅절 몸을 굳히며
당신을 가슴에 꼭 안고
눈물로 흠뻑 적신다오/
당신의 아름다움에 수없이
키스를 하며/ 결코 만족을 모르는
욕심 많은 손으로
당신을 갈망하오/ 당신의 몸
구석구석을 매만지고 소유하며/
또 다른 곳을 찾아 방황하오/
손길에 닿은 부드러움이 나를
자극하여/ 난 감히 당신을 떠나지
못하오/ 미칠 듯한 걱정에
휩싸여/ 또 다른 열망을 좇아
지금 있는 아름다운 곳으로
떠나오/ 떠나왔던 곳을 다시 찾아
또 다시 길을 떠나오/
모든 것을 소유했지만
난 돈을 지불하지 않소/
당신에게 그 이상의 것을 원하오/
쾌락에 숨을 헐떡이는
혼란스러울 말고
다른 방법으로는/ 내 사랑을
당신에게 설명할 길 없구려/

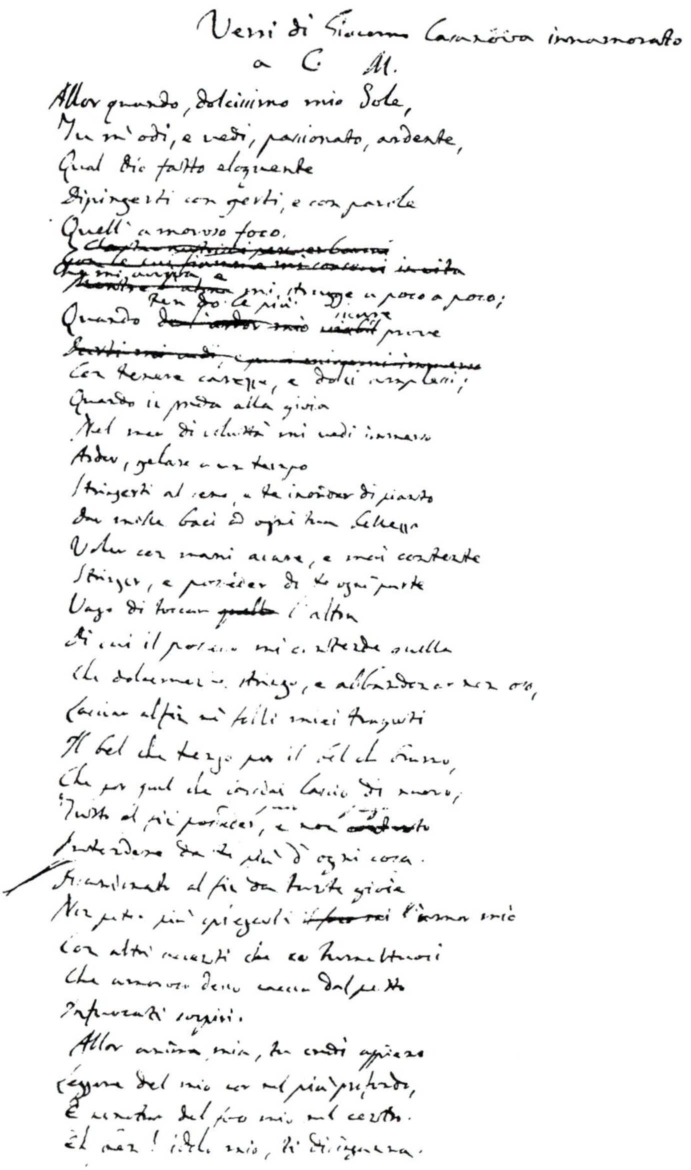

가 된 셈이다.

다음날 나는 프라하의 이곳 저곳을 구경했다. 가는 곳마다 서점에 들러 카사노바에 관한 책을 찾았지만 시내에는 어디서도 찾을 수가 없었다. 하루 남은 여정을 이렇게 보내고, 스위스에서 돌아온 토니의 아내와 함께 촛불 레스토랑에 갔다. 아름다운 귀족의 저택을 개조한 곳이었다. 오래된 건물 이층인 이곳 레스토랑은 전깃불을 켜지 않았다. 앤틱 촛대와 촛불 샹들리에, 장식용 꽃들이 너무나 아름다웠다. 나를 좋아하는 이 부부는 와인 잔을 들어 건배하며 귀한 선물을 주겠다며 눈을 감아보라고 했다. 잠시 후 눈을 떠보니 뮤지컬《카사노바》비디오 테잎이 놓여 있었다.

신비로운 조명이 흐르는 현란한 무대, 꿈속같이 스크린에 비치는 인물들의 관능적인 몸짓과 군무, 그리고 강렬하고 섬세하게 울려 퍼지는 노래는 카사노바의 열정을 그대로 느끼게 해주었다. 너무 행복한 밤이었다. 프라하의 마지막 밤을, 이번 여행의 마지막 날을 이렇게 보내고 나는 이튿날 중앙역에서 파리로 향했다. 서울행 비행기를 타기 위해서였다.

지금까지 나는 고서를 통해 만난 카사노바의 삶을 추적하며 유럽의 많은 곳을 방문했고, 많은 사람을 만났다. 여행 중에 만난 사람들은 카사노바라는 인물에 대해 웃거나 진지하거나 두 가지 상반된 반응을 보였다. 전자는 그에 대해 적당히 아는 사람일 테고, 후자는 그에 대해 잘 아는 사람일 것이다. 내가 열심히 찾아 헤맨 그의 저서와 기록물은 이미 국립 도서관이나 박물관에 보관돼 있었다. 만일 내가 그 어떤 카사노바의 흔적이라도 수집하게 된다면 큰돈을 써야 하리라. 카사노바는 이미 역사속의 인물이 되어버렸고, 그의

카사노바 추모 시집에 실린
카사노바의 친필 시,
〈C. M.에게 사로잡힌
자코모 카사노바〉와 그 번역문.

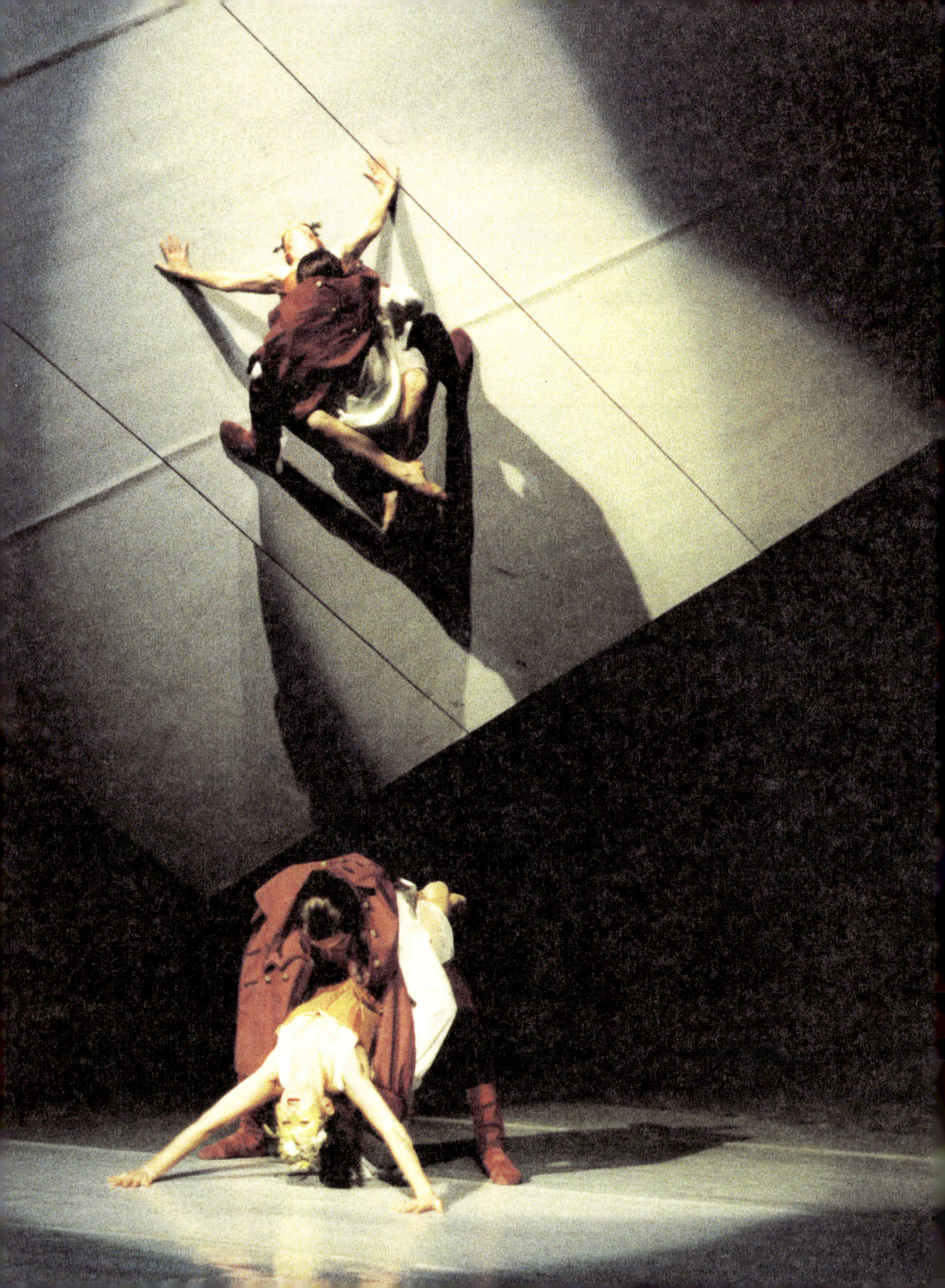

이름은 2백 년이 흘렀어도 너무나 유명하기 때문이다.

인간 읽기의 달인 스테판 츠바이크는 카사노바의 독특한 인물됨에 대해 "사람의 손에서 태어난 것은 아름다워야 한다. 그래서 사람을 행복하게 해주어야 한다."라고 말했다. 이제 카사노바와의 긴긴 열정적인 동행을 마감하면서, 끝으로 카사노바가 남긴 말을 덧붙이고자 한다.

즐겁게 보낸 시간은 낭비가 아니다. 권태로운 시간만이 낭비일 뿐이다.

(왼쪽 면) 프라하에서 공연된 뮤지컬 《카사노바》의 한 장면.